# Küsse, fliegende Tomaten und sonstige Leidenschaften

*Roman*

AF176347

Peter Klein lebt mit seiner Ehefrau in Damp an der Ostsee. Er schreibt gerne, er reist gerne, er kocht gerne. Schon seit seiner Jugend ist er ein begeisterter Geschichtenerzähler.

Vor drei Jahren veröffentlichte er seinen ersten Liebesroman: *blue eyes – so strahlend himmelblaue Augen.* Derzeit arbeitet er an einem Bericht über seine Fahrradreisen von Wien bis Kirgistan.

Unter peterklein-ostsee@t-online.de freut er sich auf Kontakte mit seinen Leserinnen und Lesern.

Peter Klein

# Küsse, fliegende Tomaten und sonstige Leidenschaften

*Roman*

Bibliografische Information der Deutschen Nationalbibliothek: Die Deutsche Nationalbibliothek verzeichnet diese Publikation in der Deutschen Nationalbibliografie; detaillierte bibliografische Daten sind im Internet über dnb.dnb.de abrufbar.

Umschlagbild und -gestaltung:
Peter Klein


Herstellung und Verlag:
BoD – Books on Demand, Norderstedt


ISBN: 978-3-7562-0899-9

**Prolog**

In dem Moment, in dem Niklas die Tür zur Tiefgarage aufriss, zischte etwas an seinem Ohr vorbei. Er hörte jemanden wütend schreien, aber er bekam nicht mehr mit, wie eine Tomate an der Wand zerplatzte. Schon öffnete er die Beifahrertür und stieg zu seinem Freund ins Auto. Jean saß bereits abfahrbereit drin.

Maike setzte sich auf eine Treppenstufe und schaute auf ihr Gemüse und den Rest ihrer Einkaufstüte, die *der Mistkerl*, der an ihr vorbeigerast war, soeben aus ihrer Hand gefetzt hatte. Ein Jammer, dass die geworfene Tomate ihn verfehlt hatte.

Wie wundervoll ihre Welt vor wenigen Minuten noch war. Wenn sie die Zeit nur um eine halbe Stunde zurückdrehen könnte! Schließlich stand sie auf und sammelte mit Tränen in den Augen die Reste ihres Einkaufs zusammen.

**Kapitel 1**

Seit vielen Jahren führte Guiseppe mit seiner Frau Maria einen Gemüse- und Obstverkauf in der Bürostadt am Rand Düsseldorfs. In dem kleinen Laden, über dem ein überdimensioniertes Schild *Mediterraner Gemüsesalon* hing, waren ein Imbiss und eine Café-Bar integriert. Maike kaufte hier ein, seit sie im Hochhaus nebenan arbeitete, und schmunzelte immer wieder über den Namen des Ladens. Vielleicht würde sie heute fragen, wie er zustande gekommen war.

Guiseppe, ein charmanter älterer Italiener, der hinter dem Tresen eine rote Paprika mit einem weichen Tuch polierte, begrüßte Maike herzlich: „Buongiorno, bella Signorina!"

„Hey Guiseppe", antwortete sie, „Wie geht's?" Sie setzte an: „Wer hat sich eigentlich diesen –"

„Was haben Sie mit Ihren Haaren gemacht?", fiel ihr Guiseppe ins Wort, seine linke Augenbraue wanderte in die Höhe und sein Blick demonstrierte Entsetzen.

„Sieht doch cool aus", konterte Maike und strich mit einer Hand durch den kurz geschnittenen Bob, dessen leicht fransiger Pony bis über die Augenbrauen reichte. Bevor Guiseppe sich von seinem Schrecken erholen konnte, fuhr Maike fort: „Ja, ja, ich ahne schon, alle Italiener – vielleicht sogar alle Männer dieser Welt mögen Frauen nur, wenn sie lange Haare haben, am besten bis zum Po. Und wie finden Sie die neue Farbe?"

Guiseppe schluckte kurz, dann stotterte er: „Oh …, ähm …", und nahm verlegen eine weitere Paprika in die Hand.

„Das ist Edelmetall Silber Violett, find ich total schick, ist derzeit *sowas* von angesagt. Okay, ich sehe es Ihnen an, auch nichts für Ihren Geschmack. Ach Guiseppe", fuhr sie fort, „ich weiß, ihr Italiener wollt, dass eure Frauen wie Sophia Loren aussehen mit einer langen wallenden Mähne, oder mit so langen dunklen Haaren wie Claudia Cardinale, mit …", sie machte eine kleine Pause, ging dann zum Regal mit den Orangen und zeigte mit ihren Händen, „… auf jeden Fall nicht mit so kleinen …"

In diesem Moment trat Maria lachend aus der Küche und unterbrach Maikes Redefluss. „Si, si, geben Sie ihm kräftig contra, der braucht mal wieder einen Dämpfer. Sonst wird er übermütig. Was meinen Sie, was los war, als ich mir vor vielen Jahren meinen langen Zopf abschneiden ließ. Er ist sofort zum Friseursalon gerannt und wollte den Friseur verprügeln. Es war aber eine Friseurin, eine ganz junge. Da hat er dann geflötet: ,Ich hab die langen Haare meiner Frau geliebt, aber, naja, so schlecht sieht die neue Frisur nicht aus.'"

Sie zog ihren Mann spielerisch am Ohr. Guiseppe war ein bisschen rot geworden. „Männer lieben eben die langen Haare ihrer Frauen."

„Wissen Sie, Signorina Maike", fuhr Maria fort, „als ich ihn kennengelernt habe, musste ich ihn erst mal daran erinnern, dass er gar kein richtiger Italiener ist. Schließlich ist er in Deutschland zur Welt gekommen und seine Eltern sind aus Südtirol. Da bezweifle ich, dass er überhaupt ein Italiener ist." Sie überlegte einen Moment. „Das war vor ungefähr 30 Jahren, und ich war gerade erst aus Mailand hergezogen."

Maike lachte. „Auch deutsche Männer haben Probleme mit meinen Haarfarben. Aber jetzt", sie wandte sich wieder Guiseppe zu, „hätte ich gerne zwei schöne Auberginen, drei gelbe Paprika, ungefähr ein Kilo Tomaten, dürfen schon sehr reif sein, und Mozzarella. Ich hab morgen einige Kolleginnen zum Essen einladen."

„Haben Sie Geburtstag?", wollte Maria wissen.

„Nein", antwortete Maike, „viel besser, ich bin befördert worden. Ich bin jetzt No. 1 unseres Design-Studios in Düsseldorf, Chefin, Creative Director."

„Toll!" Guiseppe strahlte sie an. „Ich hab's schon immer gewusst, Sie werden eines Tages die Modewelt in London, Paris und Mailand aufmischen, und dann", er zupfte an seinem Kittel, „bitte ich um eine speziell für mich gestaltete Küchenschürze mit Autogramm."

Maike versuchte, streng zu wirken: „Für Männer, denen meine Frisur nicht gefällt, designe ich nicht."

Guiseppe schaute ein bisschen verlegen. Er verstaute das gewünschte Gemüse sorgfältig in einer Papiertüte. Maike bezahlte bei Maria, lächelte beide an: „Ciao, bis demnächst."

8

„Aber …, bella Signorina", versuchte Guiseppe sie charmant zu umgarnen. „Selbst wenn Sie auf Männer derzeit nicht so gut zu sprechen sind, ich hab so ein Gefühl, dass Sie Ihren Traummann bald treffen werden."

Er blickte zu seiner Frau. „Stimmt doch, oder?"

Maria lachte, und Maike meinte: „Verkaufen Sie jetzt auch noch Horoskope? Ciao."

Es nieselte ein wenig, und sie beeilte sich, ins Studio zurückzukommen, solange der Personalmanager aus der Zentrale in Helsinki noch Gespräche mit anderen Mitarbeiterinnen führte. Sie hatte die Gelegenheit genutzt, kurz vor Ladenschluss noch schnell beim Italiener einzukaufen.

Ihr glockenförmiger Mantel mit dem Muster von kelchförmigen blauen Blüten wippte im Takt ihrer Schritte, und ihre extra dazu ausgesuchten schmalen, langen, blauschimmernden Ohrringe schwangen mit. Maike beschloss, heute nicht mit dem Aufzug in den vierten Stock zu fahren, sondern die Treppen des Bürohauses zu nutzen.

**Kapitel 2**

Mist, Mist, Mist! Niklas stand neben seinem Auto in der Tiefgarage, durchwühlte seine Hosentaschen, seine Jackentaschen, suchte verzweifelt seine Autoschlüssel. Die Sorgenfalte auf seiner Stirn wuchs und wuchs. „Wo habe ich sie nur hingesteckt", grummelte er vor sich hin, um Sekunden später laut zu brüllen: „Bin ich blöd!"

Er hatte die Schlüssel, weil sie ihn in der Hose störten, zu einem Gutachten gelegt, in eine Mappe gesteckt und alles vor etwa einer Stunde einem Mitarbeiter gegeben, damit dieser das Schriftstück in aller Ruhe am Wochenende gegenlesen konnte. Niklas flitzte, weiter vor sich hin schimpfend, zurück in sein Büro, um von dort ein Taxi zu rufen. In der Tiefgarage war schlechter Handyempfang, und außerdem lag auf seinem Schreibtisch eine Visitenkarte mit der Nummer eines Taxiunternehmens. Da musste er nicht lange suchen.

„Wir schicken Ihnen gerne einen Wagen", erklärte eine freundliche Stimme am Telefon. „Aber derzeit, am Freitagspätnachmittag, ist immer viel Betrieb. Es kann 20 Minuten dauern, bis ein Taxi bei Ihnen sein kann."

„Sorry, so viel Zeit hab ich nicht, danke." Niklas wischte über den roten Hörer seines Handys. Was sollte er nun tun?

Niklas war als Manager für Hurrikan- und große Sturmschäden bei einem großen weltweit agierenden Sachversicherer beschäftigt, der in dem mehrstöckigen Bürocenter die ganze erste Etage belegte. Er schaute durch das Innenfenster seines Büros und sah weit hinten im Großraumoffice seinen Freund Jean sitzen.

„Der muss mir helfen", murmelte er vor sich hin und durchquerte im 100-Meter-Sprint den Raum.

„Jean, fahr mich bitte zum Bahnhof, ich hab meinen Autoschlüssel dooferweise verlegt."

Jean, der gerade dabei war, eine E-Mail zu schreiben, schaute ihn groß an. „Was ist los? Was soll ich?"

„Du musst mich zum Bahnhof fahren, Leonie kommt in einer halben Stunde an, und sie hat mir gedroht, dass sie mich endgültig verlässt, wenn ich diesmal wieder nicht pünktlich bin."

„Und wäre das schlimm?", neckte Jean seinen Freund, der total ernst erwiderte: „Natürlich, eine absolute Katastrophe."

„War doch nur ein Scherz", meinte Jean und nahm seine Jacke vom Stuhl. „Komm!"

Sie flitzten los. „Auf den Fahrstuhl warten wir nicht, komm." Jean riss die Tür zum Treppenhaus auf, begann die Stufen hinunterzuspringen und konnte eben noch einer jungen Dame ausweichen, die fröhlich vor sich hin summend die Treppen hochstieg. Niklas dagegen rempelte sie an, murmelte „Tschuldigung" und rannte weiter.

11

Die Papptüte mit dem Gemüse riss. „Mistkerl!",
brüllte Maike, bückte sich blitzschnell, griff eine Tomate und warf sie hinter Niklas her. „Dreckskerl!"

Die Tomate zischte knapp an Niklas' Kopf vorbei
und knallte gegen die weiße Treppenhauswand.

## Kapitel 3

„Beeil dich, fahr schneller", bat Niklas.

„Was hast du da Rotes am Ohr, Blut?", fragte Jean. Niklas fühlte mit der Hand. „Ih", er nahm ein Taschentuch und wischte sein Ohr ab. „Mist", sagte er, „kein Blut, könnte Tomate sein."

„Wie kommt sowas dahin?" Jean schüttelte ungläubig den Kopf.

„Du erinnerst dich an die junge Frau, die uns im Treppenhaus entgegenkam?" Niklas merkte, wie eine leichte Röte seine Wangen hochzog.

„Nicht wirklich", meinte Jean, „was war mit ihr?"

„Ich hab sie angerempelt, die Einkaufstasche ist runtergefallen, und ganz viel Zeug ist rausgerollt. Ich glaube, sie hat was nach mir geworfen. Könnte eine Tomate gewesen sein."

„Bitte, was?" Jean blickte seinen Freund ungläubig an. „Du bist nicht stehengeblieben und hast ihr nicht geholfen, alles wieder aufzusammeln?" Er schüttelte den Kopf und schaute Niklas strafend an. „Und ich habe dich bisher als den perfekten Gentleman gesehen."

„Tut mir wirklich leid, aber ich muss unbedingt pünktlich sein, Leonie wartet nicht. Bitte fahr schneller."

„Da stehen rechts und links so Schilder mit 'ner 80 drauf, und die möchte ich gerne beachten. Was ist eigentlich los, dass du so pünktlich sein musst? Ruf

13

Leonie an und sag ihr, dass es dir leid tut, dass du ein klein bisschen später kommst. Es werden bestimmt nicht mehr als fünf Minuten. Wir liegen gut in der Zeit."

„Du weißt, wir haben seit einigen Wochen Stress. Sie wird stinkwütend sein." Niklas seufzte, wählte aber gehorsam ihre Nummer. Sofort sprang die Mailbox an.

‚Hier ist Leonies Mailbox. Niklas, wenn du jetzt sagen willst, ich möge auf dich warten, vergiss es. Du bist total unzuverlässig geworden. Solltest du nicht am Bahnsteig sein, bevor der Gegenzug einläuft, bin ich wieder auf dem Weg zurück nach Hamburg, nach Hause. Und dann ist Schluss mit uns beiden. Finito. Endgültig.'

Niklas wurde kreidebleich. Jean, der alles mit angehört hatte, blies die Backen auf, ließ vernehmlich die Luft raus: „Puh, das war deutlich. Aber keine Angst, Niklas, du bist rechtzeitig am Gleis."

Niklas atmete tief durch. „Nur, wenn du schneller fährst und jetzt diesen Lastwagen überholst. Gib Gas", und fügte rasch hinzu (das Schild Überholverbot war deutlich zu sehen gewesen), „ich übernehme heute alle Strafmandate."

„Oui, oui." Jean, ein Franzose, der vor vielen Jahren aus Paris nach Düsseldorf ins europäische Zentralbüro versetzt worden war, drückte aufs Gaspedal und grummelte. „Ich weiß überhaupt nicht, warum ihr Deutschen immer überpünktlich sein müsst. Warten kann doch nett sein. Man geht einen Kaffee trinken, oder, viel besser, Leonie setzt sich in eine Bar, bestellt eine Flute de Champagne, alles natürlich auf deine Rechnung."

Jean überholte den Lastwagen nur wenige Meter, bevor die Schnellstraße wegen einer Baustelle einspurig wurde. „Zufrieden?" Er grinste seinen Freund an. Nur wenig später ertönte hinter ihnen eine Stimme aus einem Lautsprecher:

„Hier spricht die Polizei, bitte fahren Sie am nächsten Parkplatz rechts raus."

Niklas schlug die Hände vors Gesicht, schüttelte den Kopf. Das war's. Adieu Leonie, meine große Liebe.

**Kapitel 4**

Maike sammelte die auf die Treppe gefallenen Tomaten, Paprika und Auberginen mürrisch ein. Der Mozzarella war das einzige Teil, das in der Papptasche liegen geblieben war. Die Paprika hatten heftige Druckstellen, die Tomaten waren aufgeplatzt, der Traum vom kunstvoll designten Tomaten-Mozzarella-Teller war ausgeträumt. Maike trug die Tüte mühsam auf den Armen, der Griff war abgerissen. In der nächsten Etage wechselte sie vom Treppenhaus in den Fahrstuhl. Als sie ihr Büro betrat, schaute ihr Chef, der dort am Telefonieren war, Maike erschrocken an.

„Was ist passiert? Sie sind ganz bleich!"

„Ach", seufzte Maike und sprach dann empört weiter. „So ein Mistkerl, so ein Anzugträger, hat mich auf der Treppe angerempelt. Hier", sie zeigte auf die zerdrückte Einkaufstüte, „meine schönen Tomaten sind auf die Stufen geknallt, totaler Mist, nicht mehr für ein Vorspeisen-Bouquet geeignet. Ich hab doch meine Kolleginnen morgen zum Essen eingeladen, um mit ihnen meinen neuen Job zu feiern."

„Das tut mir leid", sagte ihr Chef. „Aber das können Sie Ihren Mitarbeiterinnen doch erklären. Ihnen fällt bestimmt ein anderes tolles Essen ein."

„Das schon." Maike hatte sich ein wenig beruhigt und nickte. „Ich hab außerdem Paprika und Auberginen eingekauft, gibt's eben ein Ratatouille. Aber", sie verzog ärgerlich den Mund, „das sieht eben nicht so

16

ästhetisch aus wie die gestylte wunderschöne Tomaten-Mozzarella-Platte mit Balsamico und Basilikum drauf, die ich geplant hatte."

„Ich bin sicher, Sie zaubern was Tolles auf den Tisch, mit Ihrer Kreativität fürs Design", versuchte ihr Chef sie zu trösten. „Ratatouille ist eine meiner Lieblingsspeisen, da hätte ich große Lust zu kommen, aber", er lachte, „erstens bin gar nicht eingeladen, zweitens fliege ich heute Abend eh zurück." Er legte einen großen Umschlag auf den Schreibtisch. „Ich möchte mit Ihnen noch den Besuch der Fashion Week in Mailand besprechen. Sie fliegen am Sonntag hin, um bei den ausstellenden Webereien die neuesten Stoffe zu begutachten und Ihre Design-Ideen zu besprechen. Flug und Hotel hab ich bereits buchen lassen."

Wow. Maike strahlte ihn an. Sie war völlig überrascht.

„Ich – darf – dorthin?" Sie zog die Worte lang auseinander. „Ich soll auf die Fashion Week nach Mailand?"

„Klar", ihr Chef nickte. „Sie sind jetzt die Creativ Art Directorin hier in Düsseldorf und müssen sich die Stoffe vor Ort anschauen, anfühlen und mit den Herstellern sprechen."

„Danke, danke", stammelte Maike, und der Zwischenfall auf der Treppe, mit diesem Mistkerl, diesem Anzugsträger, war vergessen.

**Kapitel 5**

Jean drückte auf den Knopf und das Seitenfenster fuhr runter.

Der Polizist sagte: „Bitte die Fahrzeugpapiere und den Führerschein."

Niklas beugte sich zum Fahrerfenster rüber. „Sorry, könnten Sie sich nicht einfach unsere Fahrzeugnummer notieren und uns weiterfahren lassen? Wir haben es furchtbar eilig."

„Das habe ich gemerkt", grinste der Polizist und schaute beide intensiv an. „Aber weder sind sie noch ihr Freund schwanger, einen sonstigen medizinischen Notfall kann ich ebenfalls nicht erkennen. Jetzt schauen wir erstmal, was das Zentralregister zu Ihnen und Ihrem Fahrzeug sagt."

Er beugte sich zu Jean: „Haben Sie Alkohol getrunken?"

„Nein, nein", erwiderte Jean sofort, „wir kommen direkt aus dem Büro und wollen zum Bahnhof, die Partnerin meines Freundes", er zeigte auf Niklas, „abholen."

Der Polizist gab die Fahrzeug- und Führerscheindaten in sein Tablet. „Am Bahnhof gibt's doch nette Cafés, da kann Ihre Frau gemütlich im Trocknen stehen, nicht so wie wir hier im Nieselregen."

Er gab Jean die Papiere zurück. „Kein Eintrag im Zentralregister, bislang scheinen Sie die Verkehrsregeln eingehalten zu haben. Das ist positiv. Heute

18

waren Sie jedoch viel zu schnell, und vor allem haben Sie im Überholverbot überholt. Die durchgezogene Linie zu überfahren, ich befürchte, das wird teuer."

Der Polizist gab die Fahrzeugpapiere mit einem leichten Lächeln zurück, sprach jedoch streng weiter. „Sie dürfen jetzt weiterfahren." Er hob mahnend den Zeigefinger: „Bitte die Schilder beachten."

Niklas schaute auf die Uhr. Der Zug mit Leonie war vor etwa 15 Minuten angekommen, in ungefähr 5 Minuten fuhr der Gegenzug ab. Rechtzeitig am Bahnhof anzukommen und zum Gleis zu spurten war unmöglich. Nur eine Zugverspätung konnte ihn jetzt noch retten. Als er jedoch außer Atem den Bahnsteig erreichte, sah er nur noch die Rückleuchten des ICE, der nach Hamburg fuhr. Er nahm sein Handy und wählte Leonies Nummer. Keine Antwort.

Mit einem Mal fühlte er sich mitten im quirligen Bahnhof sehr einsam. Er stand mehrere Minuten nahezu unbeweglich zwischen den um ihn herum hastenden Menschen. Nochmal versuchte er, Leonie zu erreichen. Diesmal sprang die Mailbox an.

„Tschüss, Niklas. Wir passen einfach nicht zueinander. Such dir ein Hausmütterchen, das geduldig auf dich im trauten Heim wartet. Es ist aus, Schluss, vorbei."

Niklas schlich geknickt zu Jean zurück, der vor dem Bahnhof im Auto auf ihn wartete.

„Sag nichts", meinte Jean, „ich seh dir alles an. Du kommst jetzt erstmal mit zu uns nach Hause. Vorher muss ich nur noch Gemüse kaufen."

Jean wohnte mit seiner Frau Anna, ebenfalls Französin, und ihrer gemeinsamen Tochter Lucy in einem Dorf ein Stück außerhalb Düsseldorfs auf der linken Rheinseite. Ein paar Kilometer von ihnen entfernt befand sich ein großer Bauernhof, auf dem man freitagnachmittags Gemüse und Obst einkaufen konnte.

Niklas stieg seufzend ein. „Weiß eh nicht, wie es mit meinem Leben weitergeht. Weißt du, Jean, ich hatte für mich und Leonie einen Tisch reserviert in dem romantischen Restaurant am Hafen." Er sah seinen Freund an und schaute dann gedankenverloren aus dem Fenster, während Jean über die Rheinbrücke fuhr.

„Tja", Niklas hockte zusammengesunken im Autositz, „das war unser Ritual, ein Wochenende kam Leonie zu mir, wir sind toll ausgegangen. Am nächsten bin ich zu ihr nach Hamburg gefahren. Hab in ihrer Wohnung an der Küchenbar gesessen, beim Kochen zugeschaut. Sie kocht so super. Nebenbei haben wir den Wein probiert, den ich mitgebracht habe, oder an einem Prosecco genippt."

„Trotzdem", er richtete sich auf und betonte laut und trotzig: „Ich fahr nach Hamburg. Dann wird sie mit mir reden müssen! Das bringe ich wieder in Ordnung."

„Klingt gut", erwiderte Jean. „Ein weiser Entschluss aus deiner Sicht. Ob Leonie so mitmacht, wie du dir das vorstellst, bezweifle ich."

Jean blickte kurz zu seinem Freund auf dem Beifahrersitz und erkannte, dass Niklas in seiner Trauer diesen Einwand nicht gehört hatte.

**Kapitel 6**

Vor einer Pyramide aus roten, gelben und grünen Paprika stand eine junge Frau und überlegte, wo die letzte Frucht, die sie noch in der Hand hielt, hinpassen könnte, ohne dass sie das Kunstwerk zerstören würde.

„Ça va, Emmi", hörte sie eine Stimme.

Sie drehte sich um: „Bien, et toi?"

Jean hatte mit Niklas im Schlepptau den Hofladen betreten.

„Lass mich im Auto sitzen", hatte Niklas seinen Freund gebeten, als sie auf dem Parkplatz angekommen waren.

„Nichts da, du kommst mit, keine Widerrede", hatte dieser geantwortet.

So standen sie nun im Laden, der wie eine große Garage aussah. Jeden Freitagnachmittag wurden hier auf Holzregalen Kisten mit Gemüse und Obst aufgebaut. Auf einem Tisch stand eine große Waage, ein moderner Bildschirm mit Touchscreen, ein Drucker für den Kassenbon und eine kleine Geldkassette.

Niklas war direkt am Eingang stehen geblieben, schaute gedankenverloren aus dem Laden hinaus in den Himmel. Er hielt sein Handy in der Hand und hoffte, dass Leonie sich auf seine WhatsApp, SMS und weitere unendliche Nachrichten, die er auf ihre Mobilbox gesprochen hatte, melden würde.

Jean plauderte mit Emmi zunächst auf Französisch, die Fremdsprachen liebte und sich freute, mit

Jean nicht nur Small Talk zu betreiben, nein, sie pochte darauf, dass er ihre Sprachfehler korrigierte und ihr umgangssprachliche Idioms beibrachte.

„Was meinst du, wenn ich auf einem Markt", sie überlegte kurz, „zum Beispiel irgendwo in der Normandie arbeiten würde, könnte ich so tun, als ob ich Französin wäre? Oder würde man mich sofort als Deutsche identifizieren?"

„Noch ja, wir müssen an deiner Aussprache arbeiten, sie muss abgeschliffener, lässiger werden. Vom Aussehen, du mit deinem mediterranen Teint, mit deinen dunklen Augen, deinen dunklen langen Haaren, und deinem Namen, Emmi, das passt zu Frankreich." Jean fügte noch hinzu: „So geflochtene Zöpfe, wie eine Krone um den Kopf gewickelt, das ist in Frankreich derzeit angesagt."

Emmi lachte. „Du kennst dich mit Frisuren aus?"

„Oui! Lucy – das ist meine Tochter, sie wird in Kürze 18 –, die erklärt mir jeden Abend, dass ich total veraltet bin. Trotzdem versucht sie mich up to date zu halten. Außerdem zeigt sie mir Selfies von ihren französischen Cousinen."

„Bien!" Emmi nickte zufrieden. „Was steht heute auf deinem Einkaufszettel?"

„Wart mal, ich hab versucht, ihn auswendig zu lernen. Vier Auberginen, vier Zucchini, ein halbes Kilo von den Cocktailtomaten, und dann …", er tat so, als müsste er angestrengt nachdenken: „Da war noch so Gemüse, das in der Erde wächst, so was Gelbes."

23

Emmi schubste ihn an. „Erzähl keinen Nonsens, Möhren stehen immer auf deinem Zettel."

„Boah!" Jean bestaunte die Pyramide aus bunten Paprikas. „Ich trau mich gar nicht, davon welche runterzunehmen, hast ein tolles Kunstwerk gebaut. Ich hätte gern die vier gelben aus der untersten Reihe."

Emmis Lachen schallte durch den Raum. Jean sah Niklas an, keine Reaktion auf diesen Ausbruch von Fröhlichkeit. Niklas blickte starr auf sein Handy.

Emmi verfolgte Jeans Blick. „Schick deinem Freund doch einfach ein Foto vom Gemüse, damit er sieht, was wir hier so haben."

„Top, ich fotografiere die Pyramide."

Ruckzuck, erledigt, beide warteten gespannt. Didelim, ertönte eine leise Melodie, Niklas' Gesichtszüge entspannten sich, blitzschnell schaute er auf sein Smartphone.

„Ach, du, Jean." Er blickte kurz zu seinem Freund auf. „Eine Sekunde hatte ich die Hoffnung, Leonie würde sich melden." Schon war er wieder in seiner Einsamkeit versunken.

„Keine Chance, Emmi", Jean wandte sich den Salaten zu. „Den Typ müssen wir heute sich selber überlassen. Willst du wirklich mal auf einem Markt in Frankreich arbeiten? Die Eltern von Anna, meiner Frau, leben in der Champagne in einem kleinen Dorf und haben beste Kontakte zu Bauern, die die Waren direkt vermarkten, wie ihr hier. Wir würden dich gleich als Französin vorstellen, voilà", und er machte eine ausladende Handbewegung. „C'est Emmi."

„Eigentlich heiß ich ja Emmanuelle", warf sie ein.

„Wow, noch viel besser", entgegnete Jean. „Hatte deine Mutter ein Faible für französische Namen?"

„Non", Emmi lehnte sich an den Holztisch an. „Das liegt an unserer Familientradition. Die Namen aller Töchter beginnen mit E. Meine Mutter heißt Elise, meine Oma Elisabeth, die Urgroßmutter Ella und die Ururgroßmutter Emmanuelle. Der Klang dieses Namens gefiel meinen Eltern. Weil er meiner Mutter zu lang erschien, wollte sie als Kurzform Emma. Mein Vater meinte, Emmi wäre niedlicher. So wurde ich schließlich als Emmanuelle im Geburtsregister eingetragen, aber gerufen haben mich meine Eltern nur Emmi. Wenn ich angeben will, behaupte ich, ich wäre keine normale Emmi, sondern eine mit Y!"

„Spannende Geschichte." Jean stellte seinen Korb mit dem eingekauften Gemüse neben die Waage und hörte interessiert zu. „Gibt es für diese Tradition einen besonderen Anlass oder weiß das niemand mehr?"

„Oui, oui", und diese Ouis versuchte Emmi so auszusprechen wie Jean, es klang ein wenig wie wää, wää.

Jean lachte: „Nicht schlecht, dieser Versuch."

„Vor ungefähr zweihundert Jahren", erzählte Emmi, „hat irgend so einer meiner Vorfahren Expeditionen nach Zentralafrika geleitet und von dort eine Kette mit einem geschwungen E aus purem Gold mitgebracht, verziert mit Diamantensplittern und einem Saphir. Jeweils die älteste Tochter bekommt dieses wertvolle Stück bei der Taufe ihrer ersten Tochter feierlich überreicht."

„Aha", Jean staunte. „Du bist die älteste?"

„Ich bin die einzige, hab keine Geschwister. Meine Mutter fragt bei jedem Besuch sehnsüchtig: Wann kann ich dir endlich das Erbstück überreichen?" Emmi wog nebenbei das von Jean ausgesuchte Gemüse ab. „Weißt du, seit meiner Ururgroßmutter haben die Frauen unserer Familie spätestens bis zum 25. Lebensjahr eine Tochter geboren, aber ich", sie schüttelte den Kopf, „ich hab kein Interesse an einer Familie. Ich brauch meine Freiheit."

„Naja", meinte Jean, „bis du dieses Alter erreichst, hast du noch viel Zeit." Er schaute sie lächelnd an. „Manchmal macht es plopp und der Richtige steht bereits in deiner Nähe."

„Danke für dein Kompliment, aber im nächsten April werde ich dreißig." Sie druckte den Kassenzettel aus. „Zweiundvierzig Euro bekomme ich von dir."

Jean reichte ihr das Geld, Emmi legte es in die Kasse. „Natürlich treffe ich mich mit Jungs, geh tanzen oder so, aber einen festen Partner? Non, merci, ich hab noch so viel vor."

Jean lachte, nahm seine zwei Körbe voller Gemüse, ging auf Niklas zu, drückte ihm einen Korb in die Hand. „Kannst auch was tragen."

Jean winkte Emmi zu. „Salut."

„Salut", antwortete sie und wandte sich wieder dem Gemüse und dem nächsten Kunden zu.

26

**Kapitel 7**

Wenig später stiegen Niklas und Jean mit den beiden vollgepackten Körben aus dem Auto und brachten das Gemüse zu Anna und Lucy in die Küche.

„Das wollt ihr alles sofort essen?", scherzte Anna.

Sie stammte ebenfalls aus Frankreich und hatte in Düsseldorf studiert. Jean musste irgendwas in der Uni besorgen, hatte normannischen Dialekt gehört, der ihm von seiner Großmutter her vertraut war, und schaute zu den jungen Studentinnen hin, die sich in dieser Sprache lautstark unterhielten. ‚Nur die eine spricht den Dialekt perfekt', fand er, und weil sie ihm sofort sympathisch war, startete er mit entsprechenden Worten seinen Flirtversuch, woraufhin Anna losprustete und auf Französisch fragte: „Wie lange hast du denn dafür geübt?"

Aus diesem ersten Treffen wurde mehr, sie gingen zum Tanzen, ins Theater und verbrachten viel Zeit miteinander. Ursprünglich war Annas fester Plan, während ihres Studiums keine feste Beziehung einzugehen, jedoch verliebte sie sich unsterblich in Jean und er sich in sie. Das war inzwischen über zwanzig Jahre her, und seit langem wohnten sie mit ihrer Tochter in einem Reihenhaus in diesem kleinen Dorf auf der linken Rheinseite, ein gutes Stück außerhalb Düsseldorfs.

„Hey, you are looking like the Ghost of Canterville", sprach Lucy Niklas an, als er in die Küche trat.

27

Niklas' Vater stammte aus Schottland, deshalb war Niklas zweisprachig aufgewachsen, und Lucy liebte es, mit ihm Englisch zu sprechen. „And where is Leonie?"

Kaum sprach Lucy den Namen Leonie aus, standen Niklas Tränen in den Augen. Jean tippte seiner Tochter sanft auf den Arm. „Schlechtes Thema, Leonie hat Schluss gemacht."

„Aber wieso?" Lucy war tief bestürzt. „Was ist passiert?" Anna ließ vor Schreck einen Kochlöffel fallen und schaute entsetzt.

Niklas schluckte, wollte sprechen, aber es kamen keine Worte aus seinem Mund. „Setz dich erstmal." Anna schob ihm einen Stuhl hin, „damit du nicht so traurig rumstehst wie ein einsames, verlorenes Schaf auf einer großen Wiese."

Lucy räumte das Gemüse in den Kühlschrank, schaute aber alle dreißig Sekunden zu Niklas hin, immer in der Hoffnung, er werde endlich erzählen, was vorgefallen war.

Etwas später standen Camembert und Schinken – vor ein paar Tagen von den Großeltern aus der Normandie geschickt –, Joghurtdip mit Kräutern frisch aus dem Garten, eine Karaffe Wasser und eine Flasche Rotwein auf dem Tisch. Anna fügte noch Paprikastreifen, geviertelte Tomaten und Baguette dazu, stellte Gläser und Brettchen hin, legte Messer dazu. „Voilà, bon appétit."

„Los, trink was und erzähl endlich", Lucy schubste Niklas an. „Was war los?" Er schüttelte nur stumm den Kopf.

Jean fing schließlich an, von den ereignisreichen Stunden des Nachmittags zu erzählen. Wie sein Freund zu ihm gekommen war, weil sein Autoschlüssel weg sei, er dringend zum Bahnhof müsse, von der Lautsprecherstimme, vom Schrecken, dass die Polizei hinter ihnen herfuhr. „Leider war ich zu schnell unterwegs und hab im Überholverbot überholt", gab er kleinlaut zu. An dieser Stelle prusteten seine Frau und seine Tochter gleichzeitig los.

„*Du* bist zu schnell gefahren?" Seine Tochter kicherte und seine Frau schüttelte sich vor Lachen. „*Du* hast das Schild Überholverbot missachtet?" Beide klatschten sich ab und grinsten.

„Papa! Ständig knurrst du mich an, fahr immer ein wenig langsamer als erlaubt ist, und vor allem", jetzt richtete sich Lucy auf, straffte ihre Schultern und sprach todernst: „Meine Tochter, wozu stehen dort am Straßenrand Verkehrsschilder? Damit sie nicht beachtet werden?"

Und sofort schüttelten sich ihre Mutter und sie wieder vor Lachen. Zaghaft meldet sich Niklas zu Wort.

„Ich war's. Ich hab ihn angefleht, schneller zu fahren, damit wir rechtzeitig am Bahnhof ankommen, ich wollte Leonie nicht warten lassen."

Jean setzte hinzu: „Naja, weil sie Niklas angedroht hatte, ihn endgültig zu verlassen, wenn er wieder zu spät kommt."

Lucy schaute Niklas an. „Ist das wahr? Nur weil du mal zu spät kommst?"

Niklas musste kleinlaut gestehen, dass das leider in letzter Zeit häufig vorgekommen sei und sie deshalb oft gestritten hätten. ‚Alles andere sei wichtiger als sie', habe Leonie ihm dann immer vorgeworfen.

„Ich hab sie gleich angerufen, nachdem Jean losgefahren war, um ihr zu sagen, wir sind auf dem Weg. Aber es war nur ihre Mailbox dran. Sie hatte extra für mich eine Ansage aufgesprochen: ‚Wenn du diesmal wieder zu spät kommst, nehme ich den ersten Zug, der zurück nach Hamburg fährt, und dann ist Schluss.'"

Lucy staunte. „Schlussmachen per Mobilbox, echt krass!"

„Wegen der Sache mit der Polizei sind wir natürlich zu spät am Bahnhof gewesen und Leonie war weg. Ich hab versucht sie anzurufen. Erst war besetzt, und als ich sie endlich erreicht habe, war schon ein neuer Spruch auf der Mailbox."

„Und?" Lucy schaute ihn eindringlich an, sie platzte fast vor Neugier.

„Sie hat gesagt: ‚Tschüss, vorbei und aus. Niklas, wir passen nicht zueinander.'" Niklas holte tief Luft, setzte sich gerade auf, „Aber nächstes Wochenende muss sie mit mir reden, da fahr ich zu ihr hin. Ich liebe sie doch!"

30

„Was?!" Anna und Lucy schauten sich entsetzt an, „erst nächstes Wochenende?"

Anna schüttelte den Kopf, beugte sich vor und tippte mit ihrem Zeigefinger dreimal an Niklas' Stirn. „Du spinnst! Du magst ein toller Versicherungsmanager sein, Großschäden super bearbeiten, dein Leben top sortiert haben, aber von Frauen, lieber Niklas ...", und sie sprach sehr langsam und deutlich, blickte ihm dabei tief in seine dunkelblauen Augen, „... von Frauen hast du keine Ahnung, aber überhaupt keine!"

„Yeah", Lucy nickte. „Aber das muss ich mir merken, Schlussmachen per Mobilbox, wirklich cool, deine Leonie."

Anna sprach weiter: „Du hättest sofort mit dem nächsten Zug nachfahren müssen, vielleicht hätte sie das umgestimmt. Manchmal sprengt das Leben alle Strukturen, oder Jean?" Sie schaute ihren Mann lächelnd an. Der nickte bloß. Obwohl er die temperamentvollen Ausbrüche seiner Frau und Tochter kannte, musste er sich jedes Mal aufs Neue davon erholen.

Niklas seufzte, holte tief Luft. „Gut, wenn ihr meint, okay, dann fahre ich morgen ganz früh hin, heute gibt's eh keinen Zug mehr."

Sein Handy klingelte, er schaute überrascht, strahlte übers ganze Gesicht. „Das ist sie bestimmt." Er schaute Anna glücklich an, holte das Telefon aus der Hosentasche, schaute aufs Display und sein Strahlen erstarb.

„Hallo, was gibt's?" – „Ach so, ja, meine Autoschlüssel", antwortete Niklas. „Nein, die brauch ich heute nicht. Das Auto bleibt in der Tiefgarage. Bring die Schlüssel am Montag zur Arbeit wieder mit."

„Du hast doch nicht im Ernst geglaubt", setzte Anna die Diskussion fort, „dass Leonie sich bei dir meldet? Du bist weltfremd, mein Lieber. Du hast dich in den letzten Jahren in eurer Beziehung gemütlich eingerichtet, aber die Wertschätzung für deine Frau, die ist auf der Strecke geblieben."

Niklas wich jegliche Farbe aus dem Gesicht. Bis vor wenigen Minuten hatte er gemeint, er sei der Verlassene, der zu Bedauernde, aber jetzt verschob Anna seine Sicht gnadenlos.

„Ich muss dringend nach Hause", meinte Niklas, „damit ich morgen früh starten kann."

„Okay", Lucy sprang auf. „Ich fahr dich."

„Non!" widersprach Jean energisch. „Du hast noch keinen richtigen Führerschein, nur einen für begleitetes Fahren. Du glaubst doch nicht, dass ich dich fahren lasse. Ich auf dem Beifahrersitz mit etlichen Glas Wein intus, hinten auf dem Rücksitz Niklas, ebenfalls leicht angetrunken." Er lachte. „Non, non. Gab heute schon genug Ärger mit der Polizei." Jean schüttelte den Kopf. „Niklas schläft hier."

„Logo", stimmte Anna zu. „Wozu haben wir ein Gästezimmer. Morgen fahren wir ganz früh erst zu dir nach Hause, da kannst du dich kurz umziehen, und

32

dann ab zum Bahnhof, auf nach Hamburg. Versuch deine Beziehung zu kitten."

Sie griff zu ihrem Weinglas, lächelte Niklas aufmunternd an. „Los, stoß mit mir an, besonders darauf, dass du mehr Einfühlungsvermögen entwickelst."

**Kapitel 8**

Am Montagmorgen betrat Niklas hinter einer Schar fröhlich plaudernder Frauen das Bürocenter. Sie schoben eine nach der anderen ihre Chipkarte durch den Kontrollcheck neben dem Drehkreuz.

„Heute fahre ich nicht mit dem Aufzug, ich will das Treppenhaus sehen", erklärte eine topschick Gestylte sehr bestimmt.

Erstaunt schauten die anderen sie an. „In den vierten Stock laufen, muss das sein?"

„Willst du uns beweisen, wie fit du bist?"

„Nein, ich will was sehen", war die Antwort.

Niklas wurde neugierig. ‚Da bin ich mal gespannt, gehe ich ebenso zu Fuß', dachte er. Gleich hinter der Tür blieb die Gruppe stehen, sie schauten die Wand an. Niklas folgte ihren Blicken und stutzte. Ein handtellergroßer roter Fleck leuchtete direkt neben dem Eingang zur Tiefgarage, und drumherum klebte ein Papprahmen, an dem ein großer Zettel befestigt war, den eine der Frauen vorlas.

„Liebe Künstlerin oder Künstler, da wir nicht wissen, wie wertvoll dieses Tomatenbild ist, bitten wir Sie, sich beim Hausmeisterteam zu melden. Vielleicht können wir das Kunstwerk bei Sotheby's versteigern und damit die Kosten fürs Neustreichen der Wand ausgleichen. Unsere Telefonnummer …"

Alle lachten schallend. „Aha, das war die Story, die Maike am Samstagabend beim Essen erzählt hat."

34

Diejenige, die unbedingt das Treppenhaus hatte nutzen wollen, erwiderte: „Genau, das wollte ich sehen, Maikes Wutwurf vom Freitag. Hoffentlich sieht dieser Schnösel, der sie fast umgerannt hätte, dieses wundervolle saftige Kunstwerk, das eigentlich an seinem Anzug kleben sollte. Aber wahrscheinlich benutzt der eh nur den Lift aus der Tiefgarage, wo er seinen Protzschlitten stehen hat."

Die Frauen stiegen kichernd eine Stufe höher, um die geplatzte Tomate noch viel deutlicher zu erkennen. „Nur, wieso war er am Freitag zu Fuß auf der Treppe unterwegs, war der Fahrstuhl kaputt?", warf eine andere laut ein und zog ihre Augenbrauen hoch.

‚Mist', dachte Niklas, ‚ich war das.' In seinem Beziehungsstress hatte er diesen Vorfall vollkommen verdrängt. ‚Ich muss sofort das Hausmeisterteam anrufen und alles klären. Das darf nicht sein, dass diese Maike, wie ihre Kolleginnen sie genannt haben, für den Schaden haften muss.'

Er versuchte, sich so unauffällig wie möglich an der Frauengruppe vorbeizuschleichen, die giggelnd und zwitschernd auf den Treppenstufen standen und mit ihren Handys aus verschiedenen Richtungen den Tomatenfleck mit Rahmen fotografierten. Glücklicherweise achtete keine auf ihn, und so sah niemand, wie rot er geworden war, als die Notiz laut vorgelesen wurde.

Einige Minuten später stand er in der Büroküche. Er schaltete gerade die Kaffeemaschine ein, als die

Tür aufging und Jean eintrat, um ebenfalls einen Morgenkaffee zu trinken.

„Hast du das Kunstwerk im Treppenhaus schon begutachtet?", wollte Niklas von seinem Freund wissen.

„Nein, welches Kunstwerk? Wird renoviert?"

„Nein", antwortete Niklas. „Ist eher ein Peinlichkeitsproblem."

Jean zuckte mit den Schultern. „Verstehe ich nicht."

„Komm mit." Niklas stellte seinen Kaffee auf einem Tischchen ab und zog Jean am Ärmel seines Pullovers ins Treppenhaus. Als sie vor dem roten Fleck standen, erklärte Niklas: „Das war die Tomate, von der ich noch was am Ohr hatte, im Auto, als wir am Freitag zum Bahnhof gefahren sind." Erst stand Jean total auf dem Schlauch, schließlich meinte er: „Ah, oui, ich erinnere mich, hab ich in der Eile überhaupt nicht mitbekommen. Ich war allerdings etliche Meter vor dir und vermutlich schon in der Tiefgarage." Er nahm sein Handy aus der Tasche und fotografierte den Tomatenfleck mit Rahmen und Text. „Muss ich Anna senden. Es stimmt, der Freitag war nicht dein Glückstag, besonders was dein Verhältnis zu Frauen betrifft."

Er lachte. „Aber, Niklas, erzähl, wie war dein Treffen mit Leonie, wieder alles klar?"

„Alles Mist!" Niklas winkte ab. „Totaler Reinfall, das Ganze. Komm, lass uns unseren Kaffee trinken, dann erzähle ich dir die Story vom Wochenende."

36

Sie sprangen die Stufen zu ihrer Etage hoch und setzten sich in die Küche. „Also, das war so …", Niklas atmete tief durch. „Ich hab am Bahnhof in Hamburg einen riesengroßen Rosenstrauß gekauft und bin mit dem Taxi zu Leonies Wohnung gefahren. Also, ich verstecke mich hinter meinem Blumenstrauß und klingele. Nichts passiert, nochmal geklingelt, wieder nichts. Ich schaue an meinen Blumen vorbei, und da sehe ich einen Brief mit einem Klebestreifen an der Tür befestigt, an mich adressiert." Niklas' Augen wurden feucht, er holte ein verknittertes Stück Papier aus der hinteren Hosentasche. „Da, Jean, lies selber", seine Stimme klang zittrig.

‚Lieber Niklas, du hättest dir deine Blumen sparen können und deine Fahrt nach Hamburg sowieso. Ich bin für ein paar Tage zu einer Freundin auf die Insel gefahren. Aber du hast weder eine Ahnung zu welcher Freundin, noch auf welche Insel, weil du dich schon lange nicht mehr für mich interessiert hast. Glaub mir, es ist Schluss mit uns beiden, und das ist besser so. Irgendwann werden wir vernünftig darüber telefonieren können. Tschüss, Leonie.'

„Ich hab dann ihre Schwester angerufen", fuhr Niklas in seiner Berichterstattung fort, „um zu erfahren, wohin Leonie gereist ist. Aber die war mit ihren zweijährigen Zwillingen beschäftigt, hat mich nicht richtig verstanden, antwortete immer nur, ach, ihr seid auf der Insel. Nein, sagte ich, nur Leonie, und sie antwortete, sag ihr liebe Grüße. Hier ist gerade Tohuwabohu, ich backe mit den Zwillingen Plätzchen. Also hab ich mich wieder in den Zug gesetzt und bin zurückgefahren."

„Und jetzt?", wollte Jean wissen.

„Ich hab mir viele Gedanken gemacht, war ja genug Zeit. Sie hat nicht Unrecht. Weißt du", er schaute Jean betrübt an, „ich hatte gedacht, so läuft Beziehung eben, besonders, wenn man sich seit sieben Jahren kennt. Ein Wochenende bei mir, eines bei ihr, und irgendwann, so hatte ich mir das vorgestellt, zieht Leonie nach Düsseldorf und wir suchen uns eine schöne, große Wohnung."

„Das war …" – Jean stockte kurz, suchte die richtigen Worte – „… zu kurz gedacht, das seh ich genauso wie Leonie. Was hast du jetzt vor?"

Niklas zuckte mit den Schultern. „Erstmal habe ich vorhin beim Hausmeisterteam angerufen, mich für den Tomatenfleck im Treppenhaus entschuldigt. Hab gesagt, ich hätte mich mit meiner Freundin gestritten und sie hätte aus Wut mit 'ner Tomate nach mir geworfen. Natürlich zahl ich den Schaden." Jean lachte schallend auf. „Tolle Story!"

Niklas trank seinen Kaffee aus. „Das ist das mindeste, was ich tun kann. Ich denke, das wird diese Frau, sie heißt wohl Maike, ihre Kolleginnen haben sie so genannt, als Entschuldigung akzeptieren."

Jean zog die Augenbrauen hoch. „Ich weiß nicht, vielleicht fällt dir noch was zusätzliches, was Persönliches ein."

38

**Kapitel 9**

An einem runden Tisch im Frühstücksraum eines Mailänder Hotels saßen vier topmodisch gekleidete Frauen. Es waren Chefdesignerinnen der finnischen Style AG, und sie diskutierten lebhaft über die neuen Trends und Materialien der Stoffe, die sie sich später auf der Fashion Week anschauen wollten. Eine von ihnen war Maike. Ihr Handy summte, sie schaute kurz aufs Display und legte es in die Handtasche zurück.

„Sorry", ihre Kolleginnen, schauten neugierig, „nichts Wichtiges, nur eine WhatsApp von meiner Freundin Nicole. Aus dem Studio in Düsseldorf."

Erst am Abend, als die vier Ladies gemütlich an der Hotelbar saßen und alkoholfreien Caipirinha schlürften, schaute Maike nebenbei auf ihr Smartphone.

‚Wir schicken dir dein Kunstwerk', eine Nachricht von Nicole. Ihr Kunstwerk? Zunächst verstand Maike nichts, dann öffnete sie das angehängte Video und lachte schallend los.

„Hier, schaut mal." Maike stellte ihr Handy auf die Theke. Neugierig blickten die Frauen auf den Bildschirm, wo sich eine Gruppe junger Frauen kichernd und giggelnd in einem weißen Treppenhaus um einen roten Fleck auf der Wand versammelt hatten. Schließlich zeigte das Video einen Rahmen und ein großes Blatt, auf dem Worte standen, die nur Maike lesen konnte, denn ihre Kolleginnen waren aus London, Paris und Rom.

„What's that?" Rose schaute Maike mit großen Augen an. Zwischen lachen, kichern und Luft holen erzählte Maike die Story. Dann stand sie vom Barhocker auf, tat so, als ob sie sich bückte, „... ohne nachzudenken habe ich eine Tomate ergriffen und sie dem Kerl hinterhergeschleudert. Leider habe ich", und sie grinste, „wie ihr seht, nicht getroffen."

„Wow, really?" „Oh là là!", „Dio mio!" Ebenfalls kichernd schauten Maikes Kolleginnen auf das Display.

„Schade, dass du den Kerl nicht getroffen hast", war unisono die Meinung der anderen Frauen. „Auf keinen Fall darfst du die Renovierung der Wand bezahlen. Das muss dieser Wilde tun. Hoffentlich kannst du rausfinden, wer er ist."

„Ein tomatenfarbiger Anzug, das wär was", meinte Natalie von der Pariser Filiale. Maike schaute sie verwundert an.

„Ja, genau, den müsste dieser Mistkerl anziehen" ergänzte Rose aus London, „und dann kommt er aufs Cover bei der nächsten Cosmopolitan mit einem Plakat um den Hals: Ich werde nie wieder Ladies anrempeln!"

Sie prosteten sich mit ihren Cocktails zu und überlegten, was noch zu tun wäre, damit es oberpeinlich für diesen Mann würde und sein Gesicht die Farbe des Anzugs annehmen würde.

40

„Und dann musst du dir ein supersexy Outfit dazu ausdenken, und er wird verurteilt, dich zum Opernball auszuführen." Sofia aus Rom fing sofort an, ein extravagantes, knapp geschnittenes Kleid auf einem Bierdeckel zu skizzieren. Maike winkte intensiv ab. „No! Kein Interesse an dem Kerl!"

Am nächsten Morgen rief Maike das Hausmeisterteam an, erklärte, sie sei die Künstlerin. Sie war erstaunt, ein Lachen zu hören. „Ihr Freund hat uns alles erklärt, und selbstverständlich übernimmt er die Rechnung, hat er gesagt. Vielleicht renkt sich Ihre Beziehung doch wieder ein."

Wenigstens zeigt er Verantwortung, dachte Maike. Aber sollte ich ihn jemals zwischen die Finger bekommen, dann wird er was erleben. Erst mich anrempeln, dann weiterrennen, ohne mir beim Einsammeln des Gemüses zu helfen, und jetzt noch behaupten, er sei mein Freund.

„Ein bisschen viel, Monsieur Mistkerl", sprach sie zu ihrem Spiegelbild, während sie sich schminkte.

**Kapitel 10**

Niklas rief am Montag, Dienstag, Mittwoch, immer und immer wieder bei Leonie an. Entweder war ihr Handy aus, oder die Mailbox sprang sofort an mit der Bitte, eine Nachricht zu hinterlassen. Die ersten Male versuchte Niklas liebevolle Texte draufzusprechen, aber nach dem dritten oder vierten Mal verzichtete er darauf, überhaupt etwas zu sagen, da er sowieso nie eine Antwort erhielt. Ein- oder zweimal ertönte kurz ein Freizeichen, sofort danach das Besetztzeichen. Leonie drückte seine Telefonanrufe konsequent weg, reagierte nicht auf SMS oder WhatsApp. Sie war nicht bereit, mit ihm zu kommunizieren.

,Respektier mich und meine Entscheidung', hörte er in seinem Kopf Leonie laut und deutlich sagen, als er am Samstagmorgen einsam an seiner Küchenbar saß und frühstückte. Er zog sich einen Kaffee Crema aus der Nespresso-Maschine und aß dazu Toastbrot mit Honig, denn er benötigte dringend irgendetwas Süßes an diesem Morgen. Ob Leonie ihre Sachen aus seiner Wohnung selber abholen würde, überlegte er, und stutzte: Welche Sachen? Sie hatte nie irgendwas Persönliches in seiner Wohnung abgestellt. Selbst die Zahnbürsten brachten sie zu ihren gegenseitigen Besuchen mit. Kam Leonie nach Düsseldorf, reservierte er in einem Restaurant einen Tisch zum Abendessen. Samstagvormittags kuschelten sie gemütlich, nachmittags gingen sie spazieren oder mal ins Kino.

42

Sonntags frühstückten sie ausführlich, schauten vielleicht noch eine Folge irgendeiner Netflix-Serie und genossen dabei einen Smoothie, den Niklas aufwendig mixte. Am späten Nachmittag fuhr er Leonie zum Bahnhof, wo sie sich zum Abschied lange küssten.

So war es üblicherweise in Düsseldorf gewesen. In Hamburg genauso – mit der Ausnahme, dass sie zu Hause aßen. Leonie kochte gerne und superlecker. Er saß am Küchentisch, schaute zu, bekam hin und wieder kleine Aufgaben, wie Kartoffeln schälen oder Möhren raspeln. Da er sich mit dem Kartoffelschneider jedoch mehrfach die Fingernägel abrasiert hatte, verzichtete Leonie meistens auf seine Mitarbeit. So trank er einen Saft oder sie genossen beide neben der Essensvorbereitung ein Gläschen Wein.

Sie erzählten sich, was in den letzten Tagen im Job passiert war, diskutierten darüber, wohin sie das nächste Mal in Urlaub fahren mochten. Auf der Rückfahrt von Hamburg nach Düsseldorf holte Niklas sein Laptop aus der Tasche und begann im ICE Mails zu checken, die aus der weiten Welt an ihn gesandt worden waren.

Vielleicht, so grübelte er, stimmte es, was Anna ihm vorwarf. Hatte er Leonie wirklich Wertschätzung entgegengebracht? War Leonies Meinung, dass sie nicht zusammenpassten, doch richtig?

Für Niklas hatte schon immer festgestanden, dass Leonie irgendwann zu ihm nach Düsseldorf ziehen und sich einen neuen Job suchen würde. Sein Traum war, dass sie gemeinsam in einer großen Wohnung leben, bis …

„Und wenn sie nicht gestorben sind, dann … Du hast in einem Märchen gelebt, aber nicht in der Wirklichkeit", sprach er laut zu sich selber. „Aber ich liebe sie! Wir hatten wundervolle Zeiten, ich habe sie so gerne angeschaut, gefühlt, berührt." Seine Augen füllten sich mit Tränen. Er vermisste sie und hoffte, dass sie endlich wieder mit ihm sprechen würde. Er war nicht bereit, seine Liebe zu Leonie aufzugeben.

Zwei Wochen später ploppte am Freitagabend eine Nachricht auf seinem Handy auf, im Display ein Foto von Leonie. Sein Herz sprang sofort jubelnd auf, endlich, alles würde wieder gut. Mit zittrigen Händen griff er zu seinem Smartphone und las aufgeregt.

‚Lieber Niklas, es fühlt sich wunderbar an, wieder frei zu sein. Eines Tages werde ich dir meine Gefühle ausführlicher erklären können. Bitte lass uns Freunde bleiben, aber ein Liebespaar waren wir schon lange nicht mehr. An unseren letzten gemeinsamen Wochenenden hast du mich zwar mit deinem Körper und deinen zarten Fingern intensiv angetörnt, nur mit tiefer Liebe und einer Beziehung hatte das nichts mehr zu tun. Sei so lieb und ruf mich nicht mehr an. Bis irgendwann einmal. Leonie'

Er sackte auf seinem Ledersofa zusammen. Es war aus! Vorbei! Diese Nachricht war klar und deutlich. Er musste akzeptieren, dass Leonie ihre Partnerschaft

44

gekündigt hatte. Wieder frei, und es fühle sich gut an, schrieb sie.

Niklas lief unruhig durch seine Wohnung, dachte über sein Leben nach und spürte, dass er unbedingt mit jemandem reden musste. Manche Dinge, die Anna bei ihrem letzten Zusammensein gesagt hatte, gefielen ihm nicht, trotzdem hatten sie ihn zum Nachdenken gebracht. Er fühlte sich hilflos. Was hatte er übersehen, an welcher Abzweigung war er auf die Straße der Bequemlichkeit abgewichen? Konnte es sein, das auf seinem Lieblingsschild ,hier lang, wenn alles so weiter gehen soll wie immer' eingraviert war?

Am nächsten Morgen rief er bei Jean an, erzählte kurz von Leonies Nachricht und dass er gerne mit Anna und ihm darüber reden würde. „Klar, natürlich. Bestimmt backt Lucy einen Kuchen für uns, besonders, wenn ich ihr erzähle, du kommst."


Kaum klingelte Niklas bei seinen Freunden, öffnete Anna die Tür. Jean kam auf ihn zu und wedelte mit einem Briefumschlag. „Gut, dass du uns besuchst, zu deinem Beziehungsstress hab ich noch das i-Tüpfelchen. Aber komm erstmal rein, wir sitzen in der Küche, du kennst den Weg."

Niklas war verwirrt. Hatte Leonie einen Brief an Anna und Jean geschrieben? Wieso an die beiden? Sollten seine Freunde, die auch ihre Freunde waren, Mediatoren zwischen ihnen beiden werden?

„Hier, lies", Jean drückte ihm den Brief in die Hand. *Polizeibehörde* stand als Headline auf dem

Bogen, Niklas zuckte zusammen. Nichts von Leonie, er überflog das Schreiben, las halblaut: „… für Überholen im Überholverbot, Überfahren einer durchgezogenen Linie im Baustellenbereich, überhöhte Geschwindigkeit, eine Buße von Euro 250,00 plus Verwaltungsgebühren Euro 35,00." Er schaute seinen Freund an, fasste sich mit der Hand auf den Mund und atmete tief durch.

„Weiterlesen", Jean schubste ihn an, „jetzt wird's erst interessant."

„Oh weh", Niklas hielt kurz die Luft an. „Zwei Punkte in Flensburg und vier Wochen Fahrverbot. Wow …", er stockte, „Mist, diese Aktion, puh, … total verdrängt." Er überlegte und schüttelte den Kopf. „Dabei, total verrückt, ist doch erst drei Wochen her."

Für ein paar Sekunden sah Niklas seinen Freund schweigend an, Anna klapperte mit den Kaffeetassen.

„So blöd, so ein Ärger", wiederholte er. „Wie kann ich das nur wieder gutmachen, Jean?" Er schüttelte den Kopf. „Ich glaube, ich habe in der letzten Zeit alles falsch gemacht, erst mit meiner Beziehung, dann habe ich dich überredet, zu schnell zu fahren und auch noch falsch zu überholen. Wie kann ich das nur wieder reparieren? Ich hole dich natürlich jeden Morgen ab und fahre dich zur Arbeit", fügte Niklas schnell hinzu.

Jean winkte ab. „Erstmal Ruhe bewahren", er legte seine Hand auf den Arm seines Freundes. „Reg dich nicht auf, es gibt Schlimmeres, als mal zu Fuß zu laufen. Wir klären das später. Punkte stören mich eh

46

nicht, ich hatte noch nie welche, und es werden vermutlich in den nächsten Jahren keine dazukommen. Jetzt lass uns Lucys Kuchen genießen und uns den wirklich wichtigen Problemen des Lebens, der Liebe zuwenden."

Anna setzte sich zu ihnen. Sie schaute Niklas an: „Also erzähl, was ist los mit dir und Leonie?"

Er berichtete, und sofort steckten sie mitten in einer lebhaften Diskussion. Nach etlichen Cappuccinos und Kuchenstücken hatte er zwar kein Patentrezept in der Tasche, wie er seine Leonie zurückerobern könnte, aber den Eindruck, dass er mit jedem Satz etwas dazulernte. Jean und Anna waren seit zwanzig Jahren ein Paar, und Niklas erfuhr von vielen *Ups and Downs* in ihrer Beziehung.

„Möchtest du zum Abendsnack bleiben?" wollte Anna wissen. Er schüttelte den Kopf. „Nee, danke. Ich muss erst mal in Ruhe das, was ihr mir gesagt habt, reflektieren und analysieren. Wie aber gehen wir jetzt mit deinem Fahrverbot um?", wandte sich Niklas seinem Freund zu.

„Das ist alles geklärt. Lucy freut sich riesig, dass sie mich mit meinem Auto jeden Morgen zur Station der S-Bahn fahren darf, von wo aus es für uns beide in die Stadt weitergeht. Nur Freitagnachmittags, da musst du mich zum Biohof bringen, mit mir Gemüse aussuchen und mich danach nach Hause fahren."

Jean schaute Niklas mit einem breiten Grinsen an. „Die Strafe haben sich Anna und Lucy für dich ausgedacht. Dieser Einkauf ist nämlich schon immer mein Anteil am Kochen gewesen."

„Aber klar", Niklas nickte ernsthaft. Anna lachte und schubste ihn ermunternd an. „Los, schau ein bisschen fröhlicher. Du trauerst deiner Leonie nach, logo, aber wer weiß, was für tolle Frauen in der weiten Welt auf dich warten."

# Kapitel 11

Lucy fuhr ihren Papa am Montagnachmittag zur Polizeistation, bei der Jean seinen Führerschein für vier Wochen hinterlegte.

„Es ist wirklich so", sagte Lucy schmunzelnd zu dem Polizist, der ihrem Vater die Quittung für die Hinterlegung übergab, „mein Papa hält sich immer an alle Regeln, nur dieses eine Mal hat er sich überreden lassen." Sie klopfte ihrem Vater aufmunternd auf die Schulter, während der seufzte.

Der Polizist schaute Jean an. „Wer hat Sie überredet, Ihre Frau?"

„Non", antwortete Jean total entrüstet. „Das würde sie nie machen. War ein Freund, eine wilde Geschichte! Aber zu Fuß gehen in den nächsten Wochen wird mir gut tun." Er klopfte auf sein Herz. „Stärkt den Kreislauf, hält mich fit."

Lucy mischte sich wieder ein, „das Schlimmste für ihn wird sein, dass er jetzt keine Ausrede mehr hat, wenn ich sagen werde, Papa, bitte, darf ich mir dein Auto ausleihen. Ich bin vor einer Woche 18 geworden und darf ohne ihn als Begleitperson fahren."

Die gesammelte Mannschaft der Polizei, die hinter dem Tresen stand, lachte. „Vertrauen Sie Ihrer Tochter, die passt bestimmt gut auf Ihren Wagen auf." Der Polizist zwinkerte den beiden zu.

Am nächsten Freitag gegen 16 Uhr kam Niklas zu Jean und stellte sich neben dessen Schreibtisch zackig wie beim Militär auf.

„Immer noch zerknirschter Fahrer meldet sich pünktlich zur Stelle. Gemüsetransport kann beginnen!"

„Hey", Jean hatte ihn nicht kommen sehen, er lachte und war verblüfft über Niklas' Auftritt. „Ist alles nicht so schlimm, ich verbuch's unter Freundschaft. Aber du hast Recht, wir sollten losfahren, bevor der Feierabendverkehr staut. Schließlich müssen wir über die Rheinbrücke, den üblichen Engpass."

Als sie im Auto saßen, erzählte Jean von seinem neuen Leben als S-Bahn-Nutzer. „Ich glaube", meinte er, „ich sollte mir einen Schrittzähler zulegen. Ich vermute, ich komme tatsächlich auf weit über 1 000 Schritte täglich." Er schaute Niklas fröhlich an. „Soll besonders in meinem Alter sehr gesund sein, schließlich sind Männer über 50 im kritischen Alter, Herzinfarkt und so."

„Du doch nicht", meinte Niklas. „Du lebst gesund, bei euch zu Hause gibt's regelmäßig frisches Gemüse, du rauchst nicht, Stress …"

„Ich hab eine 18 Jahre alte Tochter!" Jean fiel ihm ins Wort, aber sein Freund lachte nur.

„Die ist total in Ordnung", Niklas schubste Jean mit seinem Ellbogen kurz an.

„Jaja, du hast schon recht, aber leb du mal mit zwei Frauen unter einem Dach, das ist nicht immer leicht."

Niklas seufzte. „Mir würde schon eine reichen, aber …“, er machte eine lange Pause. „Leonie will definitiv nichts mehr mit mir zu tun haben.“

Jean schaute ihn interessiert an. „Habt ihr wieder Kontakt gehabt?“

„Vor ein paar Tagen hat sie mich tatsächlich angerufen, nach all meinem Gequatsche und Gebettele auf ihrer Mailbox um Kontakt. Sie hat mir betont sachlich erklärt, dass sie schon länger den Eindruck gehabt hätte, unsere Beziehung wäre irgendwo in Langweile steckengeblieben. ‚Was hatten wir wirklich gemeinsam?‘, wollte sie von mir wissen. ‚Du hast noch nicht mal eine Zahnbürste in meinem Badezimmer stehen.‘ Weißt du“, Niklas unterbrach, schaute leer in die Ferne. „Weißt du, Jean, im Prinzip hat sie Recht. Mein Herz tut nur immer noch ein bisschen weh, weil ich sie wirklich geliebt habe. Ich hab wohl immer geglaubt, eines Tages ziehe sie zu mir. Klassisch eben, der Mann hat seine Arbeit, seine Karriere, die Frau folgt. Ein schwachsinniges Weltbild, ist mir als modern denkendem Mann bewusst, aber ich habe nie wirklich darüber nachgedacht.“

„Uns hat Leonie oft erzählt, ihr größter Wunsch sei, eines Tages Vorstandssekretärin in dem IT-Unternehmen in Hamburg zu werden, wo sie arbeitet. Letztens, vor ein paar Wochen, als ihr mal wieder am Samstag zum Kaffee bei uns gewesen seid“, warf Jean ein. „Habt ihr beide nie darüber gesprochen? Lucy bewundert Leonie für ihre Zielstrebigkeit.“

„Doch, doch", antwortete Niklas schnell, „hat mir sehr imponiert, wie Leonie im Job vorwärts marschiert ist. Trotzdem ..."

„Du musst in Kürze rechts in eine schmale Straße abbiegen", dirigierte Jean. Wenige Minuten später hielten sie auf dem Kiesplatz vor dem Bauernhof und gingen ein paar Schritte zum Hofladen.

# Kapitel 12

Niklas betrat wenige Schritte hinter seinem Freund den Raum, in dem Gemüse kunstvoll auf Holzkisten aufgebaut war. Er lauschte fasziniert der Begrüßungszeremonie zwischen Jean und der Verkäuferin, die wie üblich zunächst Französisch miteinander sprachen. Schließlich schaute Emmi über Jeans Schulter zu Niklas und sprach Jean an: „Du hast heute wieder deinen verträumten Freund mitgebracht. Hast du ihn überredet, mehr Gemüse zu essen?"

„Non, das hat leider einen anderen, einen doofen Hintergrund", Jean grinste. „Er ist mein Fahrer, ich musste meinen Führerschein für vier Wochen bei der Polizei hinterlegen."

Emmi lachte schallend auf. „Du? Jeder, aber du doch nicht. Das glaube ich jetzt nicht, was hast du falsch gemacht?"

„Diese Geschichte, Emmi, die kann dir Niklas besser erzählen", antwortete Jean und zeigte auf ihn. „Der war dran schuld."

Niklas wurde puterrot. Emmi schaute völlig perplex. „Ihr macht mich neugierig, also, was ist passiert?"

Niklas stotterte. „Ein …, ähm …, ein anderes Mal vielleicht." Er winkte ab. Jean lachte.

„Sorry, Emmi, dann steh ich unter Schweigepflicht."

53

Emmi lachte laut. Niklas sah sie an, sah ihre dunklen Haare, die sie zu einem Pferdeschwanz zusammengebunden hatte, und fühlte sich an Leonie erinnert, mit ihren blonden, aber genauso langen Haaren. Er beobachtete Emmi, wie sie mit Jean am Gemüse entlang ging, ihm Paprika und andere Früchte reichte. Die meisten kannte Niklas nicht. Emmi schien durch den Raum zu schweben. Sie lachte mehrfach kurz auf, wenn Jean irgendwas zu ihr sagte.

Niklas war fasziniert von dieser fröhlichen schlanken Frau, die seinen breitschultrigen, eher stämmigen Freund locker überragte. Emmi war fast so groß wie Niklas selbst.

Er schaute auf ihre schmalen Hände, bewunderte ihren dunkelgrünen Nagellack. Passt für eine Gemüseverkäuferin, fand er. Jean bezahlte, nahm die Holzkiste mit dem eingekauften Gemüse und schubste Niklas an.

„Aufwachen, ich hab alles." Er klopfte Niklas auf die Schulter und schaute zu Emmi hin.

„Du siehst, Jean", sie lächelte, „ja, ja …, er ist ein Verträumter."

Niklas zuckte zusammen. „Okay", murmelte er. Er hatte sich in den leuchtenden dunkelbraunen Augen von Emmi verloren und seinen Freund überhaupt nicht mehr wahrgenommen.

**Kapitel 13**

Allgemein bekannt ist, dass Informationen durch Wellen übertragen werden, seien es Schall-, elektromagnetische oder Funkwellen. Erstaunlich ist, dass selbst Gefühlswellen durch den Äther gleiten, besonders geeignet scheint dafür die Atmosphäre in Büros.

Bereits in den ersten Tagen, nachdem Leonie Niklas erklärt hatte, Schluss, aus und vorbei, betraten vermehrt weibliche Angestellte sein Büro, um zu fragen, ob er gerne einen Kaffee oder vielleicht einen Tee hätte. Niklas antwortete, ohne wirklich von seiner Arbeit aufzuschauen, mit ,ja gerne‘, oder ,heute lieber Tee‘, oder ,nein danke, schon genug‘. Auf alle direkten und indirekten Fragen (,Sie schauen so sorgenvoll, Herr McCarthy‘) kam regelmäßig die stereotypische Rückmeldung: ,Viel zu tun, ich habe einige schwierige Fälle zu bearbeiten.‘

An diesem Montag hob Niklas jedes Mal, wenn eine Frage nach Kaffee, Tee oder Mineralwasser kam, den Kopf und blickte die Fragende direkt an, denn in seinem Inneren lief unbewusst ein Scan, der die ihn anblickenden Augen, ob blaue, graue oder grüne, mit den leuchtenden dunkelbraunen Augen Emmis verglich. Bislang hatte er nicht geahnt, dass braune Augen eine so immense Leucht- und Strahlkraft haben können. Für ihn beinhalteten braune Augen bislang eher Melancholisches.

Als am nächsten Freitag Jean vormittags zu seinem Freund ins Büro trat und seinen Satz anfing mit „Heute können wir …", hielt Niklas den Atem an (*nein, nicht die Fahrt zum Biohof absagen*). Aber Jean fuhr fort: „… erst später einkaufen fahren. Anna arbeitet lang und Lucy hat etliche Freundinnen eingeladen, sie wollen sich auf die letzte Abiturprüfung vorbereiten. Lucy und ihre Freundinnen, da ist Stimmung in der Bude." Jean schmunzelte. „Sie wollen zusammen kochen und werden das ganze Haus mit Musik, Schnattern und klappernden Töpfen beschallen. Besser, ich komm erst spät nach Hause."

„Okay", Niklas atmete auf (*juhu, wir fahren zu Emmi*). „Passt, ich hab noch etliche Mails zu bearbeiten, und bei mir zu Hause wartet eh niemand auf mich."

Jean legte seine Hand auf die Schulter seines Freundes. „Irgendwann wird sich für dich die Richtige finden, bin ich ganz sicher."

Als sie spätnachmittags zum Biohof fuhren, meinte Jean: „Hast du gesehen? Das Tomatenkunstwerk im Treppenhaus ist weg. Alles frisch gestrichen."

Niklas, der sehr konzentriert durch den Feierabendverkehr steuerte, zuckte heftig zusammen, als er *Tomatenkunstwerk* hörte.

„Wird demnächst die Rechnung vom Hausmeister kommen", antwortete Niklas, „total vergessen, völlig verdrängt." Er fügte noch hinzu: „Da werden die

56

Kollegen von der Haftpflichtabteilung wieder was zum Lästern haben."

„Das hast du gemeldet?" Jean grinste. „Mit welcher Schadensformulierung?"

„Na ja, nicht so ganz real. Ich hab gesagt, dass ich in Eile war, durchs Treppenhaus gestürmt bin und dabei versehentlich eine die Stufen hochgehende Frau so angerempelt habe, dass ihre Gemüsetüte aus der Hand geschleudert wurde, einige Tomaten durch die Luft gewirbelt und beim Versuch, sie aufzufangen, leider an die Wand geprallt sind."

Jean lachte schallend. „Nette Beschreibung, wollten die Kollegen auch die Aussage der Frau protokollieren? Hast du sie eigentlich mal getroffen, um zu erklären, warum du so ein Tölpel warst?"

Dieser Zusatz war provokativ an seinen Freund gerichtet. Niklas wurde rot, er zuckte zusammen, ein Schüttelfrost lief durch seinen Körper, sein schlechtes Gewissen regte sich. Klar, der Schaden war von ihm geregelt worden, aber persönlich entschuldigt, nein, das hatte er sich nicht. Erst war er so intensiv mit Leonie und dem Aus ihrer Beziehung beschäftigt gewesen, und später fand er es peinlich, die junge Frau im Bürocenter zu suchen. Der Verdrängungsmodus in seinem Gehirn funktionierte perfekt.

„Ich glaube", antwortete er ernst, „ich werde heute Gemüse kaufen, nett einpacken und als Schadensersatz an die junge Dame senden. Ich denke, sie arbeitet im Designcenter im vierten Stock."

„Bon, très bien, bravo", sein Freund hob den Daumen. „Emmi wird dich professionell beraten."

## Kapitel 14

Am Montag trug Niklas eine kleine Pappschachtel ins Büro, festlich mit einer silbernen Schleife verziert.

An dem Bändchen hing eine Postkarte, auf der in großen weißen Buchstaben auf blauem Grund *Entschuldigung* stand. Auf die Rückseite hatte er geschrieben: ‚An die Dame, die ich beinahe im Treppenhaus umgerannt habe. Eine kleine Wiedergutmachung für die verlorenen Tomaten. Sorry!'

Er rief einen jungen Jurastudenten zu sich, der derzeit als Praktikant im Büro arbeitete, übergab ihm das Päckchen und beauftragte ihn, es im Designcenter im vierten Stock abzugeben. „Fragen Sie nach Maike, für die ist das Päckchen."

Es dauerte außerordentlich lang, bis der Praktikant sich wieder zurückmeldete. „Alles erledigt, Herr McCarthy", berichtete er. „Die Dame namens Maike war zwar nicht persönlich anwesend, aber die Kolleginnen haben gelacht, als ich ihnen das Päckchen übergeben und sie die Postkarte gelesen haben. Total tolle Frauen, die dort oben arbeiten." Seine Augenbrauen hoben sich ein wenig.

„Ah so, deswegen sind Sie so lange weggeblieben."

„Naja", auf den Wangen des jungen Mannes zeigte sich eine leichte Röte und er zögerte mit seiner Antwort ein wenig. „Ich wurde gefragt, ob ich Lust auf einen kleinen Rundgang durchs Studio hätte? Sag ich doch nicht nein?"

„Schon okay", Niklas winkte ab, „hab ich ja den Richtigen geschickt."

Der Praktikant nickte verlegen und verließ das Büro.

Niklas saß in seinem Bürostuhl und sein Blick verschob sich von den Papieren auf seinem Schreibtisch in die Ferne. Seine Gedanken schweiften zurück zum Freitag. Er hatte zusammen mit Emmi zwei Auberginen, drei Paprika sowie ein paar Zucchini und Tomaten ausgesucht. Als Begründung für seinen Einkauf hatte er gemurmelt, er müsse einer Kollegin für einen Sondereinsatz danken.

„Wir nehmen Paprika in allen drei Farben, gelb, rot, grün, das sieht stilvoll aus und schmeckt lecker. Niklas, was meinst du?" hatte Emmi lächelnd vorgeschlagen.

Er nickte. Daraufhin wurde das bunte Potpourri in einer Schachtel in Holzwolle wundervoll dekoriert. Schleife und Postkarte kaufte Niklas auf dem Heimweg in einem Schreibwarenladen.

Es war toll gewesen, neben Emmi an den mit Früchten gefüllten Holzkisten entlangzuschlendern. Sie schien durch den Raum zu tanzen. Ihre Augen strahlten, ihre helle Stimme sang in seinem Ohr, ihre locker zusammengebundenen Haare, eine weiße Rose quergesteckt – Niklas war fasziniert.

„So, Niklas, jetzt hast du eine schmackhafte Gemüseauswahl für deine Kollegin." Dieser Satz, der

60

Ton, die Art, in der Emmi ‚Niklas‘ betonte, hing noch immer in seinem Ohr.

„Komm, wir müssen los“, meinte Jean und zog ihn am Pullover.

Daraufhin lachte Emmi. „Nicht so heftig, Jean, Vorsicht! Dein Freund ist ein Träumer, mit denen muss man behutsam umgehen.“

Niklas' Wangen färbten sich in ein blasses Rosa, was wunderbar zum Abendrot passte, in das der Himmel sich seit ein paar Minuten verwandelte.

„Ciao, bis nächsten Freitag, Emmi.“

Hatten seine Füße den Boden berührt, auf welcher Wolke schwebte er zum Parkplatz zurück?

Niklas kehrte erst in die Realität seines Büros zurück, als sein Telefon schellte.

**Kapitel 15**

Ein paar Wochen später.

Niklas tanzte durch seine Wohnung. Endlich hatte er sich getraut, Emmi zu fragen, ob sie mit ihm ausgehen würde. „Sie hat Ja gesagt. Ich habe ein Date mit Emmi!", rief er seinem Spiegelbild im Badezimmer zu. „Ich gratuliere, wurde ja Zeit", antwortete er sich selbst, und der gestrige Abend lief nochmal wie ein Film in seinen Gedanken ab.

Seit vier Wochen fuhr er seinen Freund freitagnachmittags zum Biohof, Gemüse einkaufen. Am Vortag hatte Jean erklärt: „Ab nächste Woche hast du freitags wieder frei. Ich darf nächsten Montag meinen Führerschein abholen." Dabei knuffte Jean seinen Freund locker in den Oberarm.

„Super", antwortete Niklas sehr sachlich, „dann kann ich mein schlechtes Gewissen endlich in die Schublade stecken." Aber gleichzeitig dachte er: *So ein Mist.*

Seit er Jean das erste Mal zum Biohof gefahren und Emmi gesehen hatte, freute er sich jede Woche auf den nächsten Freitag. Emmi anschauen, zu sehen, wie sie durch den Verkaufsraum tanzte mit ihren langen braunen Haaren, die mal zum wilden Haarknoten hochgesteckt, nur durch einen Bleistift gehalten waren, mal als Zöpfe hin und her schwangen, mal

62

einfach frei wirbelten. Emmi mit ihren leuchtenden dunkelbraunen Augen. Emmis Worte, wenn sie Jean auf Französisch begrüßte, das klang wie ein Popsong. Das sollte jetzt vorbei sein?

Kaum stieg sein Freund an seinem Haus mitsamt dem Korb voller Gemüse aus dem Wagen, verabschiedete sich Niklas: „Sorry, Jean, heute muss ich gleich weiter, hab noch was vor", und rasch fuhr er zum Biohof zurück.

Emmi schaute verblüfft, als er in den Verkaufsraum trat. „Was vergessen?" Sie schlug sich leicht an die Stirn. „Klar, du hast ja gar kein Gemüsepäckchen mitgenommen. Hätte ich ja auch drandenken können. Was machst du eigentlich damit? Immer noch irgendwelches Danke-Gemüse oder inzwischen Care-Pakete?"

Niklas nickte nur. (*Los jetzt*, ermunterte ihn seine innere Stimme.) „Ich … ich …", er stotterte, „ich wollte dich fragen …" Schweigen.

Emmi blieb verblüfft neben den Holzkisten mit den Kohlrabis stehen, so schüchtern kannte sie ihn nicht. „Ja, bitte? Was wolltest du mich fragen?"

Niklas versuchte weitere Worte aus seinem Mund zu locken. „Ob du …, ich finde dich …, ob du am Samstag, also morgen …", bevor er sich in ihren dunkelbraunen Augen verlor, musste er den Satz vollenden. „Ob du morgen Zeit für ein Date mit mir hast. Ich finde dich einfach toll." So, jetzt war's raus.

Emmi lächelte ihn an. „Nein, morgen kann ich nicht."

Niklas' Schultern sanken, seine Mundwinkel fielen nach unten.

„Aber am Sonntagmittag, da hätte ich Zeit", fuhr Emmi fort. „Wie wär's? Komm einfach hierher zum Hof."

Wow, Niklas fühlte, wie sein Körper sich wieder aufrichtete, in seinem Kopf schwirrten Libellen, summten Bienen. „Toll, schön, mach ich. Ich freu mich."

„Und was sollen wir heute in dein Gemüsepäckchen reinstecken?" Emmi griff sich einen Pappkarton und legte einen Kohlrabi hinein. Niklas wollte antworten, ich brauche kein Gemüse mehr, aber Emmi packte bereits zwei Paprika zum Kohlrabi. Sie schaute ihn mit ihren dunkelbraunen Augen fragend an: „Vielleicht noch eine Aubergine?"

Dieser Blick! Er versank in ihren Augen.

„Gerne, und ein paar von den grünen Dinger da, leg die noch dazu."

„Was für grüne Dinger?", lachte Emmi. „Meinst du die Zucchini oder die Gurken dort drüben? Ich glaube, ich muss dir am Sonntag ein bisschen Gemüseunterricht geben."

Wunderbar. Niklas spürte, wie ein Stromstoß durch seinen Körper fuhr. Vorfreude pur.

„Ich nehm' von beiden." Je länger ich einkaufe, umso mehr Zeit habe ich, meine Traumfrau zu beobachten, ging ihm durch den Kopf.

Ihre Bewegungen faszinierten ihn: Sie glitt wie auf Schlittschuhen durch den Raum, wenn sie mit ihren

64

zartgliedrigen Fingern vorsichtig das Gemüse griff. Allein beim Zuschauen fühlte Niklas ein Kribbeln auf seiner Haut, als ob Emmi ihn streichelte und nicht die Früchte. Am Sonntag, am Sonntag, summte es in seinem Kopf. Erst als Emmi die Kiste in seine Hände drückte („Macht 19 Euro."), wachte er wieder auf.

Auf der Heimfahrt überlegte er: Was soll ich nur mit dieser Gemüsekiste anfangen? Seine Mutter anrufen, ob die was haben wollte? Nein, lieber nicht, die würde ihm nur wieder einen langen Vortrag halten, dass er schon längst Leonie hätte heiraten sollen und wann er sich endlich mit ihr versöhnen würde und … und … und … Er hörte den Klang ihrer Stimme in seinen Ohren. ,Ein Mann in den besten Jahren, Junge, du wirst bald vierzig, du solltest schon längst eine Frau fürs Leben gefunden haben. Alleine durchs Leben zu ziehen, das ist nicht gut. '

Nein, diese Vorwürfe mochte er nicht hören. Er könnte das Gemüse am Montag Jean schenken. Der würde ihn allerdings mit tausend Fragen löchern, nein, das, nein … überhaupt nicht. Am besten, er band wieder eine silberne Schleife um die Kiste und entschuldigte sich nochmals bei der jungen Frau, der er die Einkaufstüte aus der Hand gerissen hatte. Diesmal allerdings zum letzten Mal, denn jetzt musste er kein Gemüse mehr kaufen, um Emmi sehen zu können.

Ich fahr gleich im Bürocenter vorbei, entschied er, gebe das Päckchen beim Sicherheitsdienst ab mit der Bitte, es am Montag ins Design-Studio weiterzuleiten. Glücklicherweise lag noch ein Rest vom silbernen

Band im Handschuhfach. Eine Schleife drum herum, kurze Entschuldigung auf ein Kärtchen, *Sorry, ich wollte Sie nicht umrennen.* Schon war er das Gemüse los.

**Kapitel 16**

Emmi hatte die Gemüsekisten übereinander gestapelt, auf eine Sackkarre gestellt und schob sie nun in den Lagerraum. Sie summte vor sich hin. Sie liebte spontane Verabredungen, und ein Date mit diesem verträumten Typ klang nach einer schönen Abwechslung. Hat lange gedauert, bis er sich endlich traute zu sagen, was er wollte, lächelte sie vor sich hin. Lang her, dass jemand so schüchtern und stotternd vor ihr stand. Emmi drehte eine Haarlocke um ihren Finger, grinste und erinnerte sich deutlich. Das war in der Schule, als ein Junge aus ihrer Klasse sie zum Abschlussball am Ende der zehnten Klasse eingeladen hatte.

Nachdem sie den Verkaufsraum durchgefegt, heruntergefallene Blätter und ein paar beschädigte Pappkisten beseitigt hatte, nahm sie die Kasse und brachte sie zu ihrem Chef ins Büro im Haupthaus. Dieser saß hinter einem breiten Schreibtisch und blätterte in einem Aktenordner.

„Na, Emmi, gut verkauft heute?"

„Ziemlich viel, Chef, aber zählen darfst du selber."
Sie suchte zwischen den Papieren und Ordnern einen freien Platz, auf den sie die Kassette stellen konnte.

„Ist das Wiesenhaus am Sonntag vermietet oder frei, Chef? Ich bekomm' Besuch und würde dort gerne gemütlich Tee trinken."

„Kannst du nutzen, sogar fürs ganze Wochenende. Schlüssel hängt dort drüben am Brett, wie immer." Er schaute kurz von seinem Ordner hoch. „Ein Date? Ein interessanter Mann?"

„Mal sehen", antwortete sie in einem Tonfall, den das Orakel von Delphi nicht besser hätte treffen können. Sie nahm den Schlüssel. „Tschüss, bis morgen früh."

Emmi arbeitete freitags im Hofladen, samstags fuhr sie am Vormittag zum Verkaufen mit auf den Markt. Manchmal führte sie am Wochenende Besucher über den Hof, denen sie die biologische Landwirtschaft erklärte. Oder sie schaute bei der Ziegenhirtin vorbei, half ihr beim Melken und spielte im Frühling mit den jungen Zicklein. Von Montag bis Donnerstag wohnte sie in Düsseldorf in einer großen WG. Vor einem Jahr hatte sie ihr Studium in Ökologie abgeschlossen, und seitdem arbeitete sie als Doktorandin an einem Forschungsprojekt in der Uni mit.

Emmi betrat ein winziges Zimmer im Dachgeschoss des Biohofes, das ihr von Freitag bis Sonntag zur Verfügung stand. Alle Saisonarbeiter und die sporadischen Aushilfen wohnten dort. Sie packte ihren Rucksack, steckte ihre Schlafdecke und ein paar Klamotten hinein. Dann holte sie sich aus der Gemeinschaftsküche Brot, Butter, Ziegenkäse, Tomaten und eine Thermoskanne heißes Wasser. Auf dem Weg durch die Felder pflückte sie Kräuter und Blüten für ihren Tee.

68

Das Wiesenhaus stand relativ weit entfernt vom Hauptgebäude am Rande einer Blumenwiese, ein Tiny House, zwei Betten übereinander, zwei Stühle, ein kleiner Tisch. Die Vorderfront des Holzhauses komplett verglast, die Seiten und die Rückwand aus dicken Bohlen gezimmert. Komposttoilette um die Ecke, an der Seite des Hauses hingen mehrere Insektenhotels, an einem Wurzelhaken zwei Klappstühle, damit man es sich auf der Terrasse gemütlich machen konnte. Wenn das Häuschen nicht an Feriengäste vermietet war, übernachtete Emmi dort manchmal.

Sie breitete ihr Abendessen auf dem kleinen Tisch aus. Der Geruch von Sommerblumen und Kräutern schwebte durch den Raum. ‚So, jetzt muss ich dringend googeln, mit wem ich mein Sonntagdate habe.'

Sie wusste bislang nur, dass er Niklas hieß, kannte zufällig seinen Nachnamen und dass er in derselben Firma wie ihr Stammkunde Jean arbeitete.

Einmal, als Niklas lange nachdenklich vor der Kiste mit den Paprikas gestanden hatte, meinte Jean schmunzelnd: „Weißt du, Emmi, Niklas denkt nach, ob er eine Paprika oder doch zwei ins Gemüsepäckchen steckt, du musst wissen, er ist ein halber Schotte, ein McCarthy."

Sie schlürfte ihren heißen Kräutertee. Er schmeckte süßlich. Wo kam dieser Touch her? Welche Blüten und Kräuter hatte sie heute gepflückt? Hey, sie schüttelte ihren Kopf, der Typ hat mich abgelenkt beim Sammeln, also wer ist er?

‚Niklas McCarthy (1982 in Düsseldorf geboren)‘, las Emmi (*der ist schon 38, puh, fast zehn Jahre älter als ich, hätte ich nicht gedacht*), ‚Abitur in Düsseldorf, Studium der Mathematik in Hamburg und Edinburgh, 2010 promoviert an der University of Edinburgh. Zunächst freier Mitarbeiter der Edinburgh Consulting Group, seit 2012 im Financial Management im der RCG Rückversicherungs-AG; ledig.‘

Ein Karrieretyp, aber so schüchtern? Emmi schlürfte ihren Tee, schnippte mit den Fingern, freute sich auf Sonntag.

**Kapitel 17**

Am Samstagvormittag marschierte Maike schwungvoll in Guiseppes Mediterranen Gemüsesalon und stellte mit heftigem Knall ein Päckchen auf den Tresen.

„Oh, fein, ist das für uns?" Maria zwinkerte sie an, während sie Orangen zu einer Pyramide stapelte.

„Was ist denn Schönes drin?" wollte Guiseppe lachend wissen.

„Das …", Maike holte tief Luft. „Das ist das dritte Gemüsepäckchen, das ich in den letzten Wochen von diesem rasenden Volltrottel bekommen habe."

In jedem ihrer Worte steckte wilde Empörung. Maria schaute mit großen Augen ihren Mann fragend an. Der zuckte nur leicht mit den Schultern, ging zum Tresen, klappte Maikes Pappkiste auf und nahm eine rote Paprika heraus.

„Ein Mann hat dir das geschenkt?" Er blickte Maike an. „Rote Paprika, er liebt dich! Er –"

„Schwachsinn", fiel ihm seine Frau ins Wort, „eine Liebeserklärung? So eine doofe Idee kann nur von einem alten Kerl wie dir kommen, einem, der sein Leben lang nur Gemüse im Kopf hat. Paprika sind kein Ersatz für Rosen. Erzähl, Maike, was hat es damit auf sich?"

Maike seufzte. „Ich hab euch doch erzählt, wie vor einigen Wochen so ein Irrer durchs Treppenhaus gerast ist, als ob ein Löwe hinter ihm her wäre. Er hat

71

mir die Papiertüte aus der Hand gerissen, mit all dem Gemüse, das ich kurz vorher bei euch eingekauft hatte."

Guiseppe nickte. „Genau, und du hast ihn mit einer Tomate beworfen. Und getroffen?"

„Nein", Maria grinste schelmisch, „hat sie doch erzählt, der rote Fleck an der Wand im Treppenhaus, weißt du doch." Sie wandte sich an Maike. „Musstest du eigentlich für das Renovieren und Streichen der Wand bezahlen?"

„Das hätte noch gefehlt! Glücklicherweise nicht", Maike schüttelte den Kopf. „Als ich mit dem Hausmeister telefoniert habe, um mich zu entschuldigen, hat der gesagt: ‚Ihr Freund hat schon alles geregelt. Tolle Geschichte!‘ Der Hausmeister hat vor Lachen kaum ein Wort rausbekommen. ‚Wilde Idee, einen Beziehungsstreit mit Tomaten auszutragen. Aber ‘, hatte er ergänzt, ‚das nächste Mal richtig zielen.‘"

„Das war dein Freund? Du bist gar nicht solo?" Guiseppe schaute sie erstaunt an.

„Quatsch, der und mein Freund! Ich kenn den überhaupt nicht, aber jetzt hat der Kerl mir schon zum dritten Mal Gemüse geschickt." Sie zeigte auf die Pappkiste, die immer noch vor Guiseppe auf der Theke stand.

„Hier", Maike holte eine Aubergine aus der Schachtel, dann eine gelbe Paprika und ein Bund Zwiebeln. „Was soll ich mit dem Zeug?"

„Ich", mischte sich Maria ein, „würde ein Ratatouille draus kochen."

72

„Klar, die praktische Hausfrau, ja, ja." Maike rollte mit den Augen. „Beim ersten Päckchen war eine Postkarte dabei, stand nur im Wesentlichen nur Entschuldigung drauf. Ich war an dem Tag, als es abgegeben wurde, unterwegs in einem Meeting. Meine Kolleginnen waren ganz hingerissen: Ein junger Kerl, Originalton: ein wirklich toller, hätte es im Auftrag seines Chefs abgegeben für die Frau, die mit Tomaten wirft."

„Das war doch eine nette Entschuldigung." Maria hatte sich die Paprikas in der Zwischenzeit ausführlich angesehen. „Die sind total frisch. Aber nicht von uns, bei uns war heute noch keiner, der welche gekauft hat."

„Beim ersten Mal hab ich's noch verstanden, aber heute?" Maike sprach wütend weiter. „Das ist schon das dritte Päckchen, das ich bekomme. Was denkt sich ein Mann, wenn er Gemüse verschenkt?"

„Tja", Guiseppe kratzte sich am Kopf. „Ich hätte dir Karten fürs nächste Fußballspiel bei der Fortuna geschickt."

„Ach du!" Maria winkte ab. „Wann hast du mir eigentlich das letzte Mal was geschenkt?" Sie schaute ihren Mann herausfordernd an, wendete sich aber sofort wieder Maike zu. „Vielleicht ist er einfach sehr schüchtern und möchte sich mit dir zum Essen treffen."

„Ha, und ich soll kochen!!!" Maike prustete los. „Seit über einem Jahr bin ich jetzt in Düsseldorf, und froh, dass ich um Männer einen weiten Bogen machen kann. Nee, wenn er Gemüse essen will, soll er sich selber an den Herd stellen!"

„Was weißt du denn von deinem Gemüseprinz?" Maria sprach vorsichtig und schaute Maike dabei intensiv an.

„Nicht mein Prinz!" Sie blickte böse zurück und haute mit der Faust auf den Tresen. „Nix weiß ich von ihm. Meine Kolleginnen meinten, der Bote, der die beiden Pakete abgab, hätte gesagt, sein Chef sei irgend so ein hoher Manager bei der Versicherung. Die haben ihre Büros ein paar Stock unter unserem Studio."

Sie zog die Brauen hoch und spitze spöttisch ihre Lippen und flötete: „So'n toller Manager! Haha!" Ihre Augen blitzten wütend.

Maria lachte. „Klingt, als ob du seinen Bürostuhl gerade auf die höchste Stufe gedreht hättest. Ich sehe ihn förmlich vor mir, knapp unter der Decke, wie er bettelt: ‚Bitte lassen Sie mich runter, ich schicke Ihnen nie wieder Gemüse.'"

Guiseppe grinste. „Wenn du sein Gemüse nicht willst, warum verschenkst du es nicht einfach an deine Kolleginnen? Dann bist du den ganzen Stress los."

„Hab ich beim zweiten Mal gemacht. Aber ich will nicht ständig so Pappkisten bekommen, das soll aufhören!" entgegnete Maike wütend. „Schluss mit dem Gemüse! Ihr könnt das ganze Zeug behalten und verkaufen."

Sie nahm die Schachtel und drückte sie Maria in die Hände.

74

„No!" Maria gab ihr das Gemüse genauso schwungvoll zurück. „Wir haben selber genug davon, das ist deins. Wenn du wirklich wissen willst, warum er dir sowas schenkt, musst du ihn fragen, mein Kind." Jetzt wirkte sie wie die gütige Großmutter, aber so eine, die ihrer Enkelin Weisheiten und Wahrheiten unverblümt sagen darf und erwarten kann, dass diese im Herzen verstanden werden.

Auf dem Heimweg grübelte Maike über die Worte Marias nach. Selbst wenn ihr die Antwort nicht gefiel, sie spürte, dass Maria recht hatte.

**Kapitel 18**

Maike hatte sich, seit sie vor etwas über einem Jahr nach Düsseldorf gekommen war, von Männern ferngehalten. Zu tief saßen Herzschmerz und Liebeskummer aus den letzten Jahren. Wie oft stürzte sie sich mit Leidenschaft und voller Hingabe in Beziehungen. Nach einer Weile gefiel dem einen nicht, dass sie die Farben auf ihren Fingernägeln so oft wechselte, den nächsten störte es, dass sie ihre langen Haare abschnitt, mit rappelkurzen und blond gefärbten nach Hause kam. ‚Das würde er nicht aushalten, er wolle eine Frau und keine Punkerin‘, und tschüss!!!

Einige Zeit später glaubte sie, sie hätte Mr. Right, ihren Mann fürs Leben gefunden. Sie fand, sie seien füreinander geschaffen. Zwei Jahre waren sie schon ein Paar. Zur Feier dieses Tages hatte Maike in einem kleinen italienischen Restaurant einen Tisch reserviert. Sie versuchte geheimnisvoll zu klingen, als sie mit ihrem Freund ein Date für diesen Tag vereinbarte, bat ihn, sich chic anzuziehen. Sie selbst sah in ihrem neu gekauften Rock und farblich perfekt abgestimmten Top supersexy aus. Eine halbe Stunde früher war sie im Restaurant gewesen, um den Tisch festlich mit Rosenblättern zu schmücken. Der Kellner scherzte: „Er wird ihnen spontan einen Heiratsantrag machen."

Nachdem Maikes Freund ebenfalls im Lokal angekommen war und sich zu Maike an den Tisch setzte, kam der Kellner mit zwei Gläsern Prosecco, zwinkerte

76

dem jungen Mann zu: „Salute, eine kleine Begrüßung vom Haus."

Aber als Maike ihren Freund anlächelte, ihm zuprostete: „Ich liebe dich, ich möchte mit dir zusammenziehen", schaute dieser erschrocken und stotterte: „Da …, dafür hast du …, du … die … diese Aktion hier ausgedacht? Nein …", er schüttelte heftig mit dem Kopf, stellte das Prosecco Glas so fest auf den Tisch, dass es klirrte. "Ich lass mich von dir nicht festnageln." Sein Mund war ein schmaler Strich geworden: „So eng will ich's nicht!" Maike liefen sofort Tränen übers Gesicht, und bevor die anderen Gäste im Lokal sehen konnten, wie das Make Up über ihren Wangen zerfloss, sprang sie auf, schnappte ihre Handtasche und ihren Mantel. Der Stuhl, auf dem sie vor einer Sekunde gesessen hatte, knallte auf den Boden. Der Kellner hinterm Tresen ließ vor Schreck ein Glas fallen und schaute Maike erschrocken nach, wie sie aus dem Lokal rannte.

‚Männer!!!‘, schoss ihr durch den Kopf. Sie lehnte sich an einen Baum und versuchte ihr Herz zu beruhigen, die Tränen vermischten sich mit dem Rouge ihrer Wangen. (*Doofe Kuh,* ihre innere Stimme meldete sich, *selbst dran schuld, deine Illusion, deine Seifenblase, die geplatzt ist –*)

Ein Bild von früher erschien in ihrem Kopf, sie war etwa zehn Jahre alt und fragte ihre Tante Ella: „Warum bist du nicht verheiratet, warum hast du keinen Mann?" Ihre Tante nahm sie in den Arm und antwortete: „Meine Sonnenprinzessin, ich kann Italienisch,

Französisch, Spanisch, Englisch, aber die Sprache der Männer habe ich nie gelernt."

Maike strich sachte mit der Handfläche über die Rinde des Baumes, tupfte sich die Tränen ab. „Ich auch nicht!", flüsterte sie und ging langsam weiter.

Bevor sie zu Hause lange über all diese schrecklichen Kerle schimpfen konnte oder sich deprimiert einigeln konnte, passierte etwas, was sonst nur im Märchen vorkommt. Die Hochschuldozentin, die sie vor knapp zehn Jahren bei ihrer Abschlussarbeit in Textildesign betreut hatte und regelmäßig wissen wollte, „Was macht der Job, was macht die Liebe?", rief aufgeregt an.

„Maike, ich habe eine Nachfrage von der weltweit agierenden finnischen Textildesign AG, die suchen eine kreative Managerin mit Führungsqualitäten. Genau das bist du! Lust auf Düsseldorf?"

Schon einen Monat später zog Maike um. Sie wurde extrem nett empfangen. Am ersten Arbeitstag, nachdem die Vorstellungsrunde im Studio beendet war, meinte Maike zur Kollegin, die ihr alle Mitarbeiterinnen vorgestellt hatte: „Arbeiten hier tatsächlich nur Frauen?"

Nicole, die später ihre beste Freundin geworden war, nickte und schaute Maike erstaunt mit hochgezogenen Augenbrauen an.

„Find ich toll", flüsterte Maike schnell weiter, bevor die Kollegin Zeit fand, den Satz falsch zu interpretieren. „Hab in der letzten Zeit zu viel Stress mit Männern gehabt."

Ruckzuck war Maike integriert. „Du passt einfach zu uns", meinte Nicole. „Du bist offen, redest nicht drum rum. Und immer fröhlich."

Eine andere Kollegin meinte: „Meine Oma braucht eine Nachmieterin, sie zieht in eine Senioren-Residenz. Die Wohnung ist was für dich, hell, unterm Dach, mit tollem Blick." Gleichzeitig lud sie Maike ein. „Wir treffen uns alle paar Wochen samstags in kleiner Runde zu einem Koch- und Lachabend, naja, manchmal eher Giggelabend", meinte sie schmunzelnd. „Diesmal bei mir. Lust zu kommen?"

Maike fühlte sich rundum wohl in Düsseldorf. Sie mochte die Stadt, liebte es, im Kunsthaus farbenfrohe Bilder anzusehen, an den Modeläden auf der Kö entlangzuschlendern, den Schiffen, die den Rhein entlang fuhren, zuzusehen.

„Wer hat Lust, mit mir heute Abend flache Rheinkiesel zu sammeln – oder ins Kunsthaus zu gehen, da wird eine tolle Ausstellung gezeigt, Farben, Linien, Formen?"

„Du bist so was von aktiv", meinten die Kolleginnen. Nur wenn es hieß: „Am Wochenende ist Party, Maike, kommst du?", schüttelte sie schnell den Kopf. „Das ist nichts für mich." Nein, Männer treffen, Null Bock.

Ihr Leben floss wundersam harmonisch dahin.

Und jetzt sowas! Plötzlich tauchten diese Gemüsepakete auf. Bereits beim ersten hatten die Kolleginnen neugierig geschaut, als Maike die Schleife löste und den Karton öffnete.

„Los zeig, was ist drin?"

„Wow, Gemüse, wer schickt dir sowas?"

„Was steht denn auf der Karte?"

Die Geschichte mit der geschmissenen Tomate kannte inzwischen jede im Studio. „Wurde Zeit, dass der Kerl sich mal entschuldigt", war die einhellige Meinung.

Beim zweiten Päckchen („Schon wieder Gemüse!") zogen einige ihrer Freundinnen die Augenbrauen hoch. „Wieder ein Geschenk? Wie sieht er denn aus?"

„Ich hab keine Ahnung, was das soll", Maike zuckte verärgert mit den Schultern, „ihr könnt das ganze Zeug haben." Sie warf die Paprika, die sie gerade in die Hand genommen hatte, einer ihrer Kolleginnen zu, die völlig überrascht, aber doch blitzschnell zugriff. Gelächter, Klatschen. Dann flogen Zucchini, Auberginen, Fenchel durch den Raum.

Heute am Samstag war Maike morgens nur schnell ins Studio gefahren, um ein paar Unterlagen zu holen. Sonntagabend flog sie nach Paris, Fashion Meeting.

„Ist vorhin für Sie abgegeben worden, sollten wir am Montag zum Studio weiterleiten, gut, dass sie heute schon kommen." Der Sicherheitsmann an der Pforte strahlte sie an, „Ist bestimmte was Wertvolles drin, mit so 'ner tollen silbernen Schleife."

„Danke", Maike schüttelte das Päckchen ein wenig, nichts rappelte. Eine Postkarte dran, diesmal mit

80

einer Sonne vorne drauf, auf der Rückseite schon wieder: ‚Sorry.'

Vermutlich wieder Gemüse, knurrte Maike innerlich. Diesem Typ fehlt jede Fantasie, immer derselbe Inhalt, dieselbe silberne Schleife, derselbe Text, gab wohl irgendwo ein Supersonderangebot davon. Das einzige, was der kann, ist Frauen anrempeln. Ein Glück, dass ihre Kolleginnen diesmal nicht dabei waren, als sie das Päckchen entgegennahm. Die hätten jetzt hundertprozentig geglaubt, dass zwischen diesem Kerl und ihr was am Laufen sei.

Sie wollte das Zeug nicht mehr. Aber wie ihn stoppen? Maria hat Recht, Maike musste ihn fragen, und erstaunlicherweise wusste sie sogar, wo er wohnt.

„Wieso gibt er dir das Gemüse nicht persönlich?" wunderte sich Nicole beim zweiten Päckchen. „Der wohnt im selben Haus wie du!"

„Quatsch", Nicole knuffte ihre Freundin.

„Doch, stimmt tatsächlich. Ich hab den jungen Mann, der im Auftrag seines Chefs das Päckchen abgab, ausgequetscht, als er bei uns im Studio auftauchte. Erst war er ziemlich schüchtern, dürfe keine Infos weitergeben. Aber dann haben wir ihm das Studio gezeigt und ihn sachte ausgefragt. Bei den vielen jungen Frauen, die um ihn herumschwirrten, war er völlig durcheinander." Nicole lachte, „und dann hat er verraten, dass sein Chef Niklas McCarthy heißt, vermutlich Single sei, seinen Schreibtisch extrem ordentlich aufräumt und oft bis spätabends im Büro bliebe. Dann hab ich mal nach seiner Adresse gegoogelt und war sehr erstaunt."

Maike hatte sie erschrocken angeschaut. „Im selben Haus? Wieso hast du mir das nie gesagt?"

„Hätte es dich denn interessiert?"

„Nee, überhaupt nicht."

„Siehste, deswegen." Nicoles Mundwinkel waren weit nach oben gezogen.

„Ob ich ihm dort schon mal begegnet bin?", meinte Maike eher zu sich selber. „Keine Ahnung, wie der aussieht. Das ging alles zu schnell, damals im Treppenhaus, als er mich angerempelt hat."

## Kapitel 19

Aus einer Laune heraus streamte Niklas an diesem Samstagmorgen Beethoven. Die fünfte, die Schicksalssymphonie tönte aus seiner Box. Ba-ba-ba-bamm!

Frisch geduscht, ein hellblaues T-Shirt, eine Jeans angezogen, so stand er jetzt vor seiner Sockenschublade. Heute Lust auf Farbe, er griff nach den Ringelsocken, den regenbogenfarbenen, nicht die üblichen grauen. Kaum hatte er sie angezogen, klopfte es heftig an seiner Tür. Bumm, bumm, bumm! Er stutzte, das war nicht Beethovens Vierklang. Wer konnte das sein?

Niklas rutsche schwungvoll auf den Socken zur Eingangstür und öffnete.

„Pass mal auf, Gemüsefuzzi!"

Niklas erstarrte in seiner tanzenden Bewegung. Er sah nur blitzende Augen, wütende rote Lippen. „Ich weiß nicht, warum Sie mir schon wieder Gemüse ins Studio geschickt haben, aber ich will's wissen! Und deshalb: Heute Nachmittag um fünf bei mir zum Ratatouille. Pünktlich! Und dann erwarte ich Ihre Erklärung!"

Und während Maike die Treppe hocheilte, rief sie noch: „Übrigens, falls Sie es nicht wissen, ich wohne zwei Stockwerke höher." Schon war sie verschwunden.

Niklas stand da wie angewurzelt, die Türklinke in der Hand, mit offenem Mund. Kein Ton war aus seinem Mund gekommen. Erst als Beethoven wieder die berühmten Akkorde erklingen ließ, ‚ba-ba-ba-bamm‘, wachte er aus seiner Schockstarre auf und schloss die Tür.

**Kapitel 20**

Maike saß im Lotussitz mitten in ihrer roséfarbenen Sofalandschaft, eine Tasse mit ayurvedischem Tee in der Hand, und sie hörte ihr Herz so laut schlagen, dass sie befürchtete, in Kürze würde ihre Nachbarin an die Tür klopfen und sie bitten, mit dem Trommeln aufzuhören.

Was war nur in sie gefahren? Wie konnte ihr Gehirn so blödsinnig funktionieren?

Auf der Rückfahrt vom Mediterranen Gemüsesalon zu ihrer Wohnung hatte sie sich im Bus haargenau zurechtgelegt, was sie zu Niklas McCarthy sagen würde. Sie wollte sich kurz vorstellen mit den Worten: ‚Guten Morgen, ich bin die Frau, der Sie vor einigen Wochen im Treppenhaus die Einkaufstüte aus der Hand gerissen haben. Jetzt schicken Sie mir wiederholt Gemüse. Das erste Mal hab ich es noch verstanden, das zweite Mal nicht mehr, und jetzt beim dritten Mal stört es mich. Wieso schicken Sie mir Gemüse? Ich möchte das nicht mehr!' Sie wollte ruhig auf seine Antwort warten und sich danach höflich verabschieden. Aber jetzt?

Normalerweise arbeiteten ihre Gehirnzellen vernünftig, manchmal auf individuelle Art kreativ, aber noch nie auf solche Weise selbstständig. Wie konnten ihre Synapsen sich so blödsinnig falsch verknüpfen und vor allem so blitzartig?

Aus der Wohnung von Herrn McCarthy tönte laute Musik. Weil sie vermutete, er höre die Klingel sowieso nicht, hatte sie dreimal kräftig geklopft. Bevor sie ihre Hand komplett zurückziehen konnte, ging die Türe auf. Ein junger Mann, groß gewachsen, schlaksig, im blauen T-Shirt, Jeans, bunt geringelte Socken an den Füssen, schaute sie erstaunt an. Ein Versicherungsmanager sollte völlig anders aussehen, älter, kleiner und schon am Samstagvormittag büromäßig gekleidet. Maike musste den Kopf in den Nacken legen, um in ein fröhlich lächelndes Gesicht zu sehen.

Wieso fing sie sofort an, ihn zu beschimpfen? ‚Gemüsefuzzi!!!‘ Glücklicherweise schaffte sie es im nächsten Satz, wieder höflich zu werden und ihn mit Sie anzureden.

An allem war Maria schuld, *frag ihn*. Und, (*Originalton Maria*) ‚aus dem Gemüse würde ich Ratatouille kochen.‘ Das musste ihr Unterbewusstsein gespeichert haben. Nicht Maike, ihr Unterbewusstsein war's, das hatte losgeplappert und ihn eingeladen.

Nur weg von hier, empfahl ihre Vernunft, renn los. Auf den ersten Treppenstufen war ihr zumindest noch eingefallen, dass er bestimmt nicht wusste, wo sie wohnt. Noch schnell gerufen: ‚2 Stock höher‘, dann war sie in ihre Wohnung gestürmt. Nun hockte sie auf dem Sofa, trank Kräutertee *Sanfte Ruhe*, aber ihr Herz hörte nicht auf, schnell und laut zu pochen.

Sie stellte den Tee ab und griff zum Handy. Sie brauchte Hilfe. „Hallo Maike", hörte sie die Stimme ihrer Freundin Nicole.

86

„Du musst mir helfen, Nicole, ich hab Mist gebaut, totalen Mist, alles ist schief gelaufen heute Morgen, und jetzt, jetzt brauch ich dich dringend. Ich weiß nicht, wie sowas passieren konnte, ich …"

„Stopp, Stopp, Stopp", unterbrach Nicole, „bitte langsam, was ist passiert? Hattest du einen Unfall, bist du verletzt?"

„Nein, viel schlimmer". Maike versuchte ein wenig ruhiger zu reden: „Ich hab einen …", sie stockte, „… Mann …", wieder kurze Pause, dann sprach sie schnell weiter, „… zum Essen zu mir eingeladen." Puh, geschafft, ausgesprochen.

Einen kurzen Moment herrschte absolutes Schweigen im Handy. Maike befürchtete schon, die Verbindung wäre unterbrochen worden. Was folgte, war ein so lautes, donnerndes Lachen, dass beinahe ihr Trommelfell geplatzt wäre.

„Du! Hast! Einen! Mann! zu dir eingeladen, zum Essen?" Wieder ertönte Nicoles wildes Gelächter. „Ich glaub's nicht, unsere – bitte keinen Mann in meiner Nähe – Maike lädt einen Kerl ein? Das musst du mir wirklich erklären."

„Maria ist schuld", antwortete Maike kleinlaut. „Die hat gesagt, frag ihn."

Ganz allmählich im Laufe des Gesprächs verstand Nicole, was vorgefallen war. „Sorry, ich bin fast 300 km entfernt von dir, Maike, ich bin bei meiner Mutter. Sie wird heute siebzig, große Feier, ich kann nicht kommen. Aber …", Nicole versuchte ihre Stimme beruhigend wirken zu lassen, „… der ist bestimmt harmlos, glaub mir."

„Ich schaff das nicht", Maike klang verzweifelt. „Ich mach einfach die Tür nicht auf, wenn er klingelt, oder noch besser, ich häng ein Schild an die Tür, musste leider dringend weg."

„Quatsch", unterbrach ihre Freundin energisch den Redeschwall. „Du kochst jetzt dein super Ratatouille, das kannst du besser, als jeder Sternekoch es zaubern würde."

„Aber dann, was mach ich dann? So schrecklich, dass du nicht kommen kannst."

„Du fragst ihn, ob es ihm geschmeckt hat. Dann bietest du ihm noch einen Espresso an und schickst ihn wieder nach Hause. Ach so, noch was, zum Abschied an der Tür sagst du ihm: Bitte schicken Sie mir kein Gemüse mehr. So einfach geht das." Nicole steckte so viel Ruhe wie möglich in ihre Sätze.

„Darf ich dich wenigstens anrufen, wenn ich Hilfe brauche, bitte, bitte, bitte, Nicole!"

„Ich weiß nicht, ob ich mein Telefon überhaupt hören würde, heute Nachmittag ist Musik und Tanz geplant. Aber …", sie machte eine kurze Pause und versuchte nochmals mit ganz fester Stimme Maike zu beruhigen, „… der tut dir nichts, da bin ich mir ganz sicher. Ich muss jetzt zum Sektempfang. Du schaffst das!"

„Tschüss", flüsterte Maike sehr, sehr leise ins Handy und legte auf.

88

**Kapitel 21**

Maike saß auf ihrem Sofa und schaute mit leerem Blick aus dem Fenster den vorbeiziehenden Wolken nach. Ab und an blitzten ein paar Sonnenstrahlen in ihr Zimmer. Ihre Wohnung bestand aus einem großen Wohn-Esszimmer mit einer breiten Kochnische darin. Vor dem Küchenbereich stand festverankert eine hohe Theke, daran zwei Barhocker, ihr Frühstücksplatz. Ein kleiner Flur, ein Badezimmer mit Fenster, von dem aus man in den Garten hinter dem Haus schaute, ein geräumiges Schlafzimmer. Neben einem breiten Bett und einer Schrankwand stand ein Korbsessel, der meistens voller Klamotten lag. Das war ihr Heim, und hierher hatte sie diesen – ihr Mund verzog sich zu einem schiefen Grinsen, als sich das Wort in ihrem Kopf breitmachte, diesen ‚Gemüsefuzzi' eingeladen.

Sie reckte sich, stand langsam aus ihrem Lotussitz auf und ging zu einem samtigen Sessel, der neben ihrem Fernseher stand.

„Rudi, du musst ein kleines Stück rutschen." Sie schob einen flauschigen, hellbraunen, ein bisschen abgegriffenem Teddy, der quer im Sessel lag, zur Seite. „Lachst du mich genauso aus wie Nicole, weil ich einen Mann eingeladen habe? – Bist du eigentlich *der Teddy* oder *die Teddy*? Hmm, darüber hab ich noch nie nachgedacht."

Ihr Teddy Rudi begleitete sie seit Jahrzehnten. Als Maike acht Jahre alt war, waren ihre Eltern bei einem Zugunglück gestorben, und ihre Tante Ella hatte ihre Nichte sofort zu sich geholt. Ella liebte sie, Maike fühlte sich trotz aller Trauer wunderbar bei ihr geborgen. Eines Abends, es war bereits dunkel, Maike schlief schon, knallte plötzlich irgendwas an ihr Fenster. Sie erschrak, setzte sich im Bett auf und schrie.

Sofort eilte Ella zu ihr. „Was ist passiert, hast du schlecht geträumt, meine kleine Sonnenprinzessin?"

Maike schmiegte sich an ihre Tante, normalerweise strahlte sie, wenn sie diesen Kosenamen hörte. Jetzt jedoch zitterte sie am ganzen Körper. „Monster, da hat ein Monster ans Fenster geklopft!" Sie zog schniefend die Nase hoch. „Was will das von mir?"

Ihre Tante wiegte sie leicht hin und her, als wieder etwas gegen die Scheibe flog.

„Ah", lachte ihre Tante, „das Monster kenne ich! Komm, Maike, ich zeig es dir."

Sie nahm Maike auf den Arm und ging mit ihr zum Fenster. „Puh, dich zu tragen war früher viel einfacher, was bist du schon groß geworden." Ella öffnete das Fenster, während Maike sich eng an sie klammerte.

„Rudi", rief Ella vom ersten Stock runter zur der Figur, die unten vor dem Haus im Dunkeln stand, „hast du wieder deinen Haustürschlüssel vergessen?"

„Leider", tönte es hinauf, „Kannst du bitte auf den Türöffner drücken?"

90

„Mach ich, aber bevor du in deiner Wohnung verschwindest, kommst du erst mal zu mir rauf, du Monster." Sie lachte.

Rudi war ein älterer Herr, der im Erdgeschoss wohnte. Er vergaß so oft seinen Haustürschlüssel, dass er vorsichtshalber einen zweiten Wohnungsschlüssel in einem Versteck im Treppenhaus deponiert hatte.

Kaum betrat Rudi Ellas Wohnung, sagte die Tante: „Schau, Maike, das ist das Monster, das Steinchen an deine Fensterscheibe geschmissen hat."

Rudi zuckte zusammen und blickte schuldbewusst die beiden an, die Hand in Hand standen. „Hab ich das Fenster verwechselt? Oh weh, das tut mir so leid." Er ging vor Maike auf die Knie. „Bitte, liebe Maike, verzeih mir, ich wollte dich nicht erschrecken."

Am nächsten Tag stand er nachmittags mit einem großen flauschigen Teddy vor der Tür. „Dieser Teddy", erklärte er bedächtig, „der soll dich ab sofort vor allen Monstern dieser Welt beschützen."

Maike war erst sprachlos, nahm aber den Teddy sofort in den Arm. „Ist der weich, danke, und …", sie überlegte nur ein paar Sekunden, „ich werde ihn Rudi nennen."

Das war lange her. Maike saß mit ihrem Teddy im Arm auf dem Sessel, blickte aus dem Fenster auf die vorbeirasenden Wolken, ab und an unterbrochen durch ein blaues Himmelsstück.

Kurz bevor ihre Tante vor zwei Jahren gestorben war, hatte sie gesagt: „Meine Sonnenprinzessin, selbst wenn ich demnächst nicht mehr live bei dir bin, du kannst mich jederzeit alles fragen, und, glaube mir, du wirst eine Antwort bekommen."

Maike fiel noch eine andere uralte Episode aus ihrem Leben ein. Sie wohnte erst wenige Wochen bei ihrer Tante Ella in Basel, ihre ursprüngliche Heimat war das Saarland. Maike kannte sich mit dem Dialekt, den die Kinder sprachen, noch nicht aus. Es hatte an der Wohnungstür geklingelt, und Maike hatte geöffnet. Ein Nachbarsjunge, der in dieselbe Klasse ging wie sie, stand vor der Tür und fragte sie etwas, was sie überhaupt nicht verstand.

„Tante Ella", rief Maike, „komm schnell."

Ihre Tante flitzte los. „Was gibt's?"

Maike versteckte sich halb hinter ihr. „Ich versteh nicht, was dieser Junge sagt."

„Aber den kennst du doch, das ist der Kari von nebenan. Was möchtest du, Kari?"

Der Junge wiederholte sein Sprüchlein, Ella übersetzte seine schweizerische Aussprache.

„Er möchte dich morgen zu seinem Geburtstag einladen, das ist wunderbar", sagte sie, zu beiden Kindern gewandt. „Was meinst du, Maike?"

Diese war zu verschüchtert, um zu reden, aber ihre Tante zwinkerte ihr fröhlich zu, und Maike nickte schließlich. „Prima," lächelte Ella, „alles klar, Kari, sie kommt." Der Junge strahlte und zog ab.

Maike schaute mit ihren großen blauen Augen ihre Tante an. „Ich hab Angst, so viele fremde Kinder."

92

Ella nahm sie an der Hand, sie gingen ins Wohnzimmer und setzten sich nebeneinander aufs Sofa. „Weißt du, meine Sonnenprinzessin", und sie hielt die kleine Hand ganz fest in ihrer großen. „Angst darf man haben. Angst ist wichtig, damit man erstmal überlegt, was man tut. Alle Leute haben manchmal Angst, auch wenn sie es nicht so nennen. Aber", und ihre Tante schaute Maike fest in die Augen, „es ist wichtig, neue Menschen kennenzulernen. Schau, in die Schule gehst du gerne und hast schon Freundinnen gefunden, die mit dir in deiner Sprache sprechen können."

„Das schon", Maike stockte ein wenig. „Nur, da kommen bestimmt viele Jungs zu Kari, und die sind laut und wild."

„Du bist doch sonst nicht schüchtern", lachte ihre Tante. „Bist du ein bisschen feige?"

Während Maike sich an diese Geschichte erinnerte, musste sie laut lachen. Als sie vorhin Niklas McCarthy als Gemüsefuzzi tituliert hatte, war er weder wild noch laut geworden. Er war sprachlos gewesen.

Sie schaute ihren Teddy an. „Haben wir Angst vor diesem Mann?"

Sie schüttelte Rudis Kopf. „Genau, das finde ich auch, und jetzt wird gekocht. Dem werden wir zeigen, wie toll wir sein Gemüse in leckere Speisen verwandeln können!"

Mit Schwung stand Maike vom Sessel auf, setzte Rudi auf einen der Barhocker vor dem Küchentresen,

band sich eine Schürze um und griff zur Gemüse-
bürste.

**Kapitel 22**

Niklas schaute zum gefühlt 99. Male auf seine Uhr. Exakt 16:35 Uhr an diesem Samstagnachmittag. Frisch rasiert, geduscht, ein zartherbes Parfüm angelegt, ein letzter Blick in den Spiegel, alles musste absolut perfekt sein, wenn er in wenigen Minuten an der Tür dieser jungen Frau klopfen würde.

Er war mittags in die Stadt zum einzigen Blumenladen gefahren, den er kannte. „Ich möchte einen Strauß von Sommerblumen, bitte kreativ gesteckt", hatte er der Floristin erklärt.

Jetzt freute sich Niklas über diesen Strauß, zu dem er eine Flasche Wein gelegt und alles mit einer silbernen Schleife dekoriert hatte. Fast eine halbe Stunde war er vor dem Weinregal hin- und hermarschiert. Ein Mann – vermutlich der Ladendetektiv – hatte ihn intensiv beobachtet, bis Niklas sich für einen leichten Weißwein entschied. Er wollte, nein er *musste* als perfekter Gentleman erscheinen und sich endlich für sein rüpelhaftes Benehmen im Treppenhaus entschuldigen.

Die Art, wie ihm diese Frau entgegengetreten war, hatte ihn stark beeindruckt. Es stand ihr jedes Recht der Welt zu, ihn zu beschimpfen, aber *Gemüsefuzzi* klang irgendwie nett in seinen Ohren. Es stimmte, gestand er sich ein, er war zu feige gewesen, um sich persönlich zu entschuldigen. Stattdessen schickte er Gemüse.

Außerdem hatte er die letzten beiden Päckchen zugegebenermaßen nur gekauft, weil er es faszinierend fand, Emmi bei ihrer Arbeit anzuschauen. Wie sie vorsichtig die Früchte in die Hand nahm, sie wie zerbrechliche Glaskugeln in Holzwolle legte, die Schachtel an ihn weitergab. Wenn sich dabei ihre Hände kurz berührten, vibrierte diese Berührung wie ein Stromschlag.

Wohin aber mit dem Gekauften? Bildete er sich ein, er sei ein edler Gönner, einer, der sein Verhalten durch großzügige Geschenke entschuldigen könne? Aber was schenkte er schließlich? Gemüse!!!

Wie ein Stalker benahm er sich, wortlos Früchte zuzuschicken. Gestern Abend war er froh gewesen, das Gemüse loszuwerden, die Schachtel hatte sich in seinen Finger angefühlt wie heißes Eisen.

Und er hatte sich vorgestellt, diese junge Frau würde sich über Tomaten und andere Früchte freuen. Nur weil er sie einmal mit einer Tüte voller Gemüse umgerissen hatte! Welche Borniertheit! Er war ein Blödmann!

Heute Nachmittag musste er beweisen, dass er höflich, zuvorkommend und charmant sein konnte. Auf keinen Fall leger in Freizeitklamotten auftauchen, sich wie selbstverständlich an den Tisch setzen und sein – von ihr gekochtes – Gemüse essen.

Diese Frau, die total stinkig auf ihn sein musste, lud ihn ein! Und er stand an seiner Tür mit offenem Mund und bekam kein Wort heraus. Wie ein Wirbelwind war sie durch sein Gehirn gebraust. Erst als sie

96

die Treppen hochgesprungen war und er gehört hatte, wie ihre Wohnungstür zuklappte, war ihm schlagartig bewusst geworden, wie unsensibel er sich in den letzten Wochen verhalten hatte.

Wie waren seine Tage abgelaufen? Er war zur Arbeit gefahren, hatte mittags eine kurze Pause in einem der umliegenden kleinen Restaurants oder Imbissbuden eingelegt, abends Fernsehen geschaut, samstags zu Hause seine Mails gecheckt, war hin und wieder ins Fitnessstudio gegangen. Sonntags hatte er den Irish Pub besucht, eine Pizza bestellt, Sport geschaut, mit dem Barkeeper (der wie Niklas' Vater aus Schottland stammte) über Rugby und Fußball geplaudert und so weiter.

Nur der Freitagnachmittag, der war sein Lieblingstag geworden. Emmi treffen! Gestern hatte er sich endlich getraut, sie um ein Date zu bitten. Er war ein wenig erschrocken, aber total happy, wie schnell ihr Ja kam. Hatte sie darauf gewartet, dass er sie ansprach?

Niklas' Alltag war seit Jahren fest strukturiert. Jeden zweiten Mittwoch besuchte ihn seine Mutter. Sie kam zunächst am Nachmittag, um seine Wohnung aufzuräumen oder zu putzen. Danach gingen sie zusammen essen. Immer wieder beschwerte sie sich in den letzten Wochen: „In deinen Zimmern gibt es nichts für mich zu tun. Niklas, warum machst du alles selber? Versuch lieber, dich mit Leonie zu versöhnen."

Er antwortete jedes Mal: „Das ist aus. Und deswegen habe ich am Wochenende genug Zeit, um selber Staub zu saugen, mein Badezimmer zu wischen, meine Kleidung aus der Wäscherei zu holen und in den Schrank zu legen. Du weißt, dass Ordnung für mich wichtig ist."

„In dieser Hinsicht bist du noch schlimmer als dein Vater", lachte sie. „Wozu komme ich dann in deine sterile Wohnung?"

„Weil du ab und zu aus deiner Kleinstadt in die Metropole musst. Geh ein bisschen bummeln. Nach Feierabend treffen wir uns und du zeigst mir, was du gekauft hast." Seine Mutter schüttelte den Kopf. „Nicht gut für dich, ledig zu sein."

Noch 10 Minuten bis Buffalo, diese Zeile des berühmten Gedichtes von Theodor Fontane schwirrte in seinem Kopf. Niklas schaute nochmals auf den Blumenstrauß. Mit dieser wundervollen Blütenpracht hoffte er sofort zu punkten, mit positiver Stimmung in den Nachmittag zu starten. Er blickte ein letztes Mal nervös auf die Uhr. Okay, es kann losgehen, die Filzpuschen, den Wein, den Strauß, alles dabei. Niklas atmete tief durch und stieg langsam, fast in Zeitlupe, die Treppe hoch.

**Kapitel 23**

Es roch köstlich. Maike legte den Deckel zurück auf den Topf, in dem sie das Ratatouille auf kleiner Flamme weiter köcheln ließ. Den Wildreis schmorte sie kurz in Olivenöl an, danach wurde er gedünstet. In wenigen Minuten würde sie ihn als Reisrand rund um das Gemüse dekorieren, zum Schluss kleine Bröckchen aus Schafskäse drüberstreuen, fertig. Mister McCarthy konnte kommen.

Ob er Engländer war und wenig Deutsch sprach und deswegen so schüchtern wirkte? Ob er tatsächlich käme? Sie hatte seine Antwort keine Sekunde abgewartet. Ob er doch in einer Partnerschaft lebte? Seine Freundin würde ihn festnageln: ‚Zu anderen Frauen zum Essen gehen, ha, du bleibst zu Hause!‘ Maike hörte und sah in ihrer überbordenden Fantasie eine schlanke, modelmäßige Person, die innen an seiner Wohnungstür lehnte. ‚Aber ich will doch nur von ihm wissen, wieso er mir nun zum dritten Mal Gemüse geschickt hat, sonst nichts‘, antwortete Maike. ‚Und dafür der ganze Zinnober?‘ Das Model schüttelte den Kopf.

Maike schaute erschrocken ihren Teddy an.

„Glaubst du, ich betreibe einen viel zu großen Aufwand?“

Vielleicht hält Mister McCarthy ihre Einladung für den ärgerlichen Scherz einer wildgewordenen Furie? Maikes Hände zitterten leicht, als sie die Gläser auf den Tisch stellte. Ihre Freundin Nicole hatte ihr versichert, der junge Mann, der die Gemüsepäckchen im Studio abgegeben hatte, sei sicher gewesen, dass sein Chef derzeit nicht liiert sei. „Also wird er kommen, oder?" Sie blickte zu dem Barhocker, auf dem Rudi saß. Der schaute mit treuen Augen zurück, er schien zu nicken. Ihr Teddy verströmte pures Selbstvertrauen.

Nochmal kurz ins Bad, den dunkelroten Lippenstift nachziehen, das zartblaue, glitzernde Augen-Make-up kontrollieren. Nichts verschmiert. Ein Blick auf ihre Ohren, alles okay. Sie hatte sich für die silbernen Stecker, zarte Neumondsicheln, entschieden. Ihre Schürze würde sie erst nach dem Servieren ablegen, damit keine Flecken ihr dunkelblaues, halblanges Kleid, auf dem goldene Sternchen glitzerten, beschmutzen konnten. *Keep Cool, Girl*, versuchte sie vor sich hinzusummen.

„Sorry Rudi", sagte sie laut, „du kommst wieder in deinen Sessel, die Barhocker brauche ich für meinen Gast und mich."

Ob er mit den lustigen Ringelsocken von heute Morgen kommt? Egal, für welche Kleidung ihr Gast sich entscheiden würde, sie wollte perfekt aussehen. Das empfand sie als gute Tarnung beim ersten Besuch eines Mannes in ihrer Wohnung, abgesehen von den starken Kerlen, die vor einigen Monaten ihre neue Sofalandschaft in den vierten Stock hochtragen mussten. Die hatten jedoch nur die neuen Sitzelemente ins Zimmer gestellt, kurz gestöhnt: ‚Puh, wieso sind Sie

100

in den vierten Stock gezogen?' Dann waren sie sofort schwitzend die Treppen wieder runter marschiert.

„Was meinst du, Rudi", wollte sie von ihren Teddy wissen. Er musste sie, seit sie am Vormittag ihre Wohnung wieder betreten hatte, überall hin begleiten, beim Kochen, beim Aussuchen ihres Kleides, beim Schminken, beim Tischdecken. „Kommt er pünktlich? Oder hab ich ihn so beleidigt, dass er mich mit meinem Essen sitzen lässt?"

Sie schaute auf die Uhr, eine Minute vor Fünf am Samstagnachmittag. Es klingelte.

**Kapitel 24**

Niklas gab mit der Ferse seiner Wohnungstür einen kräftigen Schubs. Sie fiel mit einem lauten Knall, der durch das nachtstille Haus hallte, ins Schloss. Er lehnte sich innen gegen die Tür, schwer atmend.

Wie konnte das nur passieren, schüttelte er seinen Kopf, tippte sich an die Stirn. Ich mach mich bei dieser Frau ständig zum Idioten. So blöd, wie kann man sich nur so irr verhalten. Der Nachmittag hatte so gut angefangen. Er versuchte, den Ablauf der letzten Stunden zu rekapitulieren …

… er hatte geklingelt …

Als Maike die Tür öffnete, überreichte er ihr als erstes den Blumenstrauß. „Oh, ist der schön, danke, so tolle Farben. Komm rein."

Niklas stammelte: „Vie…, vielen Dank für die Einladung, leider kenne ich Ihren …, Ihren Nachnamen nicht."

„Sag einfach Maike und lass das Sie weg."

„Okay", Niklas staunte über diesen offenen, freundlichen Empfang. „Danke, ich heiße Niklas."

Maike sah, dass er seine Schuhe auszog und in mitgebrachte Filzpuschen schlupfte, sie nickte ihm zu. „Finde ich nett von dir."

Er betrat den Wohnraum und staunte. Eine rosa Sofalandschaft, ein großer pastellfarbener Teppich, an den Wänden große Blumenbilder. Er wunderte sich,

102

dass diese Wohnung, die im selben Grundschnitt wie seine war, so komplett anders wirkte.

„Toll eingerichtet, wunderschön bei dir." Niklas drehte sich zu Maike um, gab ihr die Weinflasche mit der silbernen Schleife drum herum. „Ich hoffe, du magst Wein, und speziell solchen."

„Wieviel Meter von diesem Band hast du eigentlich gekauft?", grinste Maike ihn frech an, als sie die Flasche entgegennahm. Sie schaute aufs Etikett. „Ich trinke nahezu null Alkohol, aber den Wein kenne ich, der ist lecker. Aus dem Tessin, den hat meine Tante Ella auch manchmal gekauft."

Sie wickelte die Schleife ab. „Hier, kannst du wieder mitnehmen, für die nächsten Päckchen. Ist doch dein Favorit, dieses Silber, oder?" Sie schaute ihn schelmisch an.

„Tut mir … alles so … so leid", er stotterte schon wieder heftig. „Ich hätte mich schon längst … schon längst bei dir … melden, ich … ich fühl mich inzwischen wie ein … Stalker, einer der ständig Gemüse …" Niklas war puterrot geworden.

„Die Farbe steht dir gut." Maike schmunzelte. „Wirklich schade, dass meine Tomate dich nicht getroffen hat, vielleicht wärst du dann stehengeblieben."

„Echt sorry! Ich …, also es war …, wahnsinnig eilig. Trotzdem, es war dein gutes Recht, mich zu bewerfen und zu beschimpfen." Inzwischen hatte er sich wieder im Griff und versuchte, komplette Sätze zu formulieren. Er lächelte sie an. „Übrigens, *Gemüsefuzzi* fand ich irgendwie …, auf jeden Fall nicht beleidigend."

Diesmal färbten sich Maikes Wangen rosa, allerdings tat sie so, als hätte sie den letzten Satz nicht gehört. „Setzt dich." Sie zeigte auf die Barhocker. Auf dem Tresen lag auf hellgrauen Sets Besteck, daneben standen die Gläser.

„Die Bilder an deinen Wänden, von wem sind die?", wollte Niklas wissen.

„Alles Drucke von meiner Lieblingsmalerin, Georgia O'Keeffe. Sie malt so wunderbar, besonders so große Blumen. Schon was von ihr gehört?"

„Nein", Niklas schüttelte den Kopf, „total beeindruckend."

Bereits nach wenigen Minuten steckten sie in einer locker fließenden Unterhaltung.

„Du bist eine Sterne-Köchin", meinte Niklas bewundernd, „lecker, dein Ratatouille!"

Maike lachte, hob das Weinglas. „Übrigens, wusstest du, dass dieser Wein, den du ausgesucht hast, in der Schweiz speziell zum Apéro getrunken wird?"

„Was ist ein Apéro?" Niklas schaute sie neugierig an.

„Ich erklär's dir. Also, ich bin bei meiner Tante in Basel aufgewachsen, eigentlich stamme ich aus dem Saarland. Die Schweizer laden Gäste gern für den späten Nachmittag zu einem *Apéro* ein. Man reicht warme kleine Snacks, Schinken in Teigröllchen oder Käsküchlein oder so, dazu serviert man einen leichten frischen *Wisswii*, so wie der, den du mitgebracht hast.

104

Man unterhält sich ungezwungen und verabschiedet sich nach vielleicht ein, zwei Stunden."

„Heißt das, unser Treffen ist bald rum?" Niklas schaute sie fragend an. „Schade."

„Nein, manchmal gibt es Apéros, die dauern ewig, bis Mitternacht. Wenn der Weißwein alle ist, greift man zum Champagner." Maike lachte. „Nach solchen *Apéros* sah meine Tante beim Frühstück jedes Mal blass aus, und weil ich nicht glauben sollte, sie sei krank, hat sie mir jeweils gebeichtet, es sei sehr spät geworden. Ich hab davon nie was mitbekommen, musste früh zu Bett, war ja noch Schulkind."

„Ookaay", Niklas zog das Wort genauso in die Länge wie seine Mundwinkel in die Breite, „ich darf noch bleiben?"

„Du darfst", schmunzelte Maike.

Sie plauderten und plauderten. Nachdem ihre Teller leer waren und Niklas gemeint hatte, es sei köstlich gewesen, er sei total satt, schlug Maike vor: „Wir setzen uns auf die Couch, ist gemütlicher, komm mit."

Niklas sah ihr leeres Weinglas. „Darf ich noch ein bisschen einschenken?"

„Aber nur ein kleines Schlückchen, ich hab schon zum Essen mehr getrunken als im letzten halben Jahr zusammen."

„War doch nur ein halbes Glas."

„Ich trinke eigentlich nur Wasser, Tee, Saft, mal ein Minischlückchen Prosecco."

Maike ließ sich in die weichen Kissen fallen. „Ich liebe meine Sofalandschaft. Entspanne mich gerne hier im Lotussitz und träume von neuen Stoffkreationen. Aber jetzt", und sie zeigte mit dem Finger auf Niklas, „jetzt, Mister *Gemüsefuzzi* ...", sie lachte, „jetzt will ich endlich wissen, warum du mir ständig diese Mengen Paprika, Auberginen und dieses ganze Zeug schickst? Und warum hast du mich beinahe die Treppe runtergeschmissen, mich so heftig angerempelt?"

Niklas fasste sich ans Kinn, seufzte tief, blickte verlegen im Raum herum, bevor er Maike wieder anschaute.

„Es tut mir wirklich leid, ich hab mich völlig hirnrissig benommen, ich war so wahnsinnig in Eile, mein Kopf war ganz auf einen Gedanken fixiert, *ich darf nicht zu spät zum Bahnhof kommen.*"

„Und?" Maike schaute ihn mit ihren großen blauen Augen fragend an. „Warst du wenigstens pünktlich?"

„Nein! Es wäre besser gewesen, im Treppenhaus zu stoppen, sorry zu sagen und dir zu helfen, die Tomaten aufzusammeln."

Sie nickte. „Ich hab mich irre geärgert, dass ich dich nicht getroffen habe. Du warst echt blitzschnell weg." Sie beugte sich vor, „und wen hast du verpasst?"

„Das, sorry, ist leider streng geheim."

Maike trank ein Schlückchen aus ihrem Glas. „Na gut, klammern wir's aus. Wo kommt das Gemüse her, und warum ständig ich?"

Niklas überlegte blitzschnell. Wie sollte er die Geschichte verpacken? Wenn er sagen würde, weil ich

106

beim Gemüsekaufen meine Traumfrau beobachten kann, würde er vermutlich den Rest Wein aus Maikes Glas ins Gesicht geschüttet bekommen. Oder sie würde sagen: ‚Ha, ich bin also dein Mülleimer für Gemüse, das du nicht haben willst?‘

Diese Reaktion durfte er nicht riskieren. Maike hatte ihn superfreundlich empfangen, so toll für ihn gekocht. Jetzt saßen sie gemütlich zusammen, er genoss diesen Abend. Er atmete, wie schon so oft an diesem Abend, tief durch und erzählte.

„Ich war mal wieder bei meinem Freund Jean und seiner Frau Anna zum Essen eingeladen. Jean, musst du wissen, arbeitet im selben Büro wie ich. Sie wohnen in einem Dorf auf der linken Rheinseite, so zwanzig Minuten mit dem Auto entfernt. Bei diesem Essen haben sie mir von dem tollen Gemüse vorgeschwärmt, das sie jeden Freitag bei einem Biobauern im Hofladen einkaufen.“

Niklas trank einen kleinen Schluck, damit sein Gehirn locker kleine Notlügen in seine Story einbauen konnte. „Komm doch mal mit, hatte Jean vorgeschlagen. Hab ich gemacht, und in dem Hofladen gibt's wirklich tolle Sachen zu kaufen. Die Früchte sind wie Kunstwerke gestapelt, und man spürt, dass die Verkäuferin Freude an ihrem Job hat.“

Maike schaute ihn gespannt an, saß kerzengerade im Schneidersitz und wartete geduldig, bis er weitererzählte.

„Jean hatte seinen Korb mit leckerem Gemüse gefüllt, als die Verkäuferin mich fragte, was ich haben

107

möchte. Ich wollte nicht sagen, dass ich eigentlich nur zum Schauen mitgekommen war." Er zuckte mit den Schultern. „Das war mir zu peinlich. So hab ich ein bisschen was ausgesucht und meiner Mutter geschenkt." ‚Puh', Niklas zögerte eine Sekunde ‚wie krieg ich jetzt die Kurve, ohne rot zu werden?' Maike half ihm unwissentlich. „Deine Mutter wohnt hier in der Nähe?"

„Nein, nicht direkt", erwiderte Niklas. „In Ratingen, nicht weit vom Flugplatz entfernt."

„Ratingen kenne ich", warf Maike schnell ein. „Ich bin oft am Airport, fliege zu Meetings. Aber ich versteh noch nicht, wieso du mir Gemüse geschenkt hast?"

„Ein paar Wochen später bat Jean mich, ihn zum Biohof zu fahren, irgendwas war mit seinem Auto." Hoffentlich verplappere ich mich nicht, bei den Varianten, die ich so einfüge, schoss Niklas durch den Kopf. „Wie ich so vor den Tomaten stehe, fiel mir siedend heiß ein, dass ich mich überhaupt noch nicht bei der jungen Frau entschuldigt habe, der ich die Einkaufstasche aus der Hand gerissen hatte."

„Allerdings", fiel Maike ihm ins Wort, „und nicht nur die Einkaufstasche, du hast mich fast die Stufen runter geschubst. Kam spät, sehr spät, dein Schadensersatz." Sie schaute ihn durchdringend an. „Wenigstens hast du dich freiwillig beim Hausmeister gemeldet, alles gebeichtet und gesagt, du zahlst den Schaden. Aber dass du behauptest hast, es wäre im Streit mit deiner Freundin geschehen, das fand ich ein starkes

108

Stück." Sie puffte ihn mit der Faust an den Oberarm. „Also weiter."

„Den Rest kennst du", meinte Niklas.

„Ne, ne, ist noch nicht fertig, deine Erklärung." Maike schüttelte den Kopf. „Weshalb hab ich das zweite und heute Morgen das dritte Päckchen bekommen? Was sollte das?"

Sie hob die Schultern kurz hoch, strich ihren platinblonden Bob hinter ihre Ohren. „Also, Gemüsestalker, raus mit der Sprache!"

„Wie soll ich das erklären?" Niklas fuhr sich mit der Hand übers Kinn, wirkte sichtlich unruhig. „Es war mir peinlich, ich bin eigentlich gar nicht so …, aber …", er stotterte schon wieder rum, „ich war durch ein persönliches Problem …" – *konnte man die Auflösung einer über sieben Jahre dauernden Beziehung so simpel benennen?* – „ich hatte unseren Zwischenfall im Treppenhaus …"

„Ha, Zwischenfall", empörte sich Maike und richtete sich auf. „Ich hätte die Treppe runterfallen, mit einem gebrochen Bein unten liegen können, während du weitergerannt bist, um dein", sie spitzte den Mund, *„persönliches Problem* zu lösen!"

„Bitte, Maike", bettelte Niklas, „bitte sei mir nicht mehr böse. Ich habe wirklich versucht, durch die Geschenke meinen Fehler auszubügeln. Ich gebe zu, ich gebe ehrlich zu, ich bin ein Feigling gewesen, weil ich nicht direkt nach unserem Zusammenstoß und nicht selber zu dir gekommen bin."

Maike wischte mit einem Finger über das Weinglas und schwieg. Niklas schaute sie flehend an, dachte, ich will sie wirklich nicht verärgern, und sprach nach einem längeren Moment ins Schweigen hinein.

„Du bist eine wundervolle Frau, so wie du mit allem umgegangen bist. Ich blöder Kerl schicke dir nahezu anonym Gemüse, statt persönlich Sorry zu sagen. Du dagegen lädst mich zum Essen ein. Du bist so souverän und stark."

Maike atmete tief durch, so viele Komplimente hatte sie von einem Mann seit ewiger Zeit nicht bekommen. Der scheint tatsächlich ein besonderes Exemplar zu sein.

Niklas fuhr fort: „Dir würde ich sofort einen Führungsposten anbieten."

Maike sackte unmerklich in sich zusammen, der Satz endete so banal. Ein Jobangebot! Trotzdem antwortete sie warmherzig.

„Danke, hab ich schon. Naja, Niklas, also okay, ich erteile dir Absolution. Du darfst aus dem Beichtstuhl rauskommen. Oder sollte ich dir zur Strafe auftragen, mir was vorzusingen?"

„Bitte nicht", Niklas lachte erleichtert. „Du hast mich noch nie singen hören. Aber danke, dass du meine Entschuldigung annimmst." Er stellte sein Glas zur Seite, kniete vor ihr nieder und fasste ihre rechte Hand.

„Was wird das jetzt?" Maike lachte und ihre Augen blitzen voller Schalk. „Willst du mich spontan heiraten, weil ich aus deinem Gemüse so was Tolles gekocht habe?"

Niklas lehnte noch immer schweratmend an seiner Wohnungstüre. Wäre er doch nur auf dem Sofa sitzengeblieben, flüsterte er vor sich hin, vermutlich hätten sie lustig und entspannt weiter geplauscht. Aber dann??? Wie konnte sowas passieren? Wie? Wieso? War sein Gehirn völlig plemplem geworden?

Unvermittelt war er aufgesprungen, konnte sich nur stotternd verabschieden und war aus ihrer Wohnung gerannt. Sie muss mich für einen Volltrottel halten. (*Du bist einer.* Seine innere Stimme feixte.)

**Kapitel 25**

Sonntagmorgen, Maike lag im Bett, ihren Teddy eng an sich gekuschelt. Sie hatte wenig geschlafen, hörte seit längerem Musik, um ihre innere Unruhe zu besänftigen. Sanfte Klänge schwebten durch den Raum.

„Rudi, Rudi", flüsterte sie, „was hab ich nur angerichtet?"

Als sie gestern Nachmittag ihren Besucher an der Tür empfing, war sie supernervös gewesen. Bevor er guten Tag sagte, hatte er ihr einen riesigen Blumenstrauß überreicht. Farbenfroh leuchtend, mit exotischen Gräsern verziert, sie hatte sich riesig gefreut. Ohne Nachzudenken, bot sie ihm sofort das Du an. ‚Ich heiße Niklas', stellte er sich vor, ‚hab dir eine Flasche Wein mitgebracht.' Natürlich wieder mit einer silbernen Schleife verziert, über die sie sich spontan lustig machte, was ihn leicht erröten ließ. Trotzdem hatte sie den Eindruck, dass er mit ihrer direkten Art umgehen konnte, er schien nicht beleidigt.

Während sie die vorgewärmten Teller aus dem Backofen holte, das Ratatouille in den Reisrand legte, checkte sie ihn unauffällig. Schick gekleidet, sah cool aus in seiner dunkelblauen Hose mit dem Hemd in Rosé, den Pullover lässig über die Schultern gelegt. Jugendlich schlaksig, kurze dunkelblonde Haare, erste Ansätze von Geheimratsecken. Seine Schuhe hatte er sofort an der Garderobe ausgezogen, graue

Socken, mitgebrachte Filzschlappen, ein total aufmerksamer, höflicher Gentleman, dachte sie.

Maike stand aus dem Bett auf, ging ins Badezimmer, auf dem Sofa lag noch sein Pullover. Sie schaute in den Flur, tatsächlich, seine Schuhe standen noch dort. Wieso ist er so abrupt aufgestanden und weggerannt? Was hatte sie nur falsch gemacht? Männer!!! Sie schüttelte den Kopf. Vermutlich wird er am Nachmittag auftauchen, um seine Sachen abzuholen. Sie würde auf sein Klingeln nicht reagieren, sie würde ihm nicht öffnen.

Nicole saß im ICE. Sie war auf der Heimfahrt vom Geburtstag ihrer Mutter. Der Zug fuhr am Rhein entlang, sie schaute den Ausflugsdampfern zu, die auf dem Fluss unterwegs waren, dachte an Maike und lächelte vor sich hin. Ihre Freundin, die Männern weiträumig aus dem Weg ging, hatte diesen Bürofritzen eingeladen. Was für ein Typ der wohl ist? Schon etwas seltsam, ein Mann, der Gemüse verschenkt.

Nicole holte ihr Handy aus der Handtasche, blickte aufs Display, noch keine Nachricht von Maike. Sie schrieb voller Neugier: „Hi liebe Freundin, wie war dein Gemüsefuzzi, nett oder nur ätzend? Bin im Zug auf der Heimfahrt, noch was von deinem köstlichen Ratatouille übrig, oder hast du es extra versalzen für diesen Kerl?"

Maike hörte ihr Handy summen, schaute auf das Display, Nicole, oh ja, wunderbar. Sie las die Nachricht, und ohne nachzudenken, tippte sie blitzschnell:

„Katastrophe, benötige dringend eine Freundin, komm!!!" Sie packte noch einige Emojis dahinter, um die Dringlichkeit ihrer Bitte zu verstärken.

Nicole wählte sofort Maikes Nummer. „Was ist passiert? Geht es dir gut?"

„Ich weiß selber nicht so genau, aber … irgendwas habe ich völlig falsch gemacht, das …, das kann ich am Telefon nicht erklären", stotterte Maike.

„So schlimm? Okay, ich eile zum Zugführer und sag ihm, er soll schneller fahren", versuchte Nicole ihre Freundin aufzumuntern. „Natürlich komm ich vom Bahnhof sofort zu dir." Sie machte eine kurze Pause. „Willst du wirklich nichts erzählen?"

„Nein …, doch …, besser nicht, eigentlich fing alles gut an." Maike flüsterte zunächst, dann wurde ihre Stimme fester, „aber später hat er, oder ich, oder wir haben …", nur ihr Atem war laut zu hören.

„Was habt ihr?", unterbrach Nicole die Stille, „euch mit Gemüse beworfen?"

„Nein, das doch nicht, wir haben uns ge…," wieder hörte man nur Maikes Atem.

„Ja, was denn nun", Nicole wurde unruhig. „Gezankt, geprügelt, ge… was, los, sag schon!"

„Wir haben uns geküsst!" Maike seufzte hörbar.

„WAS?! Das glaube ich nicht, ehrlich?" Nicole wusste nicht, ob sie lachen durfte. Vorsichtshalber versuchte sie ernst zu bleiben, hielt sich die Hand vor den Mund, um nicht loszuprusten. „Na, und dann?" fragte sie lauernd nach.

„Es war wunderschön, aber plötzlich ist er aufgesprungen, hat gestammelt, sorry, ich kann das nicht, das geht leider nicht, hat noch gestottert, ‚das war alles wunderschön bei dir‘ und ist aus meiner Wohnung gestürmt.“

„Männer! Merkwürdige Wesen!“ Nicole schüttelte den Kopf, was Maike natürlich nicht durchs Telefon sehen konnte. „Ich begreife, das erfordert ein sofortiges Freundinnen-Treffen. Ich beeil mich, so in einer Stunde bin ich da. Tschüss, warte auf mich und mach keine Dummheiten!“, fügte Nicole noch hinzu. Schlimmer als ein Teenager, dachte sie für sich.

Maike blieb nahezu bewegungslos auf ihrem Bett sitzen, bis es endlich klingelte und Nicole eintraf. Kurze Umarmung, Küsschen rechts, Küsschen links: „Los, erzähl, ich platze vor Neugier. Konnte er gut küssen?“, wollte ihre Freundin sofort wissen.

„Magst du einen Schluck Wein? Wir haben ihn gestern Abend nicht ausgetrunken.“ Maike versuchte locker zu klingen.

„Du hast Wein getrunken?“ Nicole schüttelte ungläubig den Kopf. „Ist sowas nicht tabu bei dir?“

„Niklas hatte ihn mitgebracht, da konnte ich doch nicht einfach ablehnen, hab ich ein Gläschen …“, entschuldigte sich Maike. „Probier ihn, Nicole, der Wein ist wirklich lecker, so welchen gab’s früher manchmal bei meiner Tante Ella.“

„Na logisch teste ich den. Mal sehen, wen ich danach noch küssen werde.“ Nicole sah Maike spöttisch an, was diese glücklicherweise nicht sah, weil sie aufgestanden war, um ein Glas zu holen.

„Los, erzähl endlich, du verzögerst absichtlich, hör auf, hin und her zu laufen. Stopp! Setz dich neben mich! Sofort! Hierher, ich will alles wissen, aber gaaaanz genau!" Nicole nippte an ihrem Weinglas und sah ihrer Freundin, die jetzt vor ihr stehen geblieben war, tief in die Augen. „Die reine Wahrheit, nichts als die Wahrheit, ausführlich, und wehe, du verschweigst mir auch nur eine winzige Kleinigkeit!"

**Kapitel 26**

Emmi saß bei strahlendem Sonnenschein auf einem Findlingsstein. Mit ihren Fingern zerrieb sie ein paar Kräuter, die sie auf dem Weg zum Parkplatz nebenbei gepflückt hatte. Sie roch daran und leckte ein klein bisschen mit ihrer Zungenspitze dran. Sehr würzig, was das sein könnte? Sie zuckte mit den Schultern, griff nach ihrem Handy, um in der Bestimmungsapp nachzuschauen.

Die Nacht war mild gewesen, zum Sonnenaufgang war sie aufgewacht, ein paar Minuten lang konnte sie von ihrem Bett im Wiesenhaus durch die großen Fensterscheiben die Rehe beim Äsen auf der Wiese beobachten. Sie schlief wieder ein und frühstückte spät. Schließlich war sie zum Haupthaus geschlendert und stand lange, sehr lange vor dem Spiegel, bis ihr Milchmädchenzopf perfekt geflochten war. Um cool und souverän auszusehen, steckte sie die Sonnenbrille auf ihre Haare und eine Blüte hinein. Okay, sie war bereit für ihr Date.

Es könnte Vogelmiere sein, überlegte sie, während sie weiter an den Kräutern schnüffelte, die sie zwischen ihren Fingern verrieb. Sie sah von weitem ein Auto auf der kleinen Straße zwischen den Feldern entlang fahren. Bereits nach wenigen Minuten knirschten die Reifen auf dem Kies des Parkplatzes. Der Typ sieht echt gut aus, dachte Emmi, als Niklas ausstieg, ein langer, schlanker Mann, ein klein wenig größer als

117

sie selbst, seine hellblaue Jacke lässig über die linke Schulter geworfen.

„Fein, dass du hier bist", Emmi hauchte ihm ein Begrüßungsküsschen auf die Wange.

„Ich freu mich sehr, dich zu treffen", Niklas überreichte ihr ein kleines Leinensäckchen, das mit einer silbernen Schleife zugebunden war. „Hier, ich hab dir was Superleckeres mitgebracht, ich hoffe, du magst sowas."

„Da bin ich ja neugierig, trotzdem – ich heb's mir auf fürs Wiesenhaus." Emmi lachte. „Schau nicht so wie ein Fragezeichen, ich erklär dir unterwegs, was es mit diesem Haus auf sich hat. Vorher zeig ich dir erstmal, wo dein Gemüse herkommt."

Sie schlenderten wie selbstverständlich Hand in Hand auf schmalen Pfaden entlang, unterhielten sich über die Früchte, die auf den Äckern wuchsen, über Schmetterlinge, Hummeln und Insekten, über die Wasserversorgung der Felder. Ab und an zupfte Emmi ein Blättchen, eine Blüte oder ganze Stängel am Feldrand und steckte sie in ein Leinensäckchen. „Die sammle ich für unseren Tee."

Sie legte ihm einen Halm in die Hand. „Zerreib den zwischen deinen Fingern und riech dran."

Sie beobachtete amüsiert, wie Niklas ihn sehr vorsichtig zwischen Daumen und Zeigefinger nahm. „Du musst kräftig reiben", erklärte Emmi. „Pass auf, ich zeig's dir."

Emmi fasste die Finger von Niklas und verkrümelte mit ihm gemeinsam den Halm. Seine Haut vibrierte,

118

als Emmi seine Hand griff. Sie standen sie sich gegenüber, ihre Nasen berührten sich fast, rochen die Würze der Pflanze. „Das ist klassische Minze", erklärte Emmi.

„Riecht super", meinte Niklas, hob dann seine Nase, „hier ist noch ein besonderer Duft in der Luft." Er schnupperte an ihren Haaren. „Das bist du, was für eine Blüte hast du in deinen Zopf gesteckt?"

„Wildrose. Danke, dass es dir gefällt." Sie lachte: „Hey, in deinen blauen Augen spiegeln sich die kleinen weißen Wölkchen vom Himmel, wunderschön."

Einige Felder waren bereits abgeerntet. „Komm, wir laufen quer rüber. Ich liebe es so, über die Stoppeln zu laufen, zu hören, wie es knirscht und knistert. Geht nur jetzt, in ein, zwei Wochen wird umgepflügt und neues Grünzeug gesät."

„Wenn ich die ersten Stoppelfelder im Juli sehe, werd' ich immer melancholisch, Melancholie des vollen Sommers, da ahnt man schon den Herbst. Darübergelaufen bin ich seit Jahrzehnten nicht", er lachte, „eher seit Jahrhunderten!"

„Boah, so alt bist du schon, dafür noch erstaunlich fit." Sie löste ihre Hand aus seiner und lief los. „Mal sehen, wer als erster am Ende des Feldes ist."

Niklas keuchte. Er war ewig nicht mehr gerannt. Kurz bevor er Emmi am Feldrand erreichte, blieben seine Schnürsenkel noch an einem Stoppelhalm hängen.

Als er endlich völlig aus der Puste neben Emmi stand, legte er einen Arm um ihre Taille. „Bist du auf dem Land aufgewachsen? Du fliegst ja über die Stoppeln wie ein Wiesel, und alle Kräuter kennst du. Woher?"

„Aufgewachsen bin ich in ungefähr fünfzehn Orten, meine Mutter ist pausenlos umgezogen. Geboren bin ich im Harz, in der Walpurgisnacht." Sie schaute ihn schelmisch an. „Darum hat meine Mutter mich von klein auf ihr Kräuterhexlein genannt."

„Bist du im Wald geboren?" Niklas schaute sie verblüfft an.

„Nein, im Krankenhaus. Meine Mutter war auf dem Weg zum Hexentanz im Harz, obwohl sie hochschwanger war. Naja, ich kam eine Woche zu früh."

„Und dein Vater?"

„Der hat erst eine Woche vor meiner Geburt erfahren, dass meine Mutter schwanger ist. Meine Mutter war neunzehn und eine wilde Partynudel, mein Vater bei der Marine", Emmi schaute verträumt und fröhlich, „aber der hat sich riesig über mich gefreut. Nur", jetzt seufzte sie, „meine Mutter hat's mit keinem Mann lang ausgehalten. Als ich ungefähr zwei Jahre alt war, haben sie sich getrennt."

„Das tut mir leid", meinte Niklas jetzt. Er zog Emmi eng an sich. Fühlt sich verdammt gut an, dachte sie.

„Nicht so schlimm", fuhr Emmi in ihrer Geschichte fort. „Ich treffe meinen Papa oft."

Sie zeigte in die Ferne. „Am Ende dieser Wiese steht das Wiesenhaus. Auf das bist du doch bestimmt schon neugierig? Ich hab uns einen Snack vorbereitet,

120

und dazu trinken wir Tee aus den Blüten und Blättern, die wir gesammelt haben."

„*Du*, nicht wir", warf Niklas ein. „Ich hätte vermutlich nur Grashalme gepflückt."

Sie wanderten eng nebeneinander weiter. Er genoss die Wärme ihres Körpers, und eine Haarsträhne, die sich aus ihrem Zopf gelöst hatte, strich im sanften Sommerwind über sein Gesicht. Er sog Emmis Duft ein. In seinem Kopf murmelte leise eine Stimme: *Und gestern Abend, wie roch das Parfüm von Maike?*

**Kapitel 27**

Das Wiesenhaus war lichtdurchflutet, als sie eintraten. Niklas drehte sich einmal um seine eigene Achse, staunte. „Ist ja winzig, aber so gemütlich. Kann ich das für die nächste Woche mieten? Und du besuchst mich mittags in deiner Pause. Abends bestelle ich für uns beide Pizza und wir sitzen in den Sesseln nebeneinander und schauen uns den Sonnenuntergang an. Au ja!" rief er begeistert, umarmte Emmi und begann sie herumzuwirbeln, stoppte aber sofort, weil ein kleiner Tisch im Weg stand. „Wirklich klein", lachte Niklas.

Emmi war perplex über diese Spontanaktion. So kannte sie ihn überhaupt noch nicht.

„Sorry, Niklas", sie löste sich aus seinen Armen. „Aus deinen Plänen wird nichts. Ich arbeite nur freitags und samstags auf dem Hof. Montags bis donnerstags arbeite ich in Düsseldorf an der Uni."

„Ach so, das wusste ich nicht. Dann buche ich das Wiesenhaus eben fürs nächste Wochenende. Wen muss ich fragen?" Niklas schaute sie an, hielt ihr seine Hand entgegen. „Okay?"

„Erstmal trinken wir unseren Blütentee." Sie nahm zwei Becher und eine Thermoskanne mit heißem Wasser, alles hatte sie morgens vorbereitet.

„Und nun mein Geschenk." Sie holte das Päckchen aus dem Rucksack, öffnete die Schleife und faltete vorsichtig das Papier auseinander.

„Mhm, belgische Pralinen, danke, lecker." Sie beugte sich vor und küsste Niklas, der völlig verdutzt war. Das schmeckt nach mehr, sein Herz klopfte, aber bevor er die Chance wahrnahm, den Kuss zu erwidern, griff Emmi zu den Teetassen und gab Niklas eine in die Hand. „Los, testen."

Sie ließ sich in einen der beiden Sessel fallen, streckte die Beine aus. „So, Niklas, jetzt möchte ich mal die Geschichte hören, warum dein Freund Jean seinen Führerschein abgeben musste. Das wollte ich nämlich schon lange wissen, und Jean hat gesagt, er darf es nicht verraten."

Zack, da hatte ihn die Wirklichkeit wieder. Eben träumte er von innigen Küssen und – bumm – stieß ihn Emmi in die Realität seines Lebens zurück. „Muss das wirklich sein?" Sie nickte. „Unbedingt, ich erzähl's nicht weiter, wenn es was Geheimes ist."

Niklas nippte an seinem Tee. „Very heiß, aber riecht toll, ein wenig süßlich, was für eine Blume ist das?"

„Keine Ablenkung erlaubt", Emmi versuchte streng zu schauen, „ich will die Geschichte hören. Schließlich ...", sie blickte versöhnlicher, „schließlich war das ja der Grund, warum du mich überhaupt kennengelernt hast."

„Stimmt auffallend. Also, das fing alles so an ...". Niklas lehnte sich in seinem Sessel zurück und erzählte. Emmi hörte gespannt zu, mal lachte sie, mal blickte sie betrübt.

„Und dann hab ich zu Jean gesagt, los, gib Gas, bevor die Schnellstraße einspurig wird, musst du den LKW noch überholen." Er lachte. „Tja, aber am Ende der Baustelle überholte uns die Polizei und hat uns rausgewunken."

Emmi grinste und nickte. „Aha, das hat also Jean den Führerschein gekostet."

„Genau, und deshalb hat Jean gesagt, in den vier Wochen, in denen ich Fußgänger bin, fährst du mich freitags zum Biohof."

Niklas lehnte sich im Sessel zurück, verschränkte seine Hände hinterm Kopf, schaute den vorbeiziehenden Wolken zu. „Ich war sehr traurig, weil Leonie mein sorgfältig strukturiertes Leben zerstört hatte. Aber als ich einige Zeit später in aller Ruhe darüber nachgedacht habe, habe ich festgestellt, dass alles stimmte, was sie mir vorgeworfen hat. Wir waren schon lange kein echtes Paar mehr." Er blickte Emmi sanft an. „Das Schicksal wollte, dass ich dich kennenlerne. Ich habe noch nie eine Frau getroffen, die so leuchtend dunkelbraune Augen hat, wunderschön."

*So so, und diese blauen Augen gestern? – Ich hab nie von diesen Augen geschwärmt,* wehrte sich Niklas. *Sei still!*, befahl er seiner inneren Stimme.

„Sieben Jahre wart ihr zusammen", sagte Emmi nach einigen Minuten, die beide in Stille versunken verbracht hatten. „Meine Beziehungen, die länger als ein paar Wochen gedauert haben …, eigentlich waren es stets nur Liebeleien, keine Beziehungen. Schau,

124

Niklas", sie zeigte mit der Hand auf die Wiese vor dem Wiesenhaus, „dort äsen Rehe."

Sie nahm seine Hand. „Komm, steh auf, ich will dir die Insektenhotels hinterm Haus zeigen."

„Ein Insektenhotel, was ist das?"

Er ließ sich von Emmi an der Hand nehmen, das beruhigte ihn einerseits, andererseits fühlte er sofort ein Kribbeln im Bauch. Während sie ihm detailliert erklärte, wozu die Querhölzer, durchlöcherten Stäbe und kleinen Tannenzapfen für die Insekten in den Kästen dienen, schaute Niklas Emmi verzückt an. Sie standen noch eine Weile nebeneinander und blickten den vorbeifliegenden Wolken nach. Jetzt oder nie, Niklas, legte seine Hände um Emmis Taille, beugte sich vor und küsste sie erst zärtlich, und als Emmi den Kuss erwiderte, leidenschaftlich.

Im Wiesenhaus flackerte eine Kerze auf dem Tisch, draußen war es dunkel geworden. Die beiden saßen eng umschlungen.

"Wann können wir uns wieder treffen?", flüsterte Niklas in Emmis Ohr. „Was machst du am Samstag?"

„Samstags kann ich nie."

Niklas ließ nicht locker. „Oder ich hol dich am Montag oder Dienstag nach Feierabend ab und wir schlendern am Rheinufer lang." Neuer Kuss.

„Klappt nicht, ich arbeite an einem Forschungsprojekt in der Uni, wird immer spät", entgegnete Emmi.

„Oder ich lade dich zu mir ein", versuchte Niklas es wieder.

„Vielleicht irgendwann einmal." Sie tippte ihm auf die Nase. „Es ist schon ziemlich spät, lass uns aufräumen. Danach würde ich gerne mit dir in die Stadt zurückfahren."

„Wo wohnst du, wo darf ich dich hinbringen?", wollte Niklas wissen, als sie über den Rhein fuhren. Emmi meinte nur: „Hab derzeit kein Zimmer, wohne bei einer Freundin. Lass mich bei der Uni an der Mensa raus, von da sind es nur ein paar Schritte."

„Bis nächsten Sonntag, komm wieder zum Hof." Emmi küsste ihn sanft zum Abschied.

Niklas schaute traurig. „Keine Chance in der Woche?"

Sie schüttelte den Kopf. Als sie bereits ausgestiegen war, beugte sie sich noch mal zu ihm ins Auto. „Danke, es war wunderschön mit dir. Aber ...", sie machte eine kurze Pause, „Niklas, verlieb dich nicht in mich, für eine feste Beziehung tauge ich nicht." Sie gab der Autotür einen Schubs und entfernte sich mit schnellem Schritt.

Niklas sah ihr nach. *Nicht verlieben? Zu spät, du bist meine Traumfrau.*

126

**Kapitel 28**

Der ICE Düsseldorf—Paris setzte sich drei Minuten vor sieben Uhr langsam in Bewegung. Maikes blass-violetter Rollkoffer stand hinter ihrem Sitz im Speisewagen. Sie gähnte sacht hinter der Hand. Um halb sechs morgens aufzustehen fiel ihr normalerweise leicht. Heute Morgen hatte sie jedoch ihren Wecker verflucht, schließlich musste so viel mit ihrer Freundin Nicole beredet werden. Sie hatten bis nach Mitternacht viel gelacht, sich gründlich ausgequatscht.

Der Kellner servierte einen Croissant und Minztee. Maike biss ein Stück vom Gebäck ab, kaute und schaute auf die vorbeifliegende Landschaft. Sie war unterwegs zum Summer-Fashion-Meeting mit ihren Kolleginnen aus den Studios von Rom, London und Paris. Vor ein paar Tagen hatte Natalie aus dem Studios von Paris angerufen und gesagt: „Mein Sohn und mein Mann sind ans Meer gefahren, ich fahre erst am Freitag. Du wohnst bei mir, und ab Mittwoch, wenn die Arbeit vorbei ist, stöbern wir durch die Einkaufsmeilen von Paris."

Ein tolles Angebot, Maike freute sich darauf, mit Natalie durch die Galerien zu schlendern, vor dem Centre Pompidou am Strawinski-Brunnen zu sitzen, den Gauklern zuzuschauen, an der Seine Kaffee zu trinken und französisch zu plaudern. Sie mochte die Sprache. Eine ihrer Omas war Französin gewesen, hatte nur wenige Kilometer hinter der Saarländischen

127

Grenze in Lothringen gewohnt. Sie konnte perfekt deutsch sprechen, aber sie betonte immer: *Meine Lebensphilosophie denke ich in Französisch, und in dieser Sprache will ich sie meiner Enkelin nahebringen.* Als Maike nach dem Tod ihrer Eltern zu ihrer Tante Ella in die Schweiz zog, erleichterten ihr die Französischkenntnisse die Integration in der Schule.

Heute Morgen überlegte sie kurz, ob sie den Pullover und die Schuhe, die Niklas bei seinem blitzartigen Aufbruch nicht mitgenommen hatte, vor seine Tür stellen sollte. Nicole betonte allerdings nachdrücklich: „Wehe, du tust das, die soll er sich bei dir abholen. Er muss dir in die Augen schauen und erklären, was an diesem speziellen Abend mit ihm los gewesen ist."

Hin und her spekulierten sie, was er mit seinem Gestammel ‚sorry, ich kann das nicht' gemeint haben könnte. Maike hatte ihrer Freundin gebeichtet, dass es toll war, diesen Mann zu fühlen, zu riechen, zu küssen. „Er hat leidenschaftlich geküsst, war zuvorkommend, gentlemanlike, charmant. Mein Eindruck war, dass er sich echt geschämt hat, sich erst so spät bei mir zu entschuldigen. Richtig erklärt, weshalb er damals so wahnsinnig eilig durchs Treppenhaus gerannt ist, hat er jedoch nicht. Zu diesem Punkt hat er geschwiegen."

Besonders beeindruckt war ihre Freundin von dem Moment, als Niklas vor Maike auf die Knie ging. Diese Szene ließ sie sich mindestens dreimal bis ins kleinste Detail beschreiben.

128

„Irgendwie habe ich den Eindruck, du veränderst die Szene bei jeder Beschreibung ein wenig. Wenn ich dich richtig verstehe", Nicoles Stimme klang misstrauisch, „bist du, als er sich vor dich hinkniete, vor Schreck nach vorn auf seinen Mund gefallen?"

„Naja, so ungefähr", druckste Maike rum, „er hat mich so süß angeschaut, da …"

Nicole boxte ihre Freundin schelmisch an. „Auf die Knie …, das hat mein Mann noch nie gemacht, noch nicht mal, als er mich gefragt hat, ob ich ihn heirate. Dein Gemüsefuzzi ist ein Romantiker, ein Gemüseprinz", schwärmte Nicole. Erstaunlicherweise widersprach Maike diesmal nicht.

„Vielleicht hat er doch eine Partnerin und niemand in seinem Büro weiß es?" spekulierte Nicole weiter. „Oder er ist ein Vampir und wollte dich schonen, weil du so gut für ihn gekocht hast?" Sie lachte. „Nein, jetzt weiß ich es", sie klatschte die Hände aneinander und feixte, „er hatte einfach seine Kondome vergessen."

„Quatsch", Maikes Wangen färbten sich rosa. „Obwohl, ich gebe zu, an diesem Abend war alles drin. Ich hätte mit ihm im Schlafzimmer landen können."

„Du bist sexuell ausgehungert", Nicole schaute sie verständnisvoll an. „Ich hab dir schon länger gesagt, du kannst nicht ewig einen großen Bogen um Männer machen. Sie gehören zu uns Frauen." Sie stockte kurz. „Jedenfalls, wenn es die richtigen sind."

Maike bestellte sich ein weiteres Croissant. Ob Niklas sich melden würde? Bestimmt, überlegte sie, schließlich lagen in ihrer Wohnung noch seine Schuhe und sein Pullover. Oh, war der kuschelig, als sie ihn heute Morgen sorgfältig zusammengelegt und einen klitzekleinen Moment daran gerochen hatte, wundervoll, sein Parfüm, sein Duft.

Schluss! Aus! Der Kerl ist einfach abgehauen! Vergiss ihn! Sie biss wütend ins Gebäck.

**Kapitel 29**

Erst am Montagmorgen stellte Niklas fest, dass er seine Schuhe bei Maike vergessen hatte, und er überlegte, ob er noch vor dem Frühstück zu ihr hochgehen und die Sachen abholen sollte. Nein, entschied er, ich werde sie vom Büro aus anrufen und fragen, wann ich kommen darf.

Seit dem Sonntag mit Emmi schwebte er auf einer rosaroten Wolke, andererseits fühlte er sich aufgewühlt. Sie wäre nicht beziehungsgeeignet, hatte sie zum Schluss gesagt. Schlechte Erfahrungen? Oder vorsichtshalber vorgeschoben? Eine Partnerschaft darf sich allmählich entwickeln, und man stellt nach einer Weile fest, ob es funktioniert oder nicht, das war seine Lebensphilosophie. Emmi hatte die Nähe mit ihm genossen, das war deutlich zu spüren gewesen.

Eine Woche, eine ganze Woche, ohne sie sehen zu dürfen, war lang. Auf, ran an die Arbeit, dachte er, dann vergeht die Zeit bis nächsten Sonntag wie im Flug.

Und Maike? Er musste ihr unbedingt so schnell wie möglich die Wahrheit sagen. Sie wird mich für den letzten Tölpel halten, dachte er, eine Katastrophe, so wie ich mich ihr gegenüber benommen habe. Schon wieder musste er sich dringend bei ihr entschuldigen.

Nicht mit Gemüse, nein, nicht schon wieder. Eher wieder mit einem großen Blumenstrauß? Der letzte hatte ihr gefallen, ihre Freude über die bunten Sommerblumen war echt. Wer coacht mich, damit ich mich beim nächsten Treffen mit dieser Frau korrekt benehme?

Maike war offen, so erfrischend. Kochte fantastisch, sie hatte den Tisch so liebevoll gedeckt. Ein wirklich warmherziger Empfang, sie war bereit, ihm alles zu verzeihen, was er in den letzten Wochen falsch gemacht hatte. Ihre Angst, er wäre beleidigt, weil sie ihn als *Gemüsefuzzi* bezeichnet hatte, die war sowieso unbegründet. Ihm gefiel der Ausdruck, er fand ihn pikant ironisch gewürzt.

Wow, sie hatte so süß ausgesehen, so zart, als er vor ihr hinkniete. Ihre Lippen zogen seine magisch an. Er musste sie küssen? Oder hatte Maike ihn zuerst geküsst? Egal, die Leidenschaft dieses Momentes zog ihn mit. Erst als sein Verstand sich einschaltete, beendete er den Kuss abrupt. Aber statt ihr ruhig und sachlich zu erklären, *sorry, Maike, das war ein Versehen*, war er aufgesprungen und hatte sich stammelnd verabschiedet.

(*Von wegen verabschiedet*, seine innere Stimme meldete sich heftig, *dieses Gestammel nennst du verabschieden? Niklas, aufwachen!*)

„Korrekt", antwortete er laut und erschrak. Jetzt redete er schon mit sich selber!

Vor vielen Jahren, als er Leonie kennengelernt hatte, entwickelte sich die Beziehung ganz allmählich. Sie hatten gemeinsam an einem Seminar für Führungskräfte teilgenommen und in kleiner Runde abends

132

in der Hotelbar weiter diskutiert. Zum Schluss waren er und Leonie die letzten, die noch mit einem Cocktail am Tresen standen, sie fanden sich sympathisch. Lass uns die Handynummern austauschen, so können wir gelegentlich unsere Erfahrungen austauschen, schlug Leonie vor. Zufällig reiste er zwei Wochen später zu einem weiteren Meeting nach Hamburg. Er rief sie an, sie verabredeten sich …

Niklas griff zu seinem Handy. (*Ich ruf Maike jetzt an, vielleicht ist sie schon im Studio.*)

„Tut mir leid, Frau Pallin ist leider nicht im Hause, können wir ihnen weiterhelfen?"

„Leider nicht", antwortete Niklas am Handy. „Ich muss mit ihr persönlich sprechen. Wann kann ich sie erreichen?"

„Sie ist in einem Meeting. Geben Sie mir bitte ihren Namen und Telefonnummer, ich werde sie benachrichtigen, ihr mitteilen, dass Sie angerufen haben."

Ein paar Stunden später erhielt er dieselbe Antwort, zusätzlich erfuhr er, dass das Meeting eine Regionalkonferenz war und Frau Pallin erst in der kommenden Woche wieder in Düsseldorf sein würde.

Entschuldigung verschoben, Niklas atmete erleichtert aus. *Da habe ich ein paar Tage Zeit zum Überlegen, was ich zum Austausch der Schuhe mitbringe.* Sollte sie sich aber in den nächsten Tagen telefonisch melden, musste er sich dringend vorbereiten, um nicht wieder herumzustammeln. Einen Coach, den brauche ich, ging ihm durch den Kopf. Vielleicht hatten Jean und Anna an einem der nächsten Abende Zeit.

**Kapitel 30**

Am Mittwochabend wäre es spannend gewesen, auf einem Bildschirm per Webcam parallel in drei verschiedene Küchen zu schauen.

In Paris standen Maike und Natalie vor einem Berg Gemüse, den sie kleinschnippelten. Nebenbei unterhielten sie sich über Männer, speziell über einen, der rätselhafte Verhaltensweisen aufwies, sich pausenlos entschuldigte und mit Vorliebe Paprika, Auberginen und Zucchini verschenkte. (Natürlich führten die beiden diese gesamte Konversation auf Französisch.)

„Wann hast du vor, ihn anzurufen, um ihm zu sagen, dass er am Samstag seine Schuhe und seinen Pullover abholen kann?" hakte Natalie nach.

„Der kann erstmal schmoren, wie mein Ratatouille", zwinkerte Maike ihr zu. Eine Kollegin aus dem Studio hatte natürlich sofort geschrieben: „Ein Herr McCarthy bittet dich um einen Rückruf. Es sei persönlich, hat er gemeint, und seine Handynummer genannt. Ist das der, der dir das Gemüse geschickt hat?" Das Ende der Nachricht zierten viele zwinkernde Emojis.

Maike antwortete eher einsilbig: „Danke für die Info." Welch ein Glück, dass Nicole nicht am Telefon war, als Niklas anrief, die hätte ihn bestimmt detektivisch ausgehorcht. Maike war erleichtert, denn bevor jemand anderes erfahren würde, warum er so abrupt die Wohnung verlassen, sie mit ihrer Sehnsucht nach weiteren Küssen allein gelassen hatte, wollte sie aus seinem Mund die Wahrheit wissen.

In einem kleinen Dorf nahe Düsseldorf saßen Anna, Jean und Niklas an einem Küchentisch, schälten Karotten, Kartoffeln und Zwiebeln. Nebenbei unterhielten sie sich über Frauen, insbesondere über zwei, von denen eine Gemüse verkauft und die andere wunderbare Speisen daraus zubereitet.

„Du hast am Samstag mit der einen und am Sonntag mit der anderen geknutscht? Und nun willst du von uns wissen, wie du diesen Knoten wieder auflösen kannst?" Anna blickte ihn durchdringend an. „Die Tränen in deinen Augen, kommen die vom Zwiebelschneiden, oder …?"

Niklas nickte. „Sind nur die Zwiebeln. Ihr müsst wissen, Emmi ist meine Traumfrau. So wie sie aussieht, sich bewegt, spricht. Mit Maike, das ist einfach passiert, ich würde gerne den Film zurückspulen und die Küsse mit ihr ungeschehen machen."

„Haben sie dir nicht gefallen?", warf Jean listig ein.

„Doch schon", gab Niklas zu. „Aber das darf nicht sein. Ich will Emmi!"

In Düsseldorf stand Emmi zusammen mit ihrer Freundin Sissi vor einem Backofen. Gemeinsam legten sie in Scheiben geschnittene Auberginen, halbierte Pastinaken, Paprikastreifen und kleine Scheiben Rote Bete

136

auf ein Backblech. Nebenbei unterhielten sie sich über's Flirten und Küsse und Emmis neuen Freund. Seit einigen Minuten versuchte Sissi aus ihrer Freundin herauszuquetschen, weshalb sie diesen Mann so anflunkerte.

Emmi wohnte nicht bei ihrer Freundin, sondern lebte in einer WG. Sie arbeitete keinesfalls jeden Tag bis spät abends. So ziemlich das einzige, was der Realität entsprach, war, dass sie samstags keine Zeit zum Ausgehen hatte.

„Echt krass, wieso hältst du ihn so auf Abstand?", wollte Sissi wissen und schloss die nächste Frage gleich an. „Warum triffst du dich überhaupt mit ihm?"

„Er hat mir schon länger gefallen. So wie er mich angeschaut hat, wenn er Gemüse gekauft hat, kribbelte es in mir. Ich wollte ihn kennenlernen." Emmi versuchte, so sachlich wie möglich zu sprechen. „Ich hatte nicht geplant, mit ihm wie ein Teenager rumzuknutschen." Sie packte die Käsescheiben aus.

„Aber … er hat wahnsinnig gut geduftet, und er küsst …", Emmi schaute verträumt, „… fantastisch!"

„Halt, stopp!" Sissi hielt ihre Hand fest. „Der Käse gehört auf die Auberginen und die Verpackung in den Müll!!!"

In Paris dünstete das Gemüse auf kleiner Flamme, während die beiden Frauen Modezeitschriften durchblätterten. Nachdem sie mit dem Abendessen fertig waren, öffneten sie Natalies Kleiderschrank, spielten Modeschau, kicherten über die wildesten Kombinationen von Hosen, Röcken, Schals, Pullovern, Leggins, und nahezu alle Schubläden wurden auf den Fußboden geleert.

„Meine Sachen passen dir wie angegossen, ich hatte gedacht, du hättest höchstens Größe 38, nicht 40 wie ich." Natalie griff nach einem blassgrünen Top mit Puffärmeln. „Das musst du unbedingt noch probieren, der Modetrend dieses Sommers."

„Eigentlich hätte ich Lust auf eine neue Haarfarbe", Maike stand vor dem Spiegel, einen zartvioletten Schal um den Hals gewickelt.

„O ja, wir gehen morgen zu Paul & Paul, die sind cool, zwei junge Friseure, trendy, hab ich vor kurzem kennengelernt." Natalie war sofort Feuer und Flamme.

„Männer? Soll ich an meine Haare lassen? Vergiss es!" Maike schüttelte den Kopf.

„Die sind irre kreativ – und ungefährlich für dich, süß und schwul." Natalie fasste Maikes Hand. „Komm, wir suchen eine wilde Frisur und neue Farbe für dich aus, ich hab da so eine App auf meinem Laptop, da kannst du alles digital ausprobieren."


In dem kleinen Dorf nahe Düsseldorf schmeckte Jean die Suppe ab, füllte sie auf drei Teller, stellte Brot und eine Flasche Wein auf den Tisch.

„Voilà, ich fasse zusammen", begann Anna, „Emmi ist fast so groß wie du, schmal, schlank, hat lange dunkelbraune Haare, die sie zu Zöpfen geflochten hat, dunkelbraue Augen und küsst fantastisch."

138

Jean unterbrach sie: „Irgendwie erinnert sie mich an Leonie, vor vielen Jahren, als wir sie zum ersten Mal trafen."

„Hm, stimmt", Anna nickte. „Was wissen wir noch von Emmi? Sie arbeitet am Wochenende auf dem Biohof, in der Woche lebt sie bei einer Freundin und samstags hat sie keine Zeit. Irgendwie geheimnisvoll."

Anna trank einen Schluck Wein und schaute Niklas an, der zustimmend nickte. Sie redete weiter.

„Maike ist kleiner, geht dir nur bis zur Schulter, hat eine feminine Figur, weißblonde Haare, die vermutlich gefärbt sind, blaue Augen, die sie durch Make-up der Lider und der langen Wimpern betont, und küsst leidenschaftlich." Sie wendet sich Niklas zu. „Erstaunlich, wie genau du sie betrachtet haben musst."

Dann blickte sie Jean an und sprach weiter. „Ist das nicht merkwürdig? Sie wohnt seit zwei Jahren im selben Haus wie Niklas, arbeitet im selben Bürokomplex, und doch sind die beiden sich erst jetzt begegnet?"

Anna lachte. „Wirklich erstaunlich. Wenn wir jetzt noch die Länge der Füße und die Körbchengröße der beiden kennen würden, könnte ich sie modellieren, und dann", sie schaute Niklas liebevoll, aber schelmisch an, „dann könntest du mit beiden hier am Küchentisch diskutieren."

„Ich finde", mischte sich Jean ein, „die Sache ist ganz einfach, Niklas. Du gehst am Samstag zu Maike, willst ja sowieso deine Schuhe und den Pullover abholen, und sagst ihr, sorry wegen der Küsse, das lag am Wein, der hat meine Sinne verblendet. Aber ich habe eine Freundin. Als mein Kopf wieder funktionierte, habe ich mich über mich erschrocken und bin leider völlig unhöflich abgehauen. Tut mir echt leid."

In Düsseldorf hatte Sissi das überbackene, herrlich duftende Gemüse aus dem Ofen geholt und auf Teller verteilt.

In Wirklichkeit hieß sie nicht Sissi, aber als sie vor vielen Jahren in diese WG gezogen war, meinte einer der damaligen Mitbewohner: „Du kommst aus Wien, dann musst du die Kaiserin Sissi sein." Von diesem Moment an wurde sie von allen Sissi genannt, und sie mochte den Namen, sie fühlte sich geschmeichelt.

„Komm, setz dich", sagte sie zu Emmi, die in der Küche aufräumte.

„Muss noch das Backpapier in den Mülleimer stecken und Gläser holen und …"

„Du bist unruhig, hat das vielleicht mit einem gewissen Kerl zu tun?", fragte Sissi lauernd.

„No, no, no", behauptete Emmi blitzartig.

„Übrigens, wenn du ihn nur so selten sehen willst, stell ihn doch mir vor. Ich hab samstags Zeit zum Ausgehen, zum Tanzen oder so."

„Er ist nicht dein Typ, viel zu seriös für dich", antwortete Emmi sofort und winkte ab. „Du musst dir deine Männer selber suchen."

Sissi lachte. „Meinst du, ich steh nur auf ausgeflippte Typen? Vielleicht wäre es 'ne Chance für mich, mal einen seriösen Freund zu haben. Selbst wenn er schon ziemlich alt ist." Sie schaute Emmi nachdenklich an. „Was soll dieser arme Mann die ganze Woche tun, seine Sehnsucht pflegen? Du hast gesagt, in seinen Küssen hätte Leidenschaft gesteckt, das ist doch supercool, findest du nicht?"

„Ich hab ihm erklärt, dass er sich nicht in mich verlieben darf. Ein Mann passt nicht in meine Pläne. Das weißt du genau!" Emmi nahm eine Gabel und schnappte sich eine Rote Bete vom Backblech.

**Kapitel 31**

Paul & Paul war ein winziger Laden. Wände, Decke, Spiegelumrandungen, Stühle, alles in hellblau gestrichen; Gardinen, Sitzbezüge, was aus Stoff war, in Rosa gehalten. Die Handtücher – in pastellenen Regenbogenfarben – lagen sorgfältig gestapelt im Regal. Auf einem rosa Deckchen waren Bürsten, Kämme und Scheren akkurat nebeneinander geordnet. Die beiden Jungs, Maike schätzte sie auf höchstens Ende Zwanzig, trugen hellblaue Hosen und rosa Hemden. Sie begrüßten Natalie und Maike mit Küsschen auf die Wangen und einem Himbeercocktail mit riesengroßen lindgrünen Strohhalmen.

„Es ist uns eine Ehre, zwei so wunderhübsche Madames in unserem *petite Salon de Beauté* zu empfangen." Maike und Natalie wurden zu einer übergroßen hohen Farbtafel geführt.

„Was schwebt dir vor?" fragte Paul 1. „Ich hätte da was Superflippiges, ähnlich wie deine Farbe jetzt, aber mit mehr Grauanteil."

„Ich stelle mir für Maike was Ruhiges vor", meinte Paul 2 und zeigte auf goldbraune Töne. „Apropos, honigblond, das ist eine der Trendfarben dieses Jahres."

„Auf jeden Fall verwandeln wir deinen derzeit glatten Bob in einen Bubikopf und lassen ihn mit einer leichten Welle auslaufen." Paul 1 zupfte an Maikes Haaren, holte etwas Gel und zeigte, wie er sich die Frisur vorstellte. „Deine Haare haben eine superbe

142

Länge, mit diesem leichten Schwung kommt dein hübsches Gesicht wundervoll zur Geltung." Paul 1 und 2 standen vor den beiden Ladies, strahlten wie kleine Jungs bei der Einschulung, nur fehlten ihnen die Zuckertüten.

Maike war von beiden Pauls und dem Salon überwältigt, komplett sprachlos, sie nickte nur. Natalie klatschte begeistert in die Hände. „Damit, Maike, du wirst sehen, dein Gemüseprinz –"

Maike hakte sofort ein: „Er ist nicht mein Prinz!"

„Egal", Natalie schlürfte genussvoll den Cocktail. „Er wird dir zu Füßen liegen."

„Um seine bei mir vergessenen Schuhe aufzuheben, echt cool", ergänzte Maike.

„Ruf ihn an, er hat doch schon mehrfach im Studio nach dir gefragt, mach ein Date mit ihm aus." Natalie schubste sie an. „Sofort!"

Maike schüttelte zunächst den Kopf, überlegte kurz, dann lachte sie und griff gehorsam zum Handy. Während Paul 1 die Farbe und Paul 2 den Schnitt vorbereitete, ihr einen Umhang umlegte, natürlich rosa, wählte Maike die Nummer von Niklas. Natalie blieb dicht neben ihrer Freundin stehen. Verstehen würde sie zwar nichts, da sie kein Deutsch konnte, aber sie wollte seine Stimme hören.

Niklas meldete sich sehr förmlich, seine Sprachmelodie wechselte jedoch sofort in vertraut freundschaftlich, als er begriff, wer ihn anrief.

„Was hast du zu ihm gesagt?", meinte Natalie neugierig, nachdem Maike das Gespräch beendet hatte. „Los, sprich!"

„… bring mir bitte vom Biohof Sellerie, Karotten, Pastinaken, eine Zwiebel und ein paar Kartoffeln mit, ich hol mir alles am Samstagvormittag bei dir ab …" Das, so grinste Maike, wäre der wesentliche Inhalt des Gespräches gewesen.

Natalie lachte schallend, Paul 1 und Paul 2 schauten sie irritiert an. „Du hast ihm einen Einkaufszettel diktiert? Ich fasse es nicht, du bist sowas von abgebrüht! Warum lässt du ihn nicht zu dir kommen?"

„Ich will seine Wohnung sehen", erklärte Maike, „wissen, ob er wirklich alleine wohnt."

In den nächsten Stunden wurde Maike top aktuell in Pariser Chic verwandelt.

Natalie fotografierte sie vielfach und drehte ein kleines Video. „Gib mir seine Nummer, ich schick's ihm?"

„Wehe", Maike hob abwehrend die Hand. „Die Handynummer bekommst du nie!"

**Kapitel 32**

In seinem Job als Versicherungsmathematiker hatte Niklas viel mit Statistiken und Häufigkeiten von Schadensfällen zu tun. Die Wahrscheinlichkeit, zwei verschiedene Frauen an einem Wochenende zu küssen, hätte er mit 0,0001 Prozent bewertet.

,Du bist viel zu nüchtern (*Originalton Leonie*), beschäftigst dich am liebsten mit Excel-Listen, jemals das Wort *spontan* gehört?'

Wäre er nur Maike gegenüber sachlich geblieben, so könnte er sich nun voller Freude auf den Sonntag vorbereiten, auf sein nächstes Date mit Emmi. Ob sie wieder gemütlich im Wiesenhaus sitzen würden? Ist es frei? Soll ich im Biohof anrufen und es mieten? Niklas verwarf den Gedanken wieder. Er befürchtete, Emmi könnte sich bedrängt fühlen.

Am Donnerstag blätterte Niklas in einer Statistik über Schäden, die in den ersten 6 Monaten des Jahres durch Tornados entstanden waren. Solche Ereignisse schienen sich im Vergleich zu den Vorjahren verdoppelt zu haben. Wahrscheinlich die Klimaerwärmung. Sein Handy vibrierte. Er schaute aufs Display, die Nummer kannte er nicht. Er nahm ab, meldete sich höflich mit seinem Namen. Als er Maikes Stimme erkannte, ging ein ,ah, schön' und gleichzeitig, ,oh weh, was kommt jetzt' durch seinen Kopf.

Er antwortete: „Mach ich gerne, … natürlich, … bring ich mit …", versuchte ein wenig Small Talk zu starten, aber Maike verabschiedete sich schon: „Tschüss, bis Samstag." Ende! Nur noch Freizeichen.

Puff, dieses Gespräch hatte er sich in der Nacht, in der er mit Jean und Anna zusammen über Emmi und Maike diskutiert hatte, völlig anders vorgestellt. Obwohl sie bis Mitternacht zwei Flaschen Wein geleert hatten, hatte er seinen Freunden sachlich und klar erklärt, wie er sich am Telefon Maike gegenüber verhalten würde. Erstmal entschuldigen, dann freundlich fragen, wann er seine Schuhe und den Pullover abholen dürfe. Bevor er jetzt einen einzigen seiner auswendig gelernten Sätze starten konnte, hatte sie schon aufgelegt.

Naja, okay, Gemüse mitbringen, 'ne gute Idee. So hatte er einen triftigen Grund, Emmi am Freitag im Hofladen zu besuchen. Rasch notierte er, was er einkaufen sollte.

Was wird Maike daraus kochen? Bestimmt was Leckeres, aber probieren würde er davon bestimmt nicht. Nachdem er gebeichtet haben würde, dass er eine Freundin habe, würde sie ihn ruckzuck aus ihrer Wohnung rausschmeißen, auf keinen Fall zum Essen einladen.

Er nahm sein Gutachten wieder zur Hand, las: *Ein Tornado ist ein plötzlich auftretendes Ereignis, das nur sehr schwer vorherbestimmt werden kann.* Niklas nickte gedankenverloren. Als es letztens an seiner Tür klopfte und Maike davor stand, hatte er nicht mit der wirbelnden Wucht gerechnet, die von dieser Person ausging.

146

Seine Gedanken schweiften ab, er legte das Gutachten zur Seite und rief Jean an: „Lust auf einen Kaffee?"

**Kapitel 33**

Niklas' Schlafzimmer war lichtdurchflutet, er schaute auf seinen Wecker. Sieben Uhr. Mit einem eleganten Hüftschwung sprang er aus seinem Bett und ging ins Badezimmer.

Obwohl an diesem Vormittag noch eine schwierige Aufgabe vor ihm lag, fühlte er sich leicht und locker. Sobald seine samstägliche To-do-Liste (Staubsaugen, Badezimmer wischen, Bett frisch beziehen) erledigt wäre, würde er Maike das gekaufte Gemüse bringen und ohne jede weitere Ausrede erklären, warum er letzten Samstag so überstürzt ihre Wohnung verlassen hatte. Zum Gemüse legte er eine Flasche Ananassaft, denn inzwischen wusste er, dass Maike Getränke ohne Alkohol bevorzugte. So ein Saft, vermutete er, war in diesem Fall ein viel besseres Entschuldigungsgeschenk als eine Flasche Wein.

Als er aus dem Badezimmer kam, startete er den Wasserkocher (ohne *Early Morning Tea* ging gar nichts) und summte ‚Emmi' in verschiedenen Tonlagen.

Am gestrigen Spätnachmittag hatte er den Hofladen betreten und Emmi total überrascht. Sie schien sich sehr über seinen Besuch zu freuen. Jedenfalls begrüßte sie ihn mit einem Küsschen, das eindeutig nach mehr schmeckte.

„Fortsetzung am Sonntag", fügte sie flüsternd hinzu. „Was führt dich zu mir? Wieder Gemüse? Was

machst du eigentlich damit? Kannst du etwa kochen?"
Er hätte ihren Fragen, ihrer singenden Stimme noch
lange zuhören können, aber sie nahm bereits eine
kleine Kiste, schaute ihn an. „Bestimmte Wünsche?"

„Ja", antwortete er, „ich habe einen Auftrag bekommen, ich hab's mir aufgeschrieben." Er holte einen Zettel aus der Tasche. „Sellerie, Pastinaken, Karotten, Zwiebeln, Kartoffeln."

„Aha", Emmi nickte verständnisvoll. „Da will jemand eine leckere Suppe kochen." Sie schaute ihn fragend an: „Wer?"

Niklas' Gehirnzellen rannten blitzartig hin und
her, alle Synapsen arbeiteten unter Hochdruck, seine
Nervenzellen fingen an zu glühen. Er wollte auf keinen Fall zu viel, vor allem nicht detailliert von Maike
erzählen.

„Ein paar Stockwerke über mir wohnt eine Frau,
die am Wochenende wahnsinnig gerne kocht. Hab ich
zufällig mal durch ein Gespräch im Treppenhaus mitbekommen und locker dahingesagt, ich bringe Ihnen
mal frisches Gemüse mit." (*Eine rührende Story, du
bist noch nicht mal rot geworden, Niklas*, meldete sich
seine innere Stimme.)

„Klingt spannend. Verteilt sie das Essen dann im
Haus? Und du bist der edle Spender? Habt ihr ein-
same, ältere Leute bei euch wohnen?" Emmi zeigte
Niklas unbewusst einen Ausweg aus seinem Di-
lemma. Er nickte. „Nur ein paar, hauptsächlich im
Erdgeschoss, insgesamt hat das Haus 12 Wohnungen,
in jeder Etage 3 …"

„Okay, okay, so genau wollte ich's nicht wissen, es ist kurz vor Ladenschluss, lass uns deinen Einkauf erledigen." Emmi legte eine Sellerieknolle in die Kiste, ein Bund Zwiebeln dazu und so weiter, bis alle gewünschten Dinge zusammen waren.

„Was machst du nach Feierabend heute? Wir könnten noch gemütlich Essen gehen", schlug Niklas vor.

„Geht nicht", erklärte ihm Emmi. „Ich muss noch helfen, den Verkaufswagen für morgen zu beladen. Wir fahren schon sehr früh, so gegen sechs auf den Markt, da verkaufe ich samstags mit." Sie zuckte mit den Schultern. „Ich würde gerne mit dir ausgehen, Niklas, aber ich muss Geld verdienen. Meine Stelle in der Uni ist nur als wissenschaftliche Hilfskraft dotiert."

Niklas schaute sie enttäuscht an. „Sorry, wusste ich nicht."

„Nicht traurig sein", meinte Emmi weiter, „in ein paar Minuten mache ich erstmal Pause. Wir können zusammen noch einen Tee trinken und ein bisschen plaudern."

Niklas hatte inzwischen sein Gemüse bezahlt und nickte. „Gerne, trotzdem schade, dass du so wenig Zeit hast. Umso mehr freue ich mich auf Sonntag. Bin sehr neugierig, welche Kräuter du mir übermorgen zeigst."

**Kapitel 34**

Niklas war in seinen Erinnerungen versunken, stutze, weil sein Staubsauger ein merkwürdiges Geräusch machte, bevor er merkte, dass er ihn seit einigen Minuten anstarrte. Aus dem Hintergrund tönte laute Musik mit Hits aus den Neunzigern. Das Badezimmer und das Schlafzimmer waren bereits tipptopp, er war dabei, den Wohnzimmerteppich zu saugen. Das Geräusch störte. Heftiges, kräftiges Klopfen, woher – es kam nicht aus seinem Staubsauger, sondern von der Wohnungstür. Wer könnte das sein, überlegte er, öffnete und schaute verblüfft. „Hallo Maike." Sie sah verändert aus.

„Das hat ja lang gedauert, bis du mich gehört hast. Was hast du für wilde Musik laufen?" Sie drückte dem verdutzten Niklas die Schuhe und den Pullover in die Hand, ging an ihm vorbei in den Wohnraum, sah sich kurz um und marschierte auf direktem Weg ins Badezimmer.

Niklas hörte, wie der Spiegelschrank über dem Waschbecken auf- und wieder zugeklappt wurde. Während er perplex im Wohnraum stand, kam Maike aus dem Bad, ging an ihm vorbei in sein Schlafzimmer. Wieder erklang das Klappern von Schranktüren.

„Das ist ja überirdisch ordentlich bei dir", nickte sie anerkennend, als sie ein weiteres Mal an ihm vorbeilief. Jetzt tippte sie eine Tür in der Küchenzeile an, die öffnete sich lautlos. Maike zog eine Ablage vor.

151

„Blitzblank, deine Töpfe. Schon mal benutzt?" Sie blickte zum unbeweglich stehenden Niklas auf und antwortete selbst: „Eher nicht."

Als nächstes öffnete sie den Kühlschrank. „Ziemlich leer. Käse, Butter, Saft. Ah, da ist ja mein Gemüse, danke."

Sie klemmte sich das Päckchen unter ihren Arm. „Sei bitte pünktlich heute Nachmittag um fünf bei mir, es gibt Gemüsesuppe mit Würstchen." Sie schaute Niklas an: „Oder bist du Vegetarier?"

Niklas stammelte. „N... n... nein, b... b... bin ich nicht."

„Prima, und noch was", sie drehte sich auf dem Weg zum Flur kurz um, „Blumen brauchst du keine mitzubringen, dein wunderschöner Strauß von letzter Woche sieht immer noch toll aus. Tschüss, bis später. Du darfst dich leger anziehen, der Antrittsbesuch ist ja erledigt." Die Tür knallte zu.

Niklas stand mit offenem Mund und völlig überrumpelt mitten in seiner Wohnung. Der erste Gedanke, der durch sein Gehirn schoss: ‚Wirbelstürme sind nicht vorhersagbar!' Allerdings war das, was er soeben erlebt hatte, kein Sturm, das war ein Hurrikan der Stufe 5 gewesen.

**Kapitel 35**

Nachdem Maike das Gemüse auf ihrer Küchenanrichte abgelegt hatte, schnappte sie sich ihr Handy und ließ sich auf ihre Sofalandschaft fallen. Sie wählte Nicoles Nummer.

„Hi Maike, schön, dich zu hören, bist du noch in Paris?", erklang Nicoles helle Stimme.

„Seit gestern spät wieder zu Hause. Ich muss dir unbedingt was erzählen, ich war in seiner Wohnung, sowas hast du noch nicht gesehen. Tipptopp aufgeräumt, im Kleiderschrank alles nach Farben sortiert, ich war völlig baff …", sprudelte Maike los.

„Moment, stopp, wo warst du? Bei wem? Welche Schränke?", bremste Nicole.

Maike lachte. „Sorry, ja, ich fang nochmal von vorne an."

Sie erzählte von ihrem morgendlichen Besuch bei Niklas, wie sie blitzartig durch alle Zimmer gestürmt war, er völlig bewegungslos stehen geblieben war. Sie beschrieb, wie sie ihm zunächst seine Schuhe und den Pullover in seine Hände gelegt hatte, bevor sie ins Badezimmer gegangen war, sie berichtete von Paris, und … und … und …

„Schade, dass du mich nicht per Video anrufst, meine Augen werden immer größer und mein Mund verzieht sich so, dass ich in Kürze lauthals losbrülle vor Lachen. Ich stelle mir bildlich vor, wie Maike Blocksberg auf ihrem Besenstil durch die Räume fliegt." Nicole prustete los. „Du hast ihn tatsächlich von Paris aus angerufen und ihm einen Einkaufszettel diktiert, ihm aufgetragen, was er für dich einkaufen soll?" Nicole klang ungläubig, aber gleichzeitig beeindruckt.

„Ich brauchte doch einen Grund, um in seine Wohnung zu kommen. Also habe ich überlegt, er besorgt Gemüse, ich hol's ab. Dafür hab ich ihn wieder zum Essen eingeladen", verteidigte sich Maike.

„Unsere männerabweisende Maike, welch Wandel, welcome back in der Welt der Sehnsucht. Du hast tatsächlich keine Spur einer Frau in seiner Wohnung gefunden?"

„Nichts, kein Bild im Schlafzimmer, keine Klamotten im Schrank, kein Lippenstift im Badezimmer. Als ich kam, war er dabei zu saugen. Die Bettdecke war akkurat gefaltet, sah aus wie mit dem Lineal ausgemessen", berichtete Maike weiter.

„Vielleicht wohnt er nur ganz selten dort und lebt sonst bei einer Freundin?"

„Glaube ich nicht", entgegnete Maike, „die Wohnung wirkte bewohnt. Ich hab einen anderen Verdacht. Das kläre ich heute Nachmittag bei einem Teller Suppe. Mehr will ich dazu noch nicht sagen."

„Glaubst du wirklich, dass er …", fiel Nicole ein.

„Stopp", Maike bremste ihre Freundin, „ich finde das raus, und dann können wir darüber sprechen."

Maike schwärmte von ihrer Zeit in Paris, vom Bummel mit Natalie durch die Galerien, von den Stoffen, die sie bei ihrem Meeting getestet hatten und von ihrem Besuch bei Paul & Paul. „Bin gespannt, wie dir meine neue Haarfarbe gefällt."

„Beschreib mal, vielleicht lass ich mir auch einen Termin bei den beiden geben." Nicole machte eine kurze Pause. „Oder schick schon mal ein Selfie, damit ich mich an die neue Maike gewöhnen kann. Eine so ausgeflippte Frau, lässt Männer in ihre Wohnung, knutscht auf dem Sofa rum, logisch, da musste eine andere Frisur her."

„Total seriös, wirst dich wundern. Ich glaube, ich muss mal anfangen zu kochen." Ein Blick auf die Uhr, sie telefonierten schon weit über eine Stunde.

„Pass auf mit dem Salz bei deiner Suppe", kicherte Nicole. „Bis bald, bin echt gespannt, wie dein Rendezvous heute läuft."

Es dauerte noch einige Minuten, bis sich die beiden Freundinnen endgültig verabschiedeten.

**Kapitel 36**

Niklas stand in Jeans, hellblauem T-Shirt, hellgraue Strickjacke lässig über die Schulter gelegt, ein kleines Päckchen in der Hand, pünktlich um 17 Uhr an Maikes Tür und klingelte.

„Komm rein", hörte er ihre Stimme, „die Tür ist nur angelehnt. Ich steh am Herd."

Er stellte seine Straßenschuhe unter die Garderobe, zog wieder seine mitgebrachten Filzschlappen an und rutsche mit ihnen über die Holzdielen zur Küchenbar. Maike trug eine mit Sonnenblumen verzierte Schürze über einem gestreiften Sommerkleid.

„Hier bin ich." Niklas strahlte sie an. „Das hab ich für uns beide mitgebracht, leg's bitte in den Kühlschrank." Er hielt ihr das kleine Päckchen und die Flasche Saft entgegen. Bevor sie es jedoch in die Hand nahm, umarmte sie ihn.

„Ich freu mich, dich zu sehen." Sie küsste ihn auf den Mund.

Niklas wich erschrocken zurück. „Sorry, … das … geht nicht!" Er stammelte und sein Gesicht wurde aschfahl.

„Warum nicht, erklär's mir", forderte Maike.

„Also ich …, ich habe …, also ich bin …", Er suchte verzweifelt die richtigen Worte. Alles, was er auswendig gelernt hatte, war wie weggeblasen. Mist, warum konnte er nicht einfach die Wahrheit sagen. Wieso brachte diese Frau ihn so durcheinander? In

Maikes Gesellschaft fühlte er sich superwohl, aber Köperkontakt? Freundschaft, das wäre was.

„Ich versuch, es dir zu erklären ...", setzte er an. „Es ist nicht einfach, du bist wirklich eine tolle Frau, aber ...", er stockte wieder. (*Du trampelst auf ihren Gefühlen rum,* ermahnte ihn seine innere Stimme.) Niklas merkte, wie er langsam, aber stetig rot wurde. Er überlegte: ‚Soll ich einfach schnell sagen, ich habe eine Freundin, und blitzschnell verschwinden?‘ (*Feigling, Feigling,* verhöhnte ihn sein Gewissen.)

Er stand im Raum wie ein kleiner Junge, der sich fürchterlich schämt, weil er dabei erwischt worden ist, alle Smarties von der Geburtstagstorte zu stibitzen, und gerne unterm Tisch verschwinden würde, aber dem gestrengen Blick seines Gegenübers nicht ausweichen kann. Maike stand vor ihm, feixte innerlich und wartete. Ihrem Gesichtsausdruck und ihrer Haltung war nicht anzumerken, was in ihrem Inneren vorging. Niklas unternahm einen nächsten Versuch.

„Also, Maike", er versuchte, sachlich zu sprechen, „ich ...", er räusperte sich, dann versagte seine Stimme.

Maike legte einen Arm um seine Taille. „Okay, wenn du es nicht selber aussprechen kannst, sag ich's dir. Du bist schwul, aber willst dich nicht outen."

Sie schaute ihn verschmitzt an. ‚So strahlend blaue Augen, und dieser schnucklige Mann ist nicht für mich zu haben‘, seufzte sie innerlich.

Niklas antwortete empört: „Wie kommst du denn auf sowas?"

157

Maike seufzte. „Welcher Mann trägt rosa, ist sowas von ordentlich, hat seine Hemden nach Farbe sortiert, jeweils die dazu passende Krawatte, alles in einer Reihe im Kleiderschrank hängen?" (*Hat mir mein Vater beigebracht, dachte Niklas.*) „Welcher Mann, der allein wohnt, hat ein so sauber geputztes Badezimmer, die Handtücher, blau, gelb, weiß im Regal nach Farben sortiert?" (*Maike erinnerte sich an den Salon von Paul & Paul, genauso akkurat.*) „Rasierwasser, Parfümspray, Creme-Dosen im Spiegelschrank nach Größe aufgestellt? Zartgrüne Vorhänge?" (*Hat meine Mutter ausgesucht, fiel Niklas ein.*) „Keine Fotos, keine Bilder in der Wohnung, aus denen man irgendwelche Rückschlüsse ziehen kann?" (*Wollte Leonie so, alles sollte pur sein, entschuldigte sich Niklas, ohne es auszusprechen.*) „Es ist wirklich schade, weil ich dich wahnsinnig gern mag. Trotzdem", sie trat einen Schritt zurück und lächelte ihn aufmunternd an, „trotzdem freue ich mich über deinen Besuch."

Niklas hatte verblüfft zugehört. Seine Gehirnzellen beantworteten im Stillen die gestellten Fragen selbsttätig, jetzt aber begannen sie wie auf einem Trampolin zu hüpfen. Niklas begriff schlagartig, welche Chance sich ihm bot. Auf keinen Fall widersprechen, schoss ihm durch den Kopf, aber keinesfalls ja sagen, nicht direkt lügen. (*Was soll das jetzt werden, du Idiot, du Feigling?*)

Niklas lächelte Maike an, zuckte mit den Achseln. Er beugte sich zu ihr, küsste sie erst auf die linke, dann auf die rechte Wange. „Bitte nicht böse sein und danke für deine Einladung. Hier das Päckchen, das muss dringend in den Kühlschrank, da ist unser Nachtisch drin."

„Cool, diesmal mit einer goldenen Schleife drum?" Sie schaute ihn spitzbübisch an. „Ist das silberne Band alle oder hast du es im Laden so hübsch verpacken lassen?"

Niklas grinste. Er war inzwischen total ruhig geworden, war wieder gefasst. „Du hast mich erwischt."

Er stellte die Flasche Ananassaft auf den gedeckten Tisch. „Das soll eine kleine Entschuldigung für mein feiges Abhauen letzten Samstag sein."

„Du bist so aufmerksam, hast dir gemerkt, dass ich selten Wein trinke." Maikes Augen blitzten. „Mit Saft passiert es bestimmt nicht wieder, dass ich dich mit Küssen überfalle, obwohl", sie blickte ihm direkt in die Augen, „hattest du nicht angefangen …"

Sie griff zur Schöpfkelle. „Setz dich, jetzt gibt es Gemüsesuppe, so wie meine Tante Ella sie fast jeden Samstag gekocht hat."

Plötzlich ertönte eine sanfte Melodie. „Mein Handy", Maike schaute kurz drauf. „Meine Freundin Nicole, die will was wegen morgen wissen. Ich schreib ihr nur schnell zurück."

„Klar", nickte Niklas.

Maike las: ‚Und ist er …?' ‚Ja, leider!!!', schrieb Maike zurück und legte das Telefon zur Seite.

**Kapitel 37**

Warmes Wasser umströmte Niklas. Er stand unter der Dusche, ließ den gestrigen Abend nochmal Revue passieren und schaute zum Regal, in dem seine Handtücher lagen. Es war für ihn selbstverständlich, sie so akkurat zu stapeln, nach Farben im Regenbogenmuster geordnet.

Von Edinburgh, dort hatte er an der Uni seine Doktorarbeit geschrieben, war er nach Düsseldorf gezogen, hatte dort eine Stelle im Bereich der internationalen Schadensabwicklung für eine weltweit agierende Versicherung angenommen. Das interessierte ihn total. Durch die Vermittlung seines Arbeitskollegen Jean, der inzwischen sein bester Freund geworden war, hatte er die Wohnung gefunden, in der er jetzt wohnte. Seine Mutter jauchzte: Endlich lebte ihr Sohn wieder nah bei ihr. Sie zog durch Kaufhäuser und kam nahezu jeden Tag mit neuen Vorschlägen für seine Einrichtung. Mal bremste er sie, mal ließ er sie gewähren. Eines Tages tauchte sie mit einem Stapel flauschiger Handtücher in diversen Farben auf. Er warf seine alten, ausgewaschenen aus dem Badezimmerregal und sortierte die neuen so nach Farben, wie er es von seiner Mutter gelernt hatte.

Kurz bevor Maike (*Hurrikan Maike!*) gestern durch seine Wohnung gefegt war, hatte er ein frisches gelbes Handtuch an den Haken neben der Dusche

160

gehängt. Er drehte den Wasserhahn zu, griff nach dem Handtuch und trocknete sich ab.

Der Abend mit Maike war gemütlich gewesen. Sie hatte viele Frage zu seinem Beruf gestellt und sich gewundert, wie spannend eine Tätigkeit als Versicherungsmathematiker sein konnte. Nach dem Essen zeigte sie ihm ihren Teddy Rudi und er lernte dessen Geschichte kennen.

Als Maike den Nachtisch, cremige Eistörtchen, aus dem Kühlschrank holte, setzte Niklas Rudi neben sich. „Er kann doch nicht einsam auf dem Sessel sitzen bleiben."

Sie tranken Ananassaft aus Champagnergläsern, lachten viel und erzählten sich bis kurz vor Mitternacht Geschichten aus ihrer beider Leben.

Es schien Niklas, dass sich tatsächlich eine Freundschaft entwickelt hatte, worüber er sehr erleichtert war. Das kleine Missverständnis zwischen Maike und ihm, die Behauptung, er sei schwul, versickerte weit hinten in seinem Hirn.

Jetzt freute er sich auf sein Date mit Emmi, auf Kräutertee und einen Spaziergang entlang der Felder und Wiesen.

**Kapitel 38**

Wie letzten Sonntag saß Emmi auf dem großen Findlingsstein neben dem Parkplatz und wartete auf Niklas. In ihrem Rucksack steckten eine Decke, kleine Sitzkissen, Plätzchen und natürlich eine Thermoskanne voll heißem Wasser. Diesmal sollte Niklas die Kräuter für ihren Tee sammeln, schmunzelte sie vor sich hin, mal sehen, ob er sich noch an ein paar vom letzten Sonntag erinnerte. Bereits seit dem frühen Morgen schien die Augustsonne intensiv. Emmi wollte den sanften Sommerwind im Nacken spüren, hatte deswegen ihre Haare unter einer Schirmmütze mit der Aufschrift *Vorsicht Hexe!!!* versteckt.

Sie sah sein Auto von weitem und sofort machte ihr Herz einen kleinen Hüpfer. In ihrer ersten Umarmung steckte die Sehnsucht einer ganzen Woche. Niklas sog Emmis Duft ein. „Ich hab dich vermisst."

Emmi küsste ihn zärtlich. „Ich hab mich auch auf unser Wiedersehen gefreut. Das Wiesenhaus ist leider für zwei Wochen vermietet, aber ich hab uns eine Decke eingepackt, wir machen Picknick am Waldrand, komm." Sie fasste seine Hand und beschwingt marschierten die beiden los.

Eine Gruppe Jugendlicher lief um das Wiesenhaus auf der anderen Feldseite herum. „Das sind welche vom Nabu. Sie kommen jedes Jahr und zählen die Kräuter, die pro Quadratmeter auf der Blumenwiese wachsen. So versuchen sie die Änderungen in der bio-

162

logischen Vielfalt zu erkennen. Im letzten Jahr habe ich natürlich mitgearbeitet, nur diesmal musste ich leider absagen." Sie schaute Niklas mit leuchtenden Augen an. „Dreimal darfst du raten, wieso?"

Niklas nahm sie in die Arme. „Halt dich fest und nimm die Füße hoch, jetzt wird Karussell gefahren." Er drehte sie schwungvoll um seine Achse. Als Emmi wieder auf dem Boden stand, fasste sie Niklas an beiden Händen. Sie wirbelten herum, bis ihnen schwindlig wurde. Als sie sich voneinander lösten, torkelten sie noch eine kurze Zeit, bis ihre Körper wieder das Gleichgewicht gefunden hatten.

„Du kennst dich super mit Biologe aus", meinte Niklas. „Hast du das studiert?"

„Biologie nur nebenbei. Ich betrachte mich zwar als Pflanzenexperte und hab mich zwischendurch auch ein paar Semester mit Nutztieren befasst, bin aber schließlich bei der Ökologie gelandet."

Emmi war stehengeblieben, bückte sich und zeigte auf eine rot-gelb gestreifte Blüte. „Es ist faszinierend, in welch verschiedenen Formen und Farben Pflanzen wachsen. Das hat mich begeistert, so weit ich zurückdenken kann. Es gibt jede Menge Kinderbilder von mir, auf denen ich irgendeine Blume in der Hand halte, einen Halm im Mund habe oder dabei bin, eine Pflanze zu zerlegen. Aber heute", sie lachte Niklas an, „heute hast du die Aufgabe, die Kräuter für unseren Tee zu pflücken."

Niklas blickte erschrocken. „Willst du vergiftet werden?" Er stockte kurz. „Na gut, aber ich werde

163

jedes Blatt, jeden Halm von einer Expertin prüfen lassen. Schließlich bin ich Versicherungsmann."

Beide lachten, sammelten fleißig Kräuter und zogen weiter bis zu einer sandigen Stelle am Waldrand. „Eine tolle Picknickstelle, kommt sonntags niemand vorbei. Übrigens", Emmi zeigte auf blaue Lupinenblüten, „aus Lupinen kann man Kaffeeersatz machen."

Niklas staunte. „Echt? Nie gehört."

„Ich mach dir bei Gelegenheit einen Espresso aus gerösteten Lupinensamen und stelle ihn neben einen echten, du wirst keinen Unterschied bemerken", erklärte Emmi.

Sie breiteten die Decke aus, legten die gesammelten Kräuter in ihre Becher, schütteten heißes Wasser aus der Thermoskanne drüber, „das duftet, toll …", knusperten Plätzchen, lagen eng umschlungen und schauten ein paar vorbeiziehenden weißen Wölkchen nach. Zwischen leidenschaftlichen Küssen erzählten sie aus ihrem Leben, begleitet von Kommentaren, wie ‚boah, spannend', oder ‚ging mir genauso', ‚irre Geschichte' oder ‚stell ich mir jetzt bildlich vor', und sie lachten, bis ihnen die Tränen kamen.

„Darf ich dich heute Abend zum Essen ausführen?" fragte Niklas, als die Sonne schon recht tief stand. „Ich bekomme allmählich Hunger?"

„Ich auch", gab Emmi zu. „Gerne, wo wollen wir hin?"

„Lass dich überraschen", meinte Niklas nur.

Von ihrem Tisch in dem kleinen Restaurant am Hafen hatten sie einen wunderbaren Blick über die Yachten, die fest verzurrt an der Mole lagen. Lichter spiegelten sich im Rhein.

„Salut, Niklas!" Emmi nahm ihr Glas mit Prosecco in die Hand. „Danke für die Einladung, es ist wunderschön hier."

Niklas hob ebenfalls sein Glas. „Ich liebe diesen Ausblick über die Boote", er zögerte kurz, schmunzelte, „und ich weiß, dass der Koch sich bestens mit Kräutern auskennt."

„Auf die Butterbohnen im Kräutermantel bin ich besonders gespannt", meinte Emmi. „Wie war eigentlich dein Gemüseerlebnis gestern? Was gab's?"

„Eine leckere Gemüsesuppe, nach einem Schweizer Rezept." Niklas zeigte mit seinem Daumen nach oben.

„Ich finde es toll, dass diese Frau, wie heißt sie eigentlich, für so ältere Alleinstehende kocht. Schön, dass du was abbekommst. Muss ich eigentlich eifersüchtig sein?" Emmi zog die Augenbrauen hoch.

„Nein, keine Eifersucht, ist nicht angebracht", antwortete Niklas ohne jedes Zögern.

Emmi lachte. „Wie alt ist sie?"

„Schon älter als du."

„Dann bin ich ja total entspannt." Emmi lachte, beugte sich über den Tisch und küsste Niklas, der diesen Kuss erwiderte und verlängerte. (*Typisch Niklas,* seine innere Stimme grinste vernehmlich, *was man so unter älter verstehen kann ...*)

„Ich bin sowas von satt", meinte Emmi, „dieser Nachtisch war toll! Traumhaftes Eis mit Curry und Karamell und Wildblüten, sowas hab ich noch nie gegessen. Und dann dieser Tropfen Olivenöl drüber, superb!"

Niklas nickte, sie tranken den letzten Schluck Wein aus, nahmen noch einen Espresso und bestellten sich ein Taxi.

„Ich hol mein Auto morgen ab. Magst du noch mit zu mir kommen?", versuchte Niklas Emmi zu locken.

„Nein, mein Süßer", entgegnete sie und streichelte seine Wange, „ich steige wieder bei der Mensa aus."

„Darf ich dich bald wieder treffen?" Niklas sah sie an, „vielleicht mal in der Woche oder am Samstag?"

„Du gibst nicht auf", meinte Emmi lächelnd. „Samstags kann ich nie. Nächsten Sonntag, selbe Uhrzeit, selber Ort."

Sie warteten vor dem Restaurant und küssten sich, bis das Taxi hupte.

**Kapitel 39**

Am Montagmorgen dachte Niklas: Gut, dass Jean für zwei Wochen nach Frankreich gefahren war. Sein Freund hätte ihn sonst intensiv über den Verlauf des Wochenendes ausgequetscht.

Am Montagmittag saß Maike mit ihrer Freundin an einem der kleinen Bistrotische, die Guiseppe bei gutem Wetter vor seinem Gemüsesalon aufbaute. Nicole wollte genau wissen – ‚wehe, du verheimlichst mir was!‘ – wie der Samstag verlaufen war. Den Kernpunkt kannte sie bereits durch ihre kurze WhatsApp-Kommunikation, aber die Details interessierten sie brennend.

Am Montagabend lehnte Sissi lässig am Türrahmen, Emmi saß an ihrem Schreibtisch.

„Du hast also diesen armen Kerl wieder am langen Arm verhungern lassen? Erst küsst ihr euch mit wilder Leidenschaft – wie du behauptest – und dann sagst du ihm zu einer Uhrzeit, wenn die Nacht erst so richtig schön wird, tschüss, bis nächsten Sonntag? Was bist du für eine Abgefahrene, so krass?"

„Was würde denn passieren, wenn ich mit ihm geschlafen hätte?" entgegnete Emmi. „Er würde süchtig nach mir werden, und sowas kann ich nicht leiden, und das passt derzeit nicht, das weißt du ganz genau." Sie sah Sissi direkt an. „Gegen ein bisschen Sex mit

167

Freundschaft hätte ich nichts einzuwenden, aber das funktioniert bei ihm nicht."

„Sicher?"

„Absolut sicher, dieser Mann sucht eine Beziehung."

„Und wieso triffst du dich mit ihm?"

„Er versüßt mir meine sonst einsamen Sonntage."

„Ganz schön egoistisch", meinte Sissi. „Wie wär's, wenn ich am nächsten Samstag mit ihm durch die Bars der Altstadt ziehen würde, ein bisschen tanzen, ein bisschen flirten, ein bisschen Spaß?" Sie schaute ihre Freundin an, die den Kopf energisch schüttelte. „Am Sonntag darfst du dann wieder mit ihm an den Feldern, an den Wiesen entlang wandern, am Waldrand Küsse austauschen und über Blumen und Kräuter diskutieren", fuhr Sissi fort.

„Ach hör auf, mir eine lange Nase zu machen, du weißt, was ich vorhabe, da passt kein Mann dauerhaft in mein Leben." Emmi stand auf. „Hast du Lust auf einen Tee?" Ohne die Antwort ihrer Freundin abzuwarten, ging sie an ihr vorbei zur Küche.


Am Donnerstagabend klingelte Niklas' Handy, er schaute auf das Display, Maike. „Hey, guten Abend, schön, dich zu hören."

„Hallo Süßer." Niklas verstummte. „Oder darf ich dich nicht sooo nennen?" lachte Maike.

Niklas antwortete ernsthaft: „Es wäre mir lieber, wenn du einfach Niklas sagst."

„Okay, okay … war nur ein Scherz, sorry, ich wollte dich fragen, ob du Morgen wieder einen Unterstützungseinkauf beim Biohof planst. Du könntest mir was mitbringen", erklärte Maike ihren Anruf.

„Ja, ich fahre", entschied Niklas blitzschnell. „Was möchtest du haben?"

„Ich hätte gerne acht Paprika und so ungefähr fünf Tomaten. Ich habe nämlich am Samstag Mädelstreff bei mir, da will ich was Schönes kochen."

„Gerne, bring ich dir am Samstagmorgen hoch."

„Leider kann ich dich nicht zum Essen einladen, aber du kannst dir am Abend eine gefüllte Paprika abholen, denn", sie verzögerte, sprach ein wenig süffisant weiter, „… alle wollen schon lange wissen, wie der Typ aussieht, den ich mit einer Tomate beworfen habe."

Jetzt lachte Niklas. „Nee, nee, bleibt ihr mal schön unter euch. Mir wird schon nicht langweilig."


Am Sonntagmittag traf sich Niklas wieder mit Emmi. Zum Abend hin meinte sie: „Lass uns heute mal in ein Dorfgasthaus hier in der Nähe gehen. Da gibt's eine tolle Bratwurst mit Kartoffelbrei und am Wochenende oft eine Live-Session."

Kurz vor Mitternacht verabschiedete sich Emmi von Niklas am selben Ort wie immer. Ein langer Abschiedskuss, „bis nächsten Sonntag", und schon war sie um die Hausecke verschwunden.

Niklas seufzte, aber freute sich trotzdem bereits jetzt auf ihr Wiedersehen.

**Kapitel 40**

So etwa alle drei bis vier Wochen bekam Niklas Besuch von seiner Mutter. An diesen Tagen fuhr sie am Vormittag mit der Bahn von ihrer Kleinstadt in die Großstadt, schlenderte durch verschiedene Einkaufsgalerien, gönnte sich den einen oder anderen Snack, bevor sie am Nachmittag die Wohnung ihres Sohnes betrat. Es machte ihr Spaß, für Ordnung zu sorgen, Staub zu wischen, die Zimmer zu saugen. Allerdings musste sie zu ihrem Leidwesen auch diesmal wieder feststellen, dass alles tipptopp in Schuss war. Schade, seufzte sie, bereitete sich einen Tee, setzte sich an den Küchentisch und aß ein Schokocroissant, das sie aus der Stadt mitgebracht hatte.

Niklas verließ an diesem Mittwoch gegen 16:30 Uhr das Bürocenter, für ihn ziemlich früh. Er hatte seiner Mutter versprochen, sie in seiner Wohnung abzuholen, um danach gemütlich mit ihr in einem kleinen italienischen Restaurant essen zu gehen, bevor er sie später zum Bahnhof bringen würde, von wo aus sie in ihre ‚spießige, aber angenehm ruhige Kleinstadt' (*Originalton seiner Mutter*) zurückfahren würde.

Einerseits freute er sich auf die Besuche seiner Mutter, andererseits wusste er, dass sie ihn wie üblich nerven würde. Seit Wochen begannen ihre Telefongespräche mit den Worten: „Wann willst du dich endlich mit Leonie versöhnen?" oder „Junge, du bist fast vierzig, andere Männer in deinem Alter sind schon lange verheiratet, haben Kinder ...". Letztens hatte er sie an dieser Stelle unterbrochen: „... stehen knapp vor der Scheidung, haben ein Reihenhaus mit nervigen Nachbarn, einen Hund, der die Schuhe anknabbert. Wieso hat mein Vater dich erst geheiratet, als er schon 44 war?" Worauf seine Mutter nur einwarf: „Das war seine zweite Ehe, das erste Mal hat er schon mit 28 geheiratet." „Was aber nur zwei Jahre gehalten hat", erwiderte Niklas.

Er musste sich unbedingt etwas ausdenken, um das heutige Treffen abzukürzen. Er könnte ins Kino gehen, der neue James Bond Film sollte toll sein, erzählte man im Büro. Aber alleine? Seine Mutter würde nicht verstehen, warum er ausgerechnet an dem Tag, an dem sie verabredet waren, ins Kino gehen wollte. Er brauchte ein Alibi, am besten sozusagen eine Quotenfrau.

Er wartete mit seinem Auto an einer Ampel, als ihm plötzlich eine Idee durch den Kopf schoss. Sein Mund verzog sich zu einem breiten Grinsen. Als es Grün wurde, fuhr er los, suchte aber sofort einen Platz, an dem er wieder stoppen konnte. Er nahm sein Handy und wählte.

„Hallo Niklas", Maikes helle, fröhliche Stimme erklang, „benötigst du meine Gemüsebestellung schon heute?"

Niklas lachte. „Nee, ich wollte dich heute Abend ins Kino einladen, in den neuen James Bond, hast du Lust?"

Plopp. Maike war verblüfft, das war deutlich zu hören, obwohl sie zunächst schwieg. „Das überrascht mich jetzt total. Stehst du auf Action?".

„Ach, weißt du, 007 ist so schön übertrieben. Außerdem muss man doch die neuen Bond Girls kennenlernen."

Maike lachte laut los. „Ausgerechnet du! Du und die Bond Girls! Aber okay, ich komme mit. Wann und wo wollen wir uns treffen? Ich muss noch eine Weile arbeiten, am besten komme ich direkt zum Kino."

Sie verabredeten sich für halb acht vor dem UFA-Palast.

Niklas fuhr weiter und holte seine Mutter ab. Zunächst musste er sich anhören, dass er ein noch größerer Ordnungsfanatiker sei, als sein Vater gewesen war.

„Was soll ich denn in deiner Wohnung putzen?" fragte sie. „Lass doch mal was dreckig. Ich freue mich doch, wenn ich was für dich machen kann."

Danach startete sie die erwartete Diskussion über Leonie. „Es ist freudlos, so alleine zu leben", predigte seine Mutter.

Na warte, Niklas schmunzelte vor sich hin, ich werde dich heute noch zum Staunen bringen. „Ich hab heute Abend nicht so viel Zeit wie sonst, werde dich schon gegen 19 Uhr zum Bahnhof bringen, bin noch verabredet."

„Heute? Schade, so haben wir viel zu wenig Zeit uns zu unterhalten, schließlich interessiert es mich,

172

wie du dir deine Zukunft vorstellst", entgegnete sie vorwurfsvoll.

„Ich möchte mir den neuen James Bond anschauen", bewusst provozierte er seine Mutter, die große Überraschung behielt er jedoch noch für sich.

„Mit Jean? Könnt ihr das nicht verschieben?", bat sie.

„Sorry, muss heute sein. Ich habe eine Verabredung, und sie kann nur heute."

Baff, da war es raus. Seine Mutter setzte sich abrupt auf einen Stuhl am Esstisch.

„Sie? Du triffst dich mit einer Frau?" Sie schüttelte ungläubig den Kopf, schaute ihn schmunzelnd an. „Mein frauenabweisender Sohn hat ein Rendezvous. Das ist –", sie suchte nach einem passenden Wort, „sensationell!" Ihre Augen leuchteten. „Erzähl von ihr, wie heißt sie?"

„Alles zu seiner Zeit", bremste Niklas seine Mutter. „Wir sind nur befreundet, sonst nichts."

**Kapitel 41**

Als Maike und Niklas aus dem Kino in die laue Sommernacht traten, atmete Maike tief ein und aus. Verliebte würden jetzt Hand in Hand zur Rheinpromenade schlendern, sich immer wieder umarmen, leidenschaftlich küssen und noch einen Prosecco in einer der Bars am Ufer nippen. Sie schaute in den dunkelblauen Himmel.

„Hallo", Niklas wischte mit der Handfläche vor ihrem Gesicht hin und her. „Träumst du noch von Sir James?"

„Vielleicht", murmelte sie und superleise, flüsternd fügte sie hinzu, „mein Sir James heißt anders."

„Bitte?", hakte Niklas nach. „Hab dich nicht verstanden."

„Schon gut", sie winkte ab.

„Komm, wir gehen noch in den Irish Pub", schlug Niklas vor. „Hast du Lust?" Sie nickte, dieser spontane Abend gefiel ihr. Sie wäre nie auf die Idee gekommen, in den Pub zu gehen, genauso wenig wie in einen Bond-Film.

„Wir setzen uns an die Bar", schlug Niklas vor, als sie die Kneipe betraten. Zwei junge Frauen, die hinter der Theke Gläser spülten und abtrockneten, begrüßten Niklas mit leichten Winken. „Hi, wie geht's?" Maike nickten sie kurz zu. „Danke, alles prima", antwortete Niklas. Der Barkeeper kam. „Hi", grüßte er Maike und klatschte sich danach mit Niklas ab. „How do you do?" Niklas antwortete „Fine, how do you do?"

Maike genoss die Atmosphäre, so gemütlich hatte sie sich einen Irish Pub nicht vorgestellt. Holzgetäfelte Wände, irische Musik, im Hintergrund lief auf einem TV-Bildschirm tonlos Sport, an einem rustikalen Tisch saßen Jungs und würfelten, an einem anderen baute eine lustige Truppe Türme aus Bierdeckeln. Während Maike sich im Raum umschaute, fühlte sie, wie sie von den beiden Ladies hinter der Theke von oben bis unten gescannt wurde. Sind vermutlich nicht gewohnt, dass Niklas mit einer Frau an seiner Seite hier auftaucht, dachte sie.

„Hast du früher in Schottland gewohnt?", wollte sie von Niklas wissen. Sie wusste bereits, dass sein Vater aus Edinburgh stammte.

„Nein, mein Vater lebte schon in Deutschland, bevor er meine Mutter kennenlernte." Niklas trank einen Schluck Guinness, während Maike ein Tonic Water durch einen Strohhalm schlürfte.

„Soll ich dir mal die Geschichte erzählen, wie meine Eltern sich kennenlernten? Romantische Story", lachte Niklas.

Maike nickte. „Oh ja, Romantik, liebe ich, leg los."

„Mein Vater ist nach seinem Schulabschluss der Royal Air Force beigetreten, der Luftwaffe der britischen Armee. Er war in verschiedenen Ländern stationiert, und als er knapp vierzig war, wurde er nach Deutschland in die Nähe von Münster versetzt. Als Verbindungsoffizier zu den städtischen Behörden

175

musste er Deutsch lernen. Entweder lag es an der Gegend oder den tollen Frauen in den Discos – jedenfalls als man ihn wieder versetzten wollte, beschloss er, seine militärische Laufbahn zu beenden und im Rheinland zu bleiben. Da er gerne Uniform getragen hat und Flugzeuge liebte, hat er sich bei British Airways in Düsseldorf um einen Job am Flughafen beworben. Das Personalbüro war hocherfreut, ein Brite, der Deutsch sprach, und so saß er eines Morgens am Schalter im Flughafen, als eine junge Frau", Niklas schaute kurz Maike an, „ungefähr in deinem Alter, mit ihrem Rollkoffer in die Halle trat, sich umschaute, meinen Vater erblickte und auf ihn zuging. – ‚Entschuldigung‘, hat sie gesagt, ‚ich bin schon sehr früh hier, ich fliege erst heute Nachmittag, aber ich bin so nervös, wo muss ich hin?‘ – Mein Vater hat später erzählt, sie hätte ihm sofort gefallen, und die weitere Konversation wäre etwa so verlaufen: ‚Wo wollen Sie denn hinfliegen?‘ ‚Nach Mallorca.‘ ‚Was wollen Sie dort?‘ ‚Wissen Sie, ich lebe und arbeite in einem kleinen Dorf, und immer, wenn ich mit einem Mann ausgehe, dauert es höchstens zehn Minuten und er redet über seine Traktoren. Ich hab gehört, auf Mallorca gäbe es tolle Männer.‘ Mein Vater meinte: ‚Ich war noch nie auf Mallorca, wie die Männer dort sind, weiß ich nicht, außerdem würde ich mich dort eher nach schönen Frauen umschauen.‘ "

Maike warf frech ein: „Schade, Niklas, dass du diese Eigenschaft nicht von deinem Vater geerbt hast."

176

Niklas lachte etwas aufgesetzt, fuhr aber ohne weitere Entgegnung mit der Geschichte fort.

„Mein Vater sprach weiter: ‚Ich würde Ihnen gerne beweisen, dass es auch in Deutschland tolle Männer gibt. Ich schlage Ihnen vor, ich buche Ihren Flug auf morgen Vormittag um, besorge Ihnen ein Zimmer im Flughafen-Hotel – auf meine Kosten natürlich –, dann suche ich mir rasch eine Vertretung und führe Sie in ein wunderschönes Restaurant aus. Und später gehen wir tanzen. Okay?‘"

Maike schmunzelte, nippte an ihrem Drink. „Cool, und weiter?"

Niklas nahm einen Schluck Guinness. „Meine Mutter hat immer wieder erzählt, dass sie überrascht gewesen sei, wie schnell sie ja gesagt hätte, aber mein Vater in seiner Uniform, so schnieke, rasiert, gepflegt, Krawattenknoten in Windsor Art, absolut korrekt geknüpft, da konnte sie nicht widerstehen. Naja, die beiden erlebten einen tollen Tag, und als mein Vater spätabends meine Mutter zum Hotel brachte, ‚hat er sich mit Handkuss verabschiedet, schade, er hätte mich küssen dürfen.‘ Originalton meiner Mutter."

„Und …, ist deine Mutter wirklich geflogen? Oder wie haben sie sich wieder getroffen?"

„Mein Vater hatte sich den Rückflug gemerkt und mit der Crew verabredet, dass eine Stewardess meiner Mutter sagen würde, ihr Koffer wäre *damaged* und sie müsse ihn an einem speziellen Schalter abholen. Meine Mutter war zunächst geschockt, aber wieder beruhigt, als ihr gesagt wurde, an der Gangway stehe

177

ein Herr bereit, um sie dort hinzuführen. Logisch, das war mein Vater. ‚Wie waren die Männer auf Mallorca?‘, fragte er meine völlig überraschte Mutter. Die seufzte: ‚Aufdringlich, die wollten nur über Sex reden, vielleicht doch lieber Gespräche über Traktoren ...‘“

Niklas trank einen Schluck. „Der Rest ist schnell erzählt. Sie verabredeten sich für das nächste Wochenende und ein paar Monate später suchten sie sich bereits eine Wohnung.“

Maike klatschte vor Begeisterung Niklas ab. „Das müsste verfilmt werden, dagegen ist jeder James Bond langweilig.“

Als sie die Bar verließen, griff Maike nach Niklas' Hand und war erstaunt, dass er diese nicht wegzog. Sie marschierten zur S-Bahn, unterhielten sich über Niklas' Eltern und deren Liebesgeschichte und schlenkerten dabei fröhlich mit den Armen.

„Diese penetrante Ordnung“, erklärte Niklas, als sie bereits in der Bahn saßen, „die du in meinen Schränken bewundert hast, hat mir mein Vater beigebracht. Überbleibsel aus seiner Armeezeit.“ Er fügte noch hinzu. „War schön mit dir heute Abend, danke.“

„Find ich genauso. Ich hätte sonst nur irgendwas Blödes im TV geschaut“, stimmte Maike zu.

Niklas fügte noch hinzu: „Du musst wissen, du hast mich nämlich heute Abend gerettet. Du warst mein Alibi.“

„Wofür?“, fragte sie erstaunt, und sofort schoss ihr durch den Kopf, *kein Date, nur ein Alibi.*

„Heute hatte meine Mutter mich besucht und seit einiger Zeit nervt sie mich mit ihren Fragen, wann ich endlich eine Familie gründen würde und so weiter."

„Deine Mutter weiß nichts über dein Verhältnis zu Frauen?" Maike schüttelte den Kopf. „Du bist ein Weltmeister im Verschweigen, man könnte meinen, dein Vater wär bei der Spionage gewesen und hätte dir Verschwiegenheit vererbt." Sie blieb abrupt stehen und sah ihn streng an. „Also Niklas, das find ich richtig blöd. Da bin ich voll auf der Seite deiner Mutter." Sie war empört.

„Maike", er griff nach ihrer Hand, aber sie zog sie entschlossen weg.

„Ich wünschte, ich wäre so offen wie du." Niklas seufzte tief.

**Kapitel 42**

Am Freitagmittag schrieb Niklas eine Nachricht an Maike: ‚Welches Gemüse darf ich dir mitbringen?‘ Er hing noch ein paar Emojis dran, eine Blume, eine Aubergine, eine Paprika, ein lächelndes Gesicht. Die Antwort kam sofort.

‚Benötige nix, keine Zeit zum Kochen.‘

Kein Emoji. Hab ich sie verärgert?, überlegte Niklas, aber hatten wir denn nicht einen wunderschönen Kinoabend? Im Irish Pub war Maike witzig und ausgelassen gewesen. Auf dem Heimweg schlenderten sie Hand in Hand, ihre warme Hand zu halten war wunderschön. Vermutlich habe ich sie mit meiner Frage mitten in der Arbeit gestört, dachte er und erklärte sich damit die spröde wirkende Nachricht.

Er würde gerne Emmi sehen und mit ihr am Freitagabend eine laue Sommernacht in der Altstadt genießen. Aber sie hatte ihm bereits mehrfach erklärt, nach der Arbeit keine Zeit zu haben. Gegen einen Einkaufsbesuch kann sie nichts haben, überlegte er, wer könnte Gemüse benötigen?

Er wählte Jeans Nummer, aber nur die Mailbox meldete sich. „Hallo, Jean, hier ist Niklas, hätte Lust euch heute Abend zu besuchen, könnte Gemüse mitbringen. Melde dich bitte kurz, wenn du die Nachricht empfangen hast.“

Kurze Zeit später erhielt er eine WhatsApp von seinem Freund. ‚Bleiben noch übers Wochenende in

Frankreich, geht erst nächste Woche Freitag. Freuen uns, wenn du uns besuchst. Gibt's was Neues? Anna hätte gerne viel Salat, Möhren, Paprika, Tomaten, Auberginen.'

Gemüse einzukaufen und nicht zu wissen, was er damit tun sollte, passte nicht. Auf den Biohof zu fahren, ohne etwas einzukaufen, erschien ihm merkwürdig. Was würde Emmi sagen? Er glaubte nicht, dass sie begeistert wäre, wenn er im Hofladen rumstand und ihr beim Arbeiten zusah. Gemüse für seine Mutter? Ach nee, ich bleibe besser in der Stadt.

Am Abend nahm er seine Sporttasche, ging zwei Stunden ins Fitnessstudio und danach in eine Kneipe in der Altstadt, in der eigenes Bier gebraut wurde. Er saß nachdenklich an der Bar, nippte an seinem dunklen Altbier, zog sein Handy aus der Hosentasche, schaute sich Fotos vom letzten Sonntag, vom Ausflug mit Emmi an. Das tolle Selfie, ein wundervoller Kuss am Waldrand. Er seufzte tief. Warum durfte er Emmi nur sonntags treffen?

Hatte er sich verrannt? Er seufzte wieder. Ein langer einsamer Samstag stand ihm bevor. Keine Gemüsesuppe mit Maike, keine Gemüselieferung mit einem kurzen Plausch. *Benötige nix, keine Zeit zum Kochen.* Kurz und sehr knapp, er las die Nachricht mehrfach. Sie hat mich aus ihrem Leben gestrichen.

In den urigen Altstadtkneipen in Düsseldorf ist es Brauch, dass der Köbes, so heißen die Kellner, leere Biergläser unaufgefordert gegen volle tauscht. Erst wenn der Gast einen Bierdeckel auf sein leeres Glas legt, stoppt der Nachschub. Niklas war, ohne es zu merken, bei seinem dritten Altbier angekommen. In seinem Kopf schwirrten Gedankenfetzen herum, die er halblaut vor sich hin brummelte: ‚Am Sonntag spioniere ich Emmi nach‘, ‚Wo wohnt sie wirklich?‘, ‚Sie muss mir ihr Samstaggeheimnis verraten, sonst mache ich Schluss!‘, ‚Muss ich ihr Zeit geben?‘, ‚Sie hat so wunderbare lange, dunkle Haare‘, ‚ ihre leuchtenden Augen‘, ‚ihre Lippen …‘

Er griff zu seinem Glas und war erstaunt, dass ein Bierdeckel drauf lag. „Sorry“, sagte die Frau hinter der Theke, während sie Gläser spülte, „den habe ich draufgelegt.“ Sie schaute ihm scharf in die Augen. „Von mir gibt's für dich nur noch Wasser. Wenn ich deine Selbstgespräche höre, nee, nee, …“ Sie schüttelte den Kopf. „Ein Brummschädel löst dein Probleme nicht.“

Niklas blickte sie verwundert an. Weshalb glauben alle Frauen zu wissen, was für mich richtig ist? Er zahlte, nahm seine Sporttasche und ging verärgert nach Hause.


Emmi hatte den Verkaufsraum aufgeräumt, nahm die Kasse und ging Richtung Haupthaus. Sie war traurig, zum ersten Mal seit vielen Wochen war Niklas nicht gekommen, um Gemüse einzukaufen. War sein Auto kaputt? War er krank? Hätte sie doch nur seine Handynummer. Blöde Kuh, schimpfte sie sich selber. Sie war es gewesen, die den Austausch ihrer Nummern

182

ablehnte, denn auf keinen Fall wollte sie von ihm angerufen werden.

Ob er ihre Verabredung am Sonntag einhalten würde? Vielleicht hatte er keine Lust mehr, sie zu treffen, weil sie ihn nur sonntags sehen wollte? Sie wusste nicht einmal, wo er wohnte. Ich besuch dich nicht zu Hause, hatte sie ihm lächelnd und direkt gesagt, wozu also deine Adresse? Sie kannte nur seine Arbeitsstelle. Aber jetzt am Wochenende war dort niemand zu erreichen.

Ob Sissi ihr weiterhelfen könnte? Sollte sie ihre Freundin anrufen? Schlechte Idee, Sissi würde sie nicht trösten, sondern verhöhnen: ‚Endlich, endlich, gut, dass er dich versetzt hat, so wie du ihn auf Abstand hältst. Hoffentlich hat er eine gefunden, die sich viel Zeit für ihn nimmt.‘

Emmi sog die klare Abendluft tief durch die Nase ein und blies sie kräftig durch den Mund wieder aus, tief in den Bauch atmen. Langsam fühlte sie, wie ihre innere Ruhe zurückkehrte und damit die Hoffnung, dass Niklas am Sonntag zur üblichen Zeit am Parkplatz sein würde. Sie betrat das Büro im Haupthaus, schaute auf den Belegungsplan des Wiesenhauses. Juhu, es war frei.

**Kapitel 43**

Eine Woche später, Freitagnachmittag. Maike saß mit Nicole an einem Bistrotisch vor dem Mediterranen Gemüsesalon.

„Ah, schau, da kommen unsere Smoothies", freute sich Nicole. Maike bat: „Setz dich einen Moment zu uns, Maria."

„Ich werde mich nie daran gewöhnen, dass meine gemixten Säfte plötzlich *Schmuusiis* heißen!", lachte Maria. „Das Rezept hab ich von meiner Mutter übernommen, die von ihrer und so weiter. Was gibt's Neues, Mädels? Was macht der Gemüseprinz?"

„Nicht mein Prinz", erwiderte Maike trotzig. Sie schüttelte den Kopf. „Der kann mir eh gestohlen bleiben." Sie schaute über die Straße auf eine kleine Parkbucht, ihr Herz stockte. „Dieser Mistkerl!", brüllte sie.

Maria und Nicole zuckten zusammen und folgten Maikes Blicken. Eine sehr junge Frau umarmte einen Mann, küsste ihn auf die Wangen, er öffnete ihr eine Autotür, sie stieg ein. Der Mann ging um das Auto herum, setzte sich ebenfalls hinein und fuhr los.

Maike blickte wütend. „Dieser Dreckskerl, dieser blöde, doofe … grrhhh!!! Erst mich als Alibi benutzen und jetzt mit so 'ner blutjungen Tussi rumzuturteln. Mist, dass keine Tomate griffbereit lag, ich hätte sie ihm auf sein blitzendes Auto geworfen!"

Nicole legte ihre Hand auf Maikes Arm. „Hey, heftige Schimpfwörter aus deinem Mund, dem Mund

184

einer so netten jungen Lady? Was regst du dich so auf, wer war das?"

„Dieser Gemüsefuzzi, dieser ...", Maike suchte nach dem richtigen Wort. „Mir erzählt er, er stehe nicht auf Frauen. Trallala, und dann so eine, wie alt war die wohl, höchsten 18!"

„Das war dein Gemüseprinz?", Maria schüttelte den Kopf und lachte. „Den kenne ich, und das Mädchen auch."

Maike schaute sie erstaunt an, sie überhörte sogar das Wort *Prinz*. Nicole grinste. „Der sah verdammt gut aus." Sie nickte anerkennend in Richtung ihrer Freundin. „Eifersüchtig?"

„Quatsch!" Maike blickte ihre Freundin böse an. „Ich bin eh nur ein Alibi für ihn."

„Bevor ihr beide euch zankt", mischte sich Maria ein. „Er ist Manager bei einer Versicherung, und das Mädchen ist die Tochter eines Arbeitskollegen und Freundes. Sie sitzt manchmal bei mir, trinkt eine Schokolade, wartet auf ihren Vater. Sie lernt Italienisch und wir üben zusammen. Ein sehr nettes Mädchen." Sie schaute Maike an. „Das ist also dein Gemüseprinz? Der holt sich manchmal zusammen mit ein paar Kollegen belegte Baguettes zur Mittagspause. So, so." Maria schmunzelte.

„Nicht mein Prinz!", donnerte Maike sie an.

Maria stand auf. „Sorry, Kundschaft, ich muss bedienen, aber nicht mehr streiten, Signorinas!"

Nicole nahm Maikes Hand. „Erzähl, was bedeutet die Sache mit dem Alibi? Wieso gehst du so in die

Luft, wenn du diesen Mann mit einer anderen Frau siehst? Du weißt doch, er steht nicht auf Frauen."

Maike atmete hörbar tief ein und aus. Sie versuchte sich zu entspannen, nahm einen großen Schluck von ihrem Smoothie. „Vor ungefähr zwei Wochen war ich mit ihm im Kino."

„Du warst was?" Nicole beugte sich vor. „Das hast du mir verschwiegen. Was weiß ich noch alles nicht? Im Kino? Und was ist passiert? Worum ging's im Film, um Liebe?" Sie schaute Maike fragend an.

„Ich hab mich nachträglich über die ganze Aktion geärgert, ich hätte nicht mitgehen sollen, deshalb hab ich's verdrängt, sorry."

„Du und verdrängt? Das glaube ich nicht, was ist dir peinlich? … habt ihr im Kino…? Los, raus mit der Sprache." Nicole versuchte ihrer Freundin direkt in die wieder wütend blitzenden Augen zu sehen, aber Maike wich aus.

„Na gut", meinte sie schließlich, „du gibst eh keine Ruhe, bevor du nicht alles weißt."

Sie berichtete betont nüchtern, und Nicole hörte gespannt zu. Ab und an grinste sie, warf ein paar Worte dazwischen. „James Bond? Ich glaub es nicht, du???" Sie schaute ihre Freundin erstaunt an, schüttelte den Kopf, aber zum Schluss legte sie tröstend ihre Hand auf Maikes Arm, als sie die Tränen in den Augen ihrer Freundin sah.

„Ich bin sein Alibi!" Jedes Mal, wenn Maike sich daran erinnerte, wurde sie wieder wütend. „Alibi!!!"

186

„Hast du danach nichts mehr von ihm gehört?", hakte Nicole nach.

„Doch, einmal. Er hat mir geschrieben. Ob er mir Gemüse mitbringen soll."

„Und, was hast du geantwortet?" Nicole war neugierig.

„Hab geschrieben: ‚Benötige nix, keine Zeit zum Kochen.' Seitdem ist Funkstille." Maike trank den Rest ihres Smoothies aus.

Nicole grinste. „Okay, verstanden. Jetzt traut er sich nicht mehr, dich anzusprechen. Du kannst wirklich knallhart sein."

„Der soll mitsamt seinem Zeug auf den Mond fliegen, Maria hat super Gemüse! Hör auf, so dämlich zu grinsen", entgegnete Maike, und ihre noch ein wenig tränenfeuchten Augen blitzten ihre Freundin gefährlich an.

Nicole lachte so heftig, dass ihr Stuhl wackelte, und so laut, dass Maria erstaunt aus dem Laden trat.

„Lachen ist gut", meinte sie. „Besser als streiten."

**Kapitel 44**

Freitag. Es duftete nach Spätsommer, Blumen und Kräutern. Schmackhaftes Ziegenfutter, sinnierte Emmi, die über dem Stall im Heu lag. Erst in einer Stunde musste sie das Gemüse im Hofladen für den Verkauf aufbauen. Sie liebte diesen Platz in der Scheune. Durch ein offenstehendes Fenster konnte sie weit in die Landschaft blicken. Die meisten Äcker waren Mitte September abgeerntet, nur der Mais stand noch auf den Feldern, an deren Rändern Sonnenblumen und vereinzelt blaue Vergissmeinnicht blühten. Emmi träumte sich zum letzten Sonntag zurück.

Niklas war pünktlich wie immer zum Hof gekommen, sein erster Kuss sehr zurückhaltend. Emmi wanderte mit ihm auf direktem Weg zum Wiesenhaus. Tee und Kuchen waren vorbereitet, für den Abend stand ein Feuertopf bereit, dazu Kartoffeln, Mais, Paprika und Auberginen. Niklas war schweigsam gewesen. Erst nach und nach entstand wieder Vertrautheit zwischen ihnen. Emmi hatte ihn gefragt, warum er am Freitag kein Gemüse gekauft habe, und er hatte geantwortet, es sei ihm zu schwergefallen, zu ihr zu fahren. „Meine Sehnsucht nach dir ist so riesig groß, aber du baust einen Zaun um dich herum … Nur am Sonntag darf ich für ein paar Stunden in dein Leben treten." Nach einer längeren Pause fügte er hinzu: „Nur so wenige Stunden dich sehen, sprechen und fühlen zu können, belastet meine Seele, mein Herz."

188

Emmi versuchte in ihrem Gespräch Freundschaft in den Vordergrund zu stellen. Niklas wiederum meinte, es sei so schön mit ihr, so wundervoll harmonisch. Warum nur Freundschaft?

Erst kurz vor Mitternacht war Emmi nach Hause gekommen. Als sie die Wohnungstür leise hinter sich zuzog, tauchte Sissi aus ihrem Zimmer auf.

„Rendezvous zu Ende?" Sissi schaute ihre Freundin nachdenklich an. Diese seufzte. „Alles so schwierig."

Sissi nahm sie in den Arm. „Komm in mein Zimmer, lass uns reden." Sie hockten sich auf zwei riesige Kissen, und Emmi erzählte. Vom Feuertopf, von den gegrillten Maiskolben, den Auberginenscheiben, den in der Glut gerösteten Kartoffeln, von Niklas' schlaksigem, trotzdem muskulösem Oberkörper, vom Gefühl, Haut auf Haut zu spüren.

„Erst als er meine Jeans öffnen wollte, habe ich ihn gestoppt, ihm gesagt, das geht heute leider nicht."

„Warum?", wollte Sissi wissen.

„Klar, ich würde gerne mit schlafen, ich bin scharf auf diesen Kerl, … nur … für mich wird es ein Spiel bleiben, aber für ihn nicht. Er lebt in einem anderen Zeitfenster, fast vierzig, guter Job, gesettelt. Er sucht eine feste Beziehung. Ich habe eine andere Lebensplanung, du kennst sie."

Sissi nickte. „Ein bisschen Spaß darf man doch haben, stell ihn mir vor, ich übernehme ihn."

„Du kennst ihn nicht. Er ist knapp davor, sich unsterblich in mich zu verlieben, und dem Stress einer

Trennung in so einem Stadium liefere ich mich nicht aus!" Die beiden Freundinnen sahen sich eine Weile schweigend an.

„Und du", begann Emmi das Gespräch wieder. „Warum bist du noch wach?"

„Ich chatte mit diesem süßen Kerl, mit dem ich voriges Jahr eine Zeitlang zusammen war. Er studiert derzeit in Neuseeland." Sie lächelte. „Siehst du, man kann sich eine Weile lieben und doch weiterziehen."

„Du vielleicht, ich will das nicht."

„Du verfolgst deine Karriere sehr zielstrebig. Meinst du nicht, du solltest ein bisschen lockerer sein?"

„Auf keinen Fall", meinte Emmi. „So, und jetzt muss ich dringend schlafen. Morgen früh bin ich mit meinem Forschungsteam zum Wochenmeeting verabredet."

Emmi genoss das Bad im Heu. Sie schaute auf ihre Uhr. Los, auf, sagte sie zu sich selbst, hör auf, in der Vergangenheit zu kramen, es wird Zeit, das Gemüse aufzubauen.

Der Nachmittag verging wie im Flug, sie hatte alle Hände voll zu tun. Eine solche Menge Kunden war schon lange nicht mehr erschienen.

Sie war eben mit dem Abwiegen von Paprika beschäftigt, als Niklas zusammen mit einer jungen Frau den Laden betrat, sie eingehakt in Niklas' Arm, ihren Kopf an seine Schulter gelehnt. Einen kurzen Moment stockte Emmi der Atem, aber bevor ihre Fantasie die

190

wildesten Überlegungen anstellen konnte, löste sich der Teenie von Niklas, kam auf Emmi zu und hielt ihr die Hand hin: „Hi, ich bin Lucy, die Tochter von Jean. Niklas hat mich aus der Stadt mitgenommen. Heute werde ich mal das Gemüse aussuchen." Emmi atmete tief ein, und ihre Augen strahlten wieder.

Niklas nickte. „Macht mal. Ich muss noch klären, ob ich der Dame bei mir im Haus was mitbringen soll." Er schrieb eine kurze WhatsApp an Maike.

„Hallo Maike, darf ich dir Gemüse mitbringen?"

Postwendend kam die Antwort: „Gemüsefuzzi, du kannst dir deine Alibi-Paprika sonst wohin ...". Sekunden später stand auf seinem Display: ‚Diese Nachricht wurde gelöscht.'

Heftig! Bevor er reagieren konnte, ploppte eine neue Nachricht auf: „Du musst mir kein Gemüse mitbringen. Ich kaufe wieder bei Maria und Guiseppe ein, du kennst den Laden."

„Was bläst du so rum wie ein Walross?" Lucy stand fragend vor Niklas. „Was sollen wir für dich einpacken?"

Niklas war total geplättet von der ersten Nachricht, die kaum, dass er sie lesen konnte, blitzartig von seinem Display verschwunden war. Jetzt wusste er, warum sich Maike seit dem Kinobesuch von ihm fernhielt. Alibi! Puh, das hätte er nicht sagen dürfen, das war tief in ihr Herz eingedrungen. Damit hatte er sie, mal wieder ohne nachzudenken, beleidigt. (*Wie blöd kann man eigentlich noch sein,* knurrte ihn seine innere Stimme an.)

191

„Ich nehme Paprika, Aubergine, Zucchini und ein Schälchen Cocktailtomaten." Niklas würde Maike die Sachen trotzdem mitbringen und ihr vor die Tür stellen. Vielleicht konnte er sie ein wenig besänftigen.

Emmi legte noch einen Salatkopf dazu. „Der ist von uns, für die Dame in deinem Haus, den spendieren wir." Als Niklas ungläubig schaute, ergänzte Emmi, „wir ernten derzeit so viele davon, die können wir nicht alle morgen auf dem Markt verkaufen. Lang aufbewahren geht ebenfalls nicht."

Niklas bedankte sich. „Ich werde es so weitergeben. Treffen wir uns am Sonntag wie immer?"

Emmi schüttelte den Kopf, Niklas erstarrte.

„Nein", lächelte sie ihn an, „diesmal komme ich in die Stadt, möchte mit dir am Rheinufer sitzen und so …" Sie schaute geheimnisvoll. Niklas strahlte. „Kennst du den Sandstrand gegenüber der Rheinpromenade, neben der Sommerbar und dem Abenteuerspielplatz?", fragte Emmi. „Da werde ich um zwölf auf dich warten." Er nickte.

Niklas küsste sie zum Abschied. „Wow, ich freu mich riesig."

# Kapitel 45

Anna und Jean saßen gemütlich auf der Terrasse ihres Hauses, als Lucy und Niklas mit einem großen Korb voller Gemüse zu ihnen in den Garten traten.

„Ihr hättet die Augen von dieser Emmi sehen sollen, als ich eng umschlungen mit Niklas in den Hofladen kam. Die war für einen kurzen Moment fix und fertig, dachte, Niklas hätte sich jetzt auf ganz junges Gemüse spezialisiert. Ich bin dann schnell zu ihr gegangen und hab mich vorgestellt. Sie war wirklich knapp vor dem Herzinfarkt", lachte Lucy.

„Wie? Was? Ich verstehe nix." Anna schaute sie fragend an.

„Jetzt begreife ich", Niklas fuhr mit seiner Hand am Kinn entlang. „Und ich Blödmann dachte, du hättest Angst vor dem großen Hund." Niklas schaute Lucy strafend an. „Du wolltest Emmi ärgern!"

Die schüttelte den Kopf. „Nicht ärgern, testen. Du bist megablind, was Frauen betrifft, das habe ich dir schon vor Wochen gesagt", entgegnete Lucy.

Während sie gemeinsam das Abendessen vorbereiteten, den aus dem Urlaub mitgebrachten Wein tranken, wurde Niklas von Anna, Jean und besonders Lucy über die Ereignisse der vergangenen Wochen ausgefragt.

„Du hast Maike erklärt, dass du schwul bist?" Lucy war baff.

Niklas versuchte sich zu verteidigen. „Ich hab's nicht gesagt, Maike hat die Vermutung geäußert, ich hab einfach nicht widersprochen."

„Gib mir sofort ihre Handynummer, das werde ich klarstellen!" forderte ihn Lucy auf. Ihre Augen funkelten zornig. Anna mischte sich ein, legte ihre Hand beschwichtigend auf Lucys Arm.

„Männer haben manchmal verquere Gehirnwindungen", erklärte sie in einem bemüht sanften Tonfall. „Bei Niklas kommt noch hinzu, dass er Mathematiker ist, in Formeln denkt und viel zu wenig auf sein Herz hört." Sie zwinkerte Niklas zu, der sich nach Lucys wütendem Ausbruch mühsam beruhigte.

Niklas war froh, mit seinen Freunden offen sprechen zu können. „Ich verstehe nicht, warum Emmi mich nur sonntags treffen will, alles andere blockt sie ab. Vielleicht", meinte er nach einer Weile, „benötigt sie mehr Zeit, um sich vorstellen zu können, sich auf eine Beziehung einzulassen. Wer weiß, welche Erfahrungen sie mit Männern bisher gemacht hat …"

„Frag sie doch einfach! Ach, du bist nur blöd", knallte Lucy dazwischen. „Maike ist so klasse! Aber auf mich hört ja keiner. Anrufen darf ich sie auch nicht. Am besten, ich halte mich von dir fern, Niklas!" Sie stand vom Tisch auf. „Diskutiert ihr mal weiter, ich will noch mit meinen Freundinnen chatten."

Als sie schon an der Küchentür stand, drehte sie sich nochmal um. „Typisch Männer, nur weil eine Frau lange Haare hat, schlank ist, Beine bis sonst wohin, fliegt ihr auf sie. Aber so kleine, kurvigere, die

194

spontan die Haarfarbe oder Haarlänge wechseln, die akzeptiert ihr nur, wenn sie *Freunde* sind." Das Wort Freunde hatte sie mit spitzen Lippen ausgesprochen. „Übrigens, Emmi sieht Leonie ziemlich ähnlich, ist es das?" Lucys Augen blitzen wieder wütend.

Jean schaute erst Lucy nach, dann sah er Niklas an. „Was du planst, Niklas, mit einer Frau befreundet zu sein und eine andere zu lieben, wird so nicht aufgehen. Jedenfalls nicht, wenn die eine Frau, mit der du befreundet sein willst, dich liebt und die andere Frau, die du lieben willst, nur mit dir befreundet sein will."

„Aber Emmi ist meine Traumfrau", warf Niklas mit zitternder Stimme ein. „Ihre langen Haare, ihre schlanke Figur, ihre leuchtend dunkelbraunen Augen, wie sie sich bewegt, ich fühle mich unendlich zu ihr hingezogen."

„Und Maike?", fragte Anna.

„Sie ist ein Wirbelwind, ein Hurrikan, macht mich total huschig. Wir können stundenlang reden, ohne dass es uns langweilig wird. Als wir nach unserem Kinobesuch Hand in Hand durch die Straßen geschlendert sind, habe ich mich total geborgen gefühlt. Eben Freundschaft", erklärte Niklas.

Anna sah fragend Jean an, der zuckte mit den Schultern.

Niklas übernachtete im Gästezimmer. Als er am nächsten Morgen zum Frühstück kam, saß Lucy bereits am Tisch und löffelte ihr Müsli.

„Du bist doch fit in Wahrscheinlichkeitsrechnung?" Sie sprach bemüht sachlich.

„Klar", antwortete Niklas. „Macht ihr das gerade in Mathe? Brauchst du Hilfe?"

„Nee", grinste sie ihn frech an. „Ich frage mich, wie wahrscheinlich ist es, dass du endlich die richtige Entscheidung in deinem Leben triffst?"

**Kapitel 46**

Maike stand am Fenster. Samstagvormittag, sie fühlte sich leer. Das Gespräch mit Nicole am gestrigen Nachmittag hatte sie heftig aufgewirbelt. Ihre Freundin hatte mehrfach geraten: ‚Verlass deinen Elfenbeinturm, geh aus, zum Tanzen, oder mach irgendwas anderes, wobei du neue Leute (*Männer, Originalton Nicole*) kennenlernen kannst.‘

Natürlich hatte Nicole Recht, ihre Gefühle Niklas gegenüber sollte sie in die Tonne werfen, da würde schließlich nie was draus.

„Schau", sie nahm ihren Teddy auf den Arm, „da kommt er nach Hause." Von ihrer Wohnung im vierten Stock sah sie Niklas mit einem großen Korb in der Hand aus dem Auto steigen. Was drin war, konnte sie aus dieser Entfernung nicht erkennen. Zusätzlich lag irgendetwas Verpacktes quer darüber. Der Kerl sah einfach cool aus, und man konnte sich wunderbar mit ihm unterhalten. Vielleicht, weil er, wenn er mit ihr zusammen war, nicht sofort an Sex dachte.

Maike nahm ihren Teddy in den Arm, ging in den Flur und lauschte. Vielleicht bringt er doch Gemüse mit. Ihr Herzschlag wurde schneller. Sie hörte Schritte auf der Treppe, aber niemand klopfte oder klingelte. Die Schritte entfernten sich wieder.

Schade, Maike seufzte. (*Selbst dran schuld, du hast ihn mit deiner WhatsApp endgültig vergrätzt, vielleicht mal Entschuldigung schreiben?*) Maike

197

blickte ihren Teddy an. „Gibst du mir jetzt gute Ratschläge, oder was? Willst du mich ärgern?" Sie stand gefühlt zehn Minuten hinter ihrer Wohnungstür. „Okay, Rudi, du hast gewonnen, wir gehen zusammen zwei Stock tiefer und sagen ihm, es sei nicht so gemeint gewesen."

Sie öffnete die Tür und sah den Korb. Darauf lagen drei Sonnenblumen, dekoriert mit Hagebuttenzweigen. „Boah, ist das schön, oder, Rudi?"

Maike nahm den Korb und trug ihn in ihre Küche, sie war sichtlich gerührt von Niklas' heimlicher Aktion. Am Griff hing ein Zettel.

‚Es tut mir unendlich leid, wenn ich dich beleidigt habe. Das mit dem Alibi hast du falsch verstanden. Das war nicht so gemeint, wie es bei dir angekommen ist. Ich schätze dich sehr und würde mich gerne wieder mit dir treffen. Niklas.'

Das wird immer wilder! „Erst Alibi, jetzt schätzt er mich, verflucht, ich will geliebt werden, sonst nichts!" brüllte sie laut in ihr Zimmer, und voller Wut warf sie ihren Teddy auf die Sofalandschaft. Kaum war dieser dort gelandet, eilte Maike sofort zu ihm. „Verzeih, du kannst nichts dafür, hoffentlich hast du dir nicht wehgetan!" Tränen liefen ihr über die Wangen. Gut, dass sie noch nicht geschminkt war, mehr fiel ihr dazu nicht ein.

Eine halbe Stunde später griff Maike ihr Handy und wählte Niklas' Nummer.

„Hallo Maike, schön dass du mich anrufst."

„Ich danke für den Korb, aber zum Kochen bin ich heute nicht aufgelegt. Hast du Lust, mit mir in der Kunsthalle eine Ausstellung anzusehen? Es geht um Blumen in der Malerei von 1900 bis 1970."

„Sehr gerne."

„Ich klopf so gegen 15 Uhr bei dir."

Sie plauderten eine Weile weiter, Maikes Tränen waren inzwischen getrocknet.

Einige Stunden später blickte Maike ehrfürchtig auf ein großformatiges Blumenbild von Georgia O'Keeffe. Zwei weiße Calla mit gelben Blütenstempeln vor pinkfarbenem Hintergrund. Dieses Bild hing als Druck in ihrem Schlafzimmer, jetzt sah sie es zum ersten Mal im Original. Wundervoll, diese Farbenkraft, der Schwung der Blätter, das kräftige Gelb der Stempel, der sanfte Hintergrund, eine Wahnsinnskomposition. Maike versuchte sich in die Malerin zu versetzen. Was hatte Georgia O'Keeffe empfunden, als sie dieses Bild malte?

Niklas stand neben ihr, betrachtete abwechselnd das Bild und Maike. Er bewunderte die Hingabe, mit der sie das Bild betrachtete. Nach einiger Zeit flanierten sie weiter. Bilder mit Warhols Blumendrucken, Noldes Mohnblüten, kubistische Stillleben mit einer einzelnen Tulpe in einer Vase vor einem geöffneten Fenster, Leinwände mit völlig abstrakten Farbklecksen, die nur aus der Ferne betrachtet eine Blumenwiese formten. Bevor sie die Ausstellung verließen, ging Maike zu ihrem Lieblingsbild zurück und verharrte nochmals einige Minuten andächtig davor.

„Darf ich dich zum Essen einladen?", fragte Niklas vorsichtig. Maike nickte, und wenig später saßen sie im Restaurant neben der Kunsthalle und diskutierten über Farben, Blumen, den Blick der Künstler auf die Natur, über die nächste Fashion-Week, neue Stoffe, über das Design der Sommerkleider, die nächstes Frühjahr auf den Laufstegen gezeigt würden.

„Wir treffen uns regelmäßig an den jeweiligen Standorten der europäischen Filialen und diskutieren das künftige Programm. Du müsstest mal als Mäuschen bei unseren Meetings dabei sein. Was da an Visionen, Kreativität und verrückten Ideen durch die Luft schwirrt, ist sowas von krass. Wir sind abends völlig überdreht, wenn wir an irgendeiner Bar weiterspinnen." Maike erzählte voller Überschwang, während Niklas staunend zuhörte.

„Dagegen ist mein Büroalltag stinklangweilig", meinte er resignierend.

„Glaube ich nicht, du und deine Sturmschäden", lachte Maike. „Das Thema ist bestimmt genauso spannend. Hast du eigentlich schon mal einen Hurrikan in echt miterlebt?"

„Ja", antwortete Niklas spontan und erinnerte sich an Maikes ersten Besuch in seiner Wohnung. Er korrigierte sich sofort. „Nein, nicht wirklich", und schüttelte den Kopf.

Sie hatten sich für ein Menü mit Kressesuppe, gerösteten Kürbiskernen auf Wildsalat und vegetarischem

Auflauf mit Käsekruste entschieden und sich – abgesehen von den Momenten, in denen sie kauen mussten – pausenlos unterhalten.

„Darf es noch was sein?" Die Bedienung war zum Abräumen an ihren Tisch gekommen. Niklas schaute Maike an. Sie zuckte mit den Schultern.

„Klar", antwortete Niklas, „was können Sie uns zum Nachtisch empfehlen?"

„Ich bringe Ihnen die Karte, da stehen viele leckere Dinge drin."

Es wurde sehr spät, bis Niklas Maike an ihrer Wohnungstür verabschiedete.

„Hast du Lust auf einen Kaffee morgen Nachmittag bei mir?", fragte Maike zaghaft, obwohl sie die Antwort schon ahnte.

„Sorry, ich hab sonntags nie Zeit." Niklas küsste sie zart rechts und links auf ihre Wangen und wünschte ihr eine gute Nacht.

„Danke für den schönen Nachmittag und Abend", setzte er noch hinzu.

„Ich danke für deine Begleitung und das Spitzenessen", erwiderte Maike. Ihre Wangen würde sie heute Nacht nicht abschminken.

Sie betrat ihre Wohnung und knurrte laut vor sich: „Wieso muss ich allein in meinem Bett liegen?" Plötzlich entdeckte sie im Augenwinkel ihren Teddy, der sie enttäuscht und traurig aus seinen großen braunen Glasaugen ansah. „Das geht nicht gegen dich, du darfst natürlich immer mit, aber für manches bist du eben kein Ersatz."

**Kapitel 47**

Die Straßenbahn stand bereits seit einigen Minuten an der Haltestelle. Niklas schaute auf seine Uhr, er hatte sich einen Zeitpuffer eingeplant für das Treffen mit Emmi, trotzdem hoffte er, dass die Bahn bald weiterfuhr.

Nach fünf Minuten kam eine Durchsage: „Wir bedauern die Störung. Auf der Strecke vor uns hat es einen Unfall auf den Gleisen gegeben. Die Zentrale wird einen Ersatzverkehr einrichten. Voraussichtlich in fünfzehn Minuten wird der Bus vor Ort sein. Wir bitten die Unannehmlichkeiten zu entschuldigen."

Mist! Niklas überlegte, solange wollte er nicht warten. Er stieg aus und rief die Taxizentrale an.

Leider wusste er Emmis Handynummer nicht, um ihr zu sagen, dass er sich verspäten würde. Vor einigen Wochen hatte sie auf seine Nachfrage geantwortet, dass sie nur ein Arbeitshandy besaß, auf dem definitiv keine privaten Gespräche geführt werden durften. Niklas wusste, dass Emmi an der Uni an einem Projekt im Bereich der Gentechnik mitarbeitete, das topsecret war.

Das Taxi kam flott voran, wenig Verkehr am Sonntagmittag. Von dem Parkplatz, an dem er aussteigen musste, waren es noch etwa zehn Minuten zu Fuß bis zum Treffpunkt am Rheinufer.

Am Morgen hatte Niklas seine Wohnung in Schuss gebracht und frisches Bettzeug aufgezogen. Bislang hatte er Emmi nur auf dem Biohof getroffen, diesmal hatten sie ein Date in der Stadt. Konnte das bedeuten, überlegte Niklas, dass Emmi später mit zu ihm nach Hause kommen würde?

Sie sah ihn von weitem winken und lief ihm entgegen.

„Tut mir leid, die Straßenbahn ist liegen geblieben und ich musste ins Taxi umsteigen." Niklas war außer Atem, weil er die letzte Strecke gerannt war.

„Du bist ja süß." Emmi begrüßte ihn mit sanften Küssen. „Ich hätte stundenlang auf dich gewartet. Hättest kein Taxi nehmen müssen."

Sie schlenderten Hand in Hand zur Strandbar, die an diesem warmen Septembertag gut besucht war, und bestellten alkoholfreie Cocktails. „Sonst sind wir gleich betrunken", Emmi schubste Niklas an, „oder?" Er lachte. „Was würde passieren, wenn wir es wären?"

„Dann würdest du im Rhein landen", grinste sie und begann, ihn mit ihrer freien Hand vor sich her zu schieben. „Du bist zu schwer." Sie schnaufte. „Wir bleiben alkoholfrei", entschied sie.

Wenig später lagen sie im Sand auf einer mitgebrachten Decke, schmiegten sich eng aneinander, schauten auf den Fluss, auf die sanften Wellen, die am Strand ausliefen, sobald ein Schiff vorbeigezogen war.

„Hier in der Nähe ist eine Stelle, wo man tolle Steine finden kann, echte Rheinkiesel, richtige Handschmeichler, rundgeschliffen im Lauf von tausenden Jahren", schwärmte Emmi.

Sie nahm Niklas an die Hand. „Komm mit, ich zeig dir den Platz."

Niklas entdeckte einen Stein, der herzförmig aussah. „Den schenk ich dir." Emmi fand einen fast runden mit einem kleinen glitzernden Einschluss. „Der sieht super aus, für deinen Schreibtisch." Sie nahm seine Hand, legte den Stein hinein.

Als sich ihre Fingerspitzen berührten, blitzte in Niklas' Kopf für eine Millisekunde das Bild von Maikes Hand in seiner auf. Um nicht an diesem Gedanken hängen zu bleiben, griff er nach zwei flachen Steinen. „Hey, Emmi, wollen wir die mal aufs Wasser ditschen?"

In der nächsten halben Stunde versenkten sie kiloweise Steine im Rhein, freuten sich, wenn es ihnen gelang, einen Stein viermal, manchmal fünfmal auf dem Wasser hüpfen zu lassen. „Hast du gesehen", rief Emmi aufgeregt, „siebenmal!"

„Wahnsinn! In Schottland werden jedes Jahr internationale Meisterschaften im Ditschen veranstaltet, da sollten wir mal hinfahren", rief Niklas begeistert und suchte neue Steine.

„Hast du noch Verwandte in Schottland?"

„Jede Menge, ich habe sie allerdings schon lange nicht mehr besucht. Wie wär's, wir fliegen mal zusammen rüber. Hast du Lust?" Niklas sah sie fragend an.

„Klingt spannend, hab aber keine Zeit, muss forschen."

Sie wanderten zurück zur Strandbar, holten sich am Imbiss einen Snack, diskutierten, ob es sich eher lohnen könnte, am Rheinufer Gemüse oder Kartoffeln anzubauen. Niklas versuchte das Gespräch auf zukünftige gemeinsame Pläne zu bringen, und Emmi bemühte sich, ihn davon abzulenken.

„Ich hätte Lust, heute Abend mit dir zu tanzen. In der Nähe der Uni gibt es einen Discoschuppen, in dem die Musik nicht so wahnsinnig laut ist. Man kann sich trotzdem unterhalten. Was meinst du?"

Niklas war über den Vorschlag zunächst überrascht. „Du in einer Tanzbar? Damit hätte ich dich nie in Verbindung gebracht, ich find's toll. Wann machen die auf?"

„Geöffnet haben die schon ab spätem Nachmittag, der DJ startet gegen 22.00 Uhr. Ab und zu bin ich mit einer Freundin dort."

Niklas schwieg. Emmi ging mit einer Freundin aus, aber er durfte sie nur sonntags sehen? Es fühlte sich an wie ein Stich in sein Herz. Warum blockte sie seine Liebe und Leidenschaft ab? *Verlieb dich nicht in mich!*, das war ihre Warnung schon beim ersten Date gewesen. Aber warum?

Hätte er darauf hören sollen? Zu spät, er hatte sich damals schon in ihren Augen verloren und später gehofft, dass seine Gefühle, seine Liebe, Emmi anstecken würden.

„Ich freu mich drauf, mit dir Walzer zu tanzen", lachte Niklas sie an, zwinkerte ihr zu.

„Klar, ich lass vom Discjockey einen klassischen Wiener Walzer auflegen, die Tanzfläche ist dann blitzartig frei, aber ich …", sie zeigte mit dem Daumen nach oben, „ich kann Standard tanzen, hab in meiner Jugend viele Stunden in der Tanzschule geübt. Und du?", warnte sie ihn.

„So lala, am liebsten mag ich Rumba, naja, und mit meiner Ex habe ich mal einen Discofox-Kurs gemacht."

**Kapitel 48**

Die Kaffeemaschine brummte, braune Flüssigkeit lief in das Auffangbecken. „Aufwachen, Niklas", rief Jean, der soeben die Büroküche betrat. „Wenn du Kaffee trinken willst, musst du eine Tasse unter dieses silberne Röhrchen stellen."

Niklas sprang von seinem Stuhl auf. „Mist, ich hab geträumt, mein schöner Kaffee."

„Bleib sitzen, ich mach dir einen neuen. War das Wochenende so anstrengend oder die letzte Nacht zu kurz?" Jean grinste neugierig. Er stellte die Tasse vor Niklas hin. „Los erzähl."

„Wo soll ich anfangen? Bei der Kunsthalle, im Restaurant, am Rheinstrand, in der Disco, als sie beim Walzer in meinen Armen über die Tanzfläche schwebte oder die Faszination, die sie ausstrahlte, als sie völlig versunken vor dem Blumenbild stand? Hast du schon mal erlebt, dass deine Emotionen, dein Fühlen sich von deinem Denken, deinem Intellekt komplett abgekoppelt haben?" Niklas sprudelte über, stoppte abrupt seinen Redefluss, nippte am Kaffee und schaute durch seinen Freund hindurch.

„Vorsicht." Jean nahm Niklas die Tasse aus der Hand. „Du hältst sie zu schräg, deine Gedanken sind irgendwo, dein Gehirn kann deine Bewegungen parallel dazu nicht steuern. So hab ich dich noch nie erlebt. Red mal in Sätzen, die ich begreife."

Niklas setzte sich aufrecht hin und erzählte zunächst ausführlich vom Samstag, davon, dass sich Maike wieder mit ihm versöhnt hatte, von der Ausstellung, den Gesprächen über die Wirkung von Farbe auf die Seele, über Künstler, über Maikes Stoffkollektion, über Hurrikane.

Jean hörte gespannt zu, nickte ab und an, warf kurze Fragen dazwischen, lachte und fühlte mit seinem Freund, der inzwischen bei den Erlebnissen des Sonntags angelangt war, wie er mit Emmi am Rheinufer die Wellen beobachtete, sie später Steine sammelten, diese übers Wasser springen ließen, und schließlich vom Walzertanzen in der Disco.

„Sie lag geschmeidig in meinen Armen, und nach wenigen Takten hatten wir die komplette Tanzfläche zur Verfügung. Die anderen Discobesucher haben einen Kreis um uns gebildet mitgeklatscht und nach dem Tanz eine Zugabe gefordert. Emmi ist so leicht wie eine Feder und lässt sich wunderbar führen. Später hab ich gemerkt: Ich war der Grufti. Die Bar hat Emmi ausgesucht, sie ist in der Nähe der Uni, in einem Kellergewölbe."

Niklas machte eine kurze Pause, sog tief Luft ein. „Meine Hoffnung war, wir würden die Nacht zusammen verbringen. Das war ein Schlag um eins, als Emmi meinte, ,du, es war ein so schöner Abend mit dir, den werde ich nie vergessen, aber jetzt, sorry, ich muss nach Hause.'"

Niklas blickte Jean mit derselben Enttäuschung an, mit der er Emmi in der Nacht angesehen hatte.

208

„Ich durfte sie noch nicht mal nach Hause bringen. Sie hat gesagt, dass sie ganz in der Nähe wohnt, mich geküsst – und zack, weg war sie. Und wegen Sonntag will sie anrufen. Einfach so."

„Verrückt, verrückt", kommentierte Jean, „eine rätselhafte Frau. Bin gespannt, wann sie dich anruft."

„Hat sie schon, ungefähr vor einer Viertelstunde."

„Und?" Jean sah seinen Freund perplex an.

„Sie hat mir nochmal gesagt, wie wunderschön der Sonntag für sie gewesen sei, und irgendwann würde ich verstehen, warum sie sich so schnell aus dem Staub gemacht hätte. Außerdem wäre sie nächsten Freitag nicht im Hofladen, aber sie will mir am Samstag gegen zehn einen Gemüsemix vorbeibringen. Dann wollte sie noch meine Adresse wissen. Hab ich ihr gegeben. Ich hab ihr gesagt, dass ich so super gerne mit ihr zusammen wäre, aber gestern Nacht hätte ich nicht gewusst, ob ich traurig oder wütend sein sollte." Etwas zögerlich hatte sie ihn erinnert: „Niklas, ich hab dich vor mir gewarnt." Sie hatten noch etwas geplänkelt und sich dann mit Küsschen verabschiedet. Niklas seufzte wieder tief, sehr tief.

„Willst du denn überhaupt, dass sie dich besucht?", wollte Jean wissen.

„Sicher doch, darauf warte ich schon seit Wochen! Ich freu mich, dass sie Samstag zu mir kommt, wer weiß, was sich endlich daraus ergibt." Niklas' Antwort kam wie aus der Pistole geschossen, seine Augen leuchteten. „Bis dahin versuche ich, die Formeln in meinen Excel-Listen in Ruhe zu lassen und meine E-Mails sachlich zu formulieren."

Niklas grinste und boxte seinen Freund sanft auf den Oberarm. „Ich hab noch ein paar Unterlagen für dich auf meinem Schreibtisch liegen. Dann kann ich dir diesen traumhaften Stein zeigen, den Emmi für mich am Rheinufer gefunden hat."

Ein paar Tage später schrieb Maike ihm eine WhatsApp: „Am Samstag ist mal wieder Mädelstreffen bei mir, mit Abendessen. Kannst du mir was vom Biohof mitbringen?" Sieben Emojis mit Früchten und eine Sonne dahinter.

Er antwortete: „Super gerne, ich bekomme am Samstagvormittag eine Kiste mit Gemüsemix geliefert, die gebe ich dir weiter. Weiß nicht, was drin ist, Überraschung." Emojis mit Blumen und Kochtopf dazu.

**Kapitel 49**

Niklas saß auf seinem Sofa. Er erinnerte sich an viele Samstage in seiner Kindheit, an denen sein Vater mit einer Tasse Tee in der Hand zu ihm ins Zimmer kam: „Sir, your early morning tea is ready." Sein Vater setzte sich an die Bettkante und erzählte von Expeditionen im Himalaya.

„Ich lag in meinem Zelt", beschrieb sein Vater einmal einen dieser Momente, „der Küchenjunge klopfte frühmorgens an die Zeltwand und sagte dieses Sprüchlein auf. Es hatte in der Nacht geschneit, die ersten Sonnenstrahlen wärmten das Gesicht. Der Tee war gesalzen und es schwamm ein Stück Yak-Butter darin. Das ist so lecker, sag ich dir, Niklas, jedenfalls wenn du im Himalaya bist. Aber da wir heute nicht in 5 000 Meter Höhe leben, serviere ich ihn dir mit Zucker und Sahne."

Niklas schmunzelte, gleichzeitig war er wehmütig. Wie gerne hätte er eine Tasse Tee auf einem Tablett ins Schlafzimmer getragen, sich auf die Bettkante zu Emmi gesetzt und gesagt: „Sweet Lady, your early morning tea is ready."

Er schaute auf seine Uhr, gegen zehn wollte Emmi kommen. Er hoffte, dass sie den Vormittag in inniger Zweisamkeit verbringen würden. Nur zwischendurch kurz die Gemüsekiste bei Maike abgeben und dann …

Niklas hatte bereits gestern Abend gesaugt, heute Morgen noch eine Tagesdecke über sein Bett gelegt, den Badezimmerspiegel perfekt streifenfrei gewischt. Wieder blickte er auf die Uhr. Nicht mehr lang.

Sein Schlaf war unruhig gewesen, am Morgen war er schweißnass aus einem Traum erwacht, ein paar Szenen hafteten noch in seinem Gedächtnis. Er war in einem Zirkus aufgetreten, jonglierte mit Paprika, erst mit drei Früchten, eine Frau aus dem Publikum warf eine vierte hinzu, dann eine fünfte, und so ging es weiter, bis ungefähr zehn in der Luft wirbelten. Er schwitzte. Die Zuschauer klatschten voller Begeisterung. Er fühlte sich unter immensem Erwartungsdruck: Solange geklatscht wurde, durfte er nicht aufhören. Wehe, eine Frucht würde den Boden berühren, das wäre sein Ende als Akrobat. Er war knapp vor dem Nervenzusammenbruch, kurzatmig, seine Muskeln brannten, seine Hände zitterten. Eine junge Frau aus dem Publikum stand auf, einen Kochtopf in der Hand, kam zu ihm in die Manege und pflückte vorsichtig eine Frucht nach der anderen aus der Luft und legte sie in das Gefäß. Erleichtert stotterte er ‚danke‘, wollte fragen, ‚Wie heißen Sie?‘ Aber sie war bereits verschwunden.

Er versuchte diesen Moment in seine Erinnerung zurückzuholen. Das einzige Bild, das erschien, waren kurze goldblonde Haare, wippend im Takt der Musik, während seine Retterin in der Menge untertauchte. Maike? überlegte er.

Er trank seinen Tee aus, schaltete den CD-Spieler an, der in voller Lautstärke Beethovens fünfte Symphonie

212

startete. Da-Da-Da-Damm! Er drückte auf Off, das war nicht seine Musik heute Morgen.

Es klopfte an seiner Wohnungstür, sein Herz hüpfte. Er öffnete und sah zunächst eine riesengroße Schachtel voller Gemüse, dahinter Emmis strahlend dunkelbraune Augen, und schon lag die Kiste in seinen Armen. Emmi tanzte an ihm vorbei, gab ihm ein kurzes Küsschen auf die Wange. „Bin super gespannt, wie du wohnst."

Niklas stellte die Früchte auf die Küchenplatte, schaute zu, wie Emmi sich neugierig umsah.

„Schönen Gruß aus dem Hofladen. Übrigens, das Wiesenhaus ist leider wieder vermietet, ich hab aber morgen eine spezielle Überraschung für dich, gegen 15 Uhr am Biohof, okay? Darf man eigentlich schon so früh in dein Schlafzimmer schauen?" Sie grinste, wartete die Antwort nicht ab, öffnete die Tür und schritt hinein.

„Ich zeig's dir persönlich", rief er ihr zu und wollte soeben zu ihr gehen, als es wieder kräftig an seiner Tür klopfte. Niklas stoppte erstaunt, drehte um, ging durch den Flur und öffnete.

„Ich hab zufällig gesehen, dass das Gemüse schon angeliefert wurde. Also hol ich's gleich ab. Bin neugierig, was in der Kiste drin ist." Maike gab ihm ein zartes Küsschen auf die Wange und schoss an ihm vorbei Richtung Küche.

In dem Moment, als sie die Gemüsekiste erblickte, kam Emmi aus dem Schlafzimmer zurück.

„Hallo", sagte sie lächelnd.

Maike stutzte, blieb abrupt stehen. Ihre Augen vergrößerten sich schlagartig. Sie schaute erst Emmi, dann Niklas, wieder Emmi und nochmal Niklas an. Zum Schluss blieb ihr Blick an Emmi hängen, die immer noch an der Schlafzimmertür lehnte.

Maikes Augen verengten sich zu schmalen Schlitzen und scannte diese Frau. Lange dunkelbraune Haare, dunkle Augenbrauen, braune Augen, schmale Wangenknochen, leicht geöffnete Lippen mit dezentem Lipgloss, schmale Schultern, einen locker sitzenden mintfarbenen Hoody, lange Beine in einer engen Jeans. Verzweifelt versuchten Maikes circa 100 Billionen Synapsen die Situation zu durchleuchten, zu erfassen, zu begreifen.

Eine Frau in Niklas' Wohnung? Wer? Seit wann? Wieso im Schlafzimmer? Die Fragezeichen stapelten sich in ihrem Kopf.

„Ich habe das Gemüse gebracht. Sie sind bestimmt die Frau, die so toll für alle kocht." Emmi lächelte Maike vielsagend an.

„Ah, Sie sind vom Biohof?" Maike hatte ihre Sprache wiedergefunden, der Fragezeichenstapel erhöhte sich allerdings weiter. War diese Frau der Grund, weshalb Niklas regelmäßig zum Biohof fuhr? Ist sie die „sorry, Maike, am Sonntag kann ich nicht"?

„Ich bin total neugierig, was heute in der Kiste ist", Maike war wieder zurück in der Realität und bewegte sich einen Schritt Richtung Gemüse.

Weder Maike noch Emmi achteten auch nur eine Sekunde auf Niklas. Ebenso wie Maike Emmi muster-

214

te, begutachtete Emmi Maike von den Sohlen bis zu den Haarspitzen. Goldblonder Bubikopf mit tiefem Pony, schwingende, glitzernde Ohrringe, leuchtende blaue Augen unter langen Wimpern (*echte?*), volle rot geschminkte Lippen, ein bis knapp über die Knie reichendes glockenförmiges Kleid mit großem Blumenmuster, lustige Tigerpuschen mit aufgestickten Augen und angenähten Fellohren an den Füssen. Emmi staunte. Das sollte die Lady sein, die für die Einsamen im Hause kocht?

„Ich zeig Ihnen mal …", auch Emmi versuchte ihre Überraschung zu verbergen und ging ein paar Schritte zum Gemüse, „… was ich als besondere Überraschung eingepackt habe." Bevor Emmi jedoch in die Kiste greifen konnte, klingelte es. Sie schaute amüsiert auf. Wen hat Niklas noch eingeladen?

Maike blickte verblüfft. Und jetzt, wer kommt noch?

Niklas war völlig verwirrt. Er ging in den Flur und öffnete zum dritten Male innerhalb weniger Minuten seine Wohnungstür.

„Hallo, mein einsamer Niklas", ertönte eine beschwingte, helle Stimme. Maike und Emmi sahen sich erstaunt an.

**Kapitel 50**

Lange, leicht gelockte dunkelblonde Haare, ein hellbeiger Sommermantel, Stiefeletten mit hohem Absatz, eine hochgewachsene Frau wie aus dem Modecover betrat mit Niklas den Wohnraum.

„Hey, du hast Besuch?", stutzte sie für einen Moment. Sie legte den Arm um Niklas, küsste ihn auf die Wange. „Ich hab gedacht, ich treffe meinen Niklas mit verheulten Augen, allein an seinem Computer, ich hab vermutet, du hast hier dein zweites Büro eröffnet." Sie küsste ihn auf den Mund, zerstruppelte mit einer Hand seine Haare.

„Ich bin die liebe Leonie, seine langjährige Freundin", stellte sie sich vor und schaute Maike und Emmi, die perplex neben der Gemüsekiste standen, lächelnd an.

„Was hast du nur ohne deine Süße in den letzten Wochen gemacht?" meinte Leonie und blinzelte Niklas schelmisch an. „Aber jetzt bin ich ja wieder da. Wir werden uns wunderbar vergnügen an diesem Wochenende, oder, mein Schatz?" Sie küsste ihn wieder.

Diesmal schob Niklas sie brüsk zurück. „Was soll das? Hör auf mich abzuknutschen. Ich will nichts mehr von dir."

Emmi war die erste, die sich wieder fasste. „Ich muss los, Niklas", sie ging auf ihn zu, tippte ihm auf die Brust. „Bis morgen, wie besprochen." Sie grinste Leonie an. „Gute Show. Tschüss."

216

Maike versuchte zu verstehen, was sich seit wenigen Minuten in Niklas' Wohnung abspielte. Erst diese Frau, die aus seinem Schlafzimmer kam, jetzt eine andere, die Niklas abknutschte? Ihr Verstand hatte aufgehört zu funktionieren und ihr Gefühl war nicht in der Lage, zu übernehmen. Sie griff die riesige Gemüsekiste mit beiden Händen, folgte Emmi und knurrte im Vorbeigehen Niklas wütend an:

„Wir rechnen am Dienstag ab, um 20 Uhr." Sie schaute ihn frostig an. „Pünktlich!" setzte sie noch hinzu. Für Leonie hatte sie nur einen vernichtenden Blick übrig.

Emmi hielt Maike die Tür auf. „Viel Spaß beim Kochen."

Maike stieg in Zeitlupe die Treppe hinauf, blickte dabei lange gedankenverloren Emmi nach, während diese schwungvoll die Stufen hinunterhüpfte und nur einmal kurz zurück zu Maike hochblickte.


Leonie grinste Niklas an.

„Donnerwetter, zwei solche Schönheiten am Samstagmorgen in deiner Wohnung, ich gebe zu, ich bin beeindruckt. Hätte ich dir nicht zugetraut."

Niklas versuchte mühsam seine Fassung wiederzufinden. „Was … soll … der … Scheiß", quetschte er zwischen den Zähnen heraus.

„Ich bin wieder da", äffte er sie nach. „Du bist nicht mehr meine liebe Freundin!" Jetzt sprach er mit spitzem Mund.

„Ach, hast du Angst, ich hätte deine neuen Girls vertrieben? Wie geht das überhaupt, mit zwei Frauen? Du bist ja mit einer – mit mir – schon nicht klar gekommen? Welche ist es denn? Aber keine Angst, die kommen wieder. Ich bin mir sicher, du bist für beide gerade noch spannender geworden." Sie schaute Niklas vergnügt an.

„Schließlich", fuhr sie fort, „die mit den lustigen Zöpfen hat gesagt ‚bis morgen', und die Kleine, die war irgendwie total niedlich in ihrer Wut, hat versucht, mich mit ihrem Blick wegzuhexen. Haha, die will mit dir ABRECHNEN!"

Leonie lachte schallend. „Bestimmt nicht nur in Euros für das Zeug, was sie in der Kiste weggetragen hat! Hast du einen Gemüsehandel aufgemacht?"

„Was machst du überhaupt hier", wollte Niklas wissen, „ohne jegliche Vorwarnung? Erst machst du radikal Schluss und jetzt stehst du in meiner Wohnung und behauptest, alles wäre wie früher? Nichts ist wie früher." Niklas war wütend und bremste seinen aufwallenden Ärger mühsam. „Ich hab inzwischen begriffen, dass es richtig war, sich zu trennen."

„Nicht böse sein, Niklas. Ich will dich nicht zurück. Was ich gesagt habe, war aus dem Augenblick heraus. Das kam spontan, als ich die beiden Ladies hier stehen sah." Leonie schaute sich im Zimmer um. „Hat sich absolut nichts verändert, seit ich das letzte Mal hier war. Immer noch topsauber und toplangweilig." Sie setzte sich. „Übrigens, die Schlanke, die mich zum Abschied angegrinst und *gute Show* gesagt hat, die wusste von mir, oder?" Sie sah Niklas fragend an.

Der stand inzwischen stocksteif mit geballten Fäusten da und atmete tief ein und aus.

„Ich bin seit gestern auf einem Meeting in Düsseldorf und hab heute bis zum Nachmittag frei, da wollte ich dich ein wenig aufmuntern." Leonie grinste ihn an. „Sorry, ich hatte gehofft, wir wären noch immer Freunde. Das mit der Liebe, das weiß ich, das war schon lange nicht mehr."

Niklas atmete noch einmal tief durch. „Korrekt. Aber einen solchen Auftritt abzuziehen, mich so bloßzustellen, ist das Freundschaft?"

Er hatte sich den Samstag so wunderbar erträumt, aber Leonies Auftritt hatte mit einem Schlag alles auf den Kopf gestellt.

„Komm", munterte ihn Leonie auf. „Hast du Lust auf einen Snack oder einen Kaffee oder sogar einen Champagner? Ich lade dich ein. Ich bin seit vier Wochen Vorstandssekretärin."

„Na dann, herzlichen Glückwunsch", knurrte Niklas sarkastisch. „Bist also auf der Karriereleiter unterwegs."

Ganz allmählich beruhigte er sich, was hätte er sonst tun sollen? Leonie anbrüllen, sich heftig zoffen und sie aus seiner Wohnung rausschmeißen? Dafür war er zu höflich, zu gut erzogen.

Emmi war gegangen, und Maike? Wie sollte er ihr am Dienstag gegenübertreten? Das wird endgültig das Ende unserer Freundschaft sein. Er schaute betrübt.

(*Tja, Niklas,* seine innere Stimme meldete sich, *da wird weder Ananassaft noch ein Blumenstrauß reichen. Vielleicht Ehrlichkeit? Vielleicht hilft diesmal gar nix mehr!*)

„Okay", atmete er ein letztes Mal tief durch, dann blickte er Leonie leer an. „Gehen wir zu dem kleinen Italiener, wo wir früher manchmal waren. Dort kannst du mir von deinem neuen Job erzählen."

## Kapitel 51

Sissi schaute verwundert, als Emmi mittags vergnügt summend in der WG eintraf, und sprang sofort voller Neugier vom Küchenstuhl auf. „Hey! Du bist schon wieder zurück? Ist was schiefgelaufen?"

„Nicht direkt", Emmi schüttelte den Kopf, „allerdings, wow, komplett anders, als …, ja, als es hätte laufen können." Sie grinste ihre Freundin an. „Großes Kino, so was von abgefahren, dieser Vormittag bei Niklas, sag ich dir."

Sissis Augen wurden riesengroß, sie schaute ihre Freundin mit tausend Fragezeichen an. „Ich hab Lust auf einen Saft", meinte sie, „vielleicht mit was drin? Und du erzählst, aber alles, ich will alles wissen!!!"

Während Sissi die Cocktails mixte, fing Emmi an. „Ich war kaum mit meinem Gemüsepäckchen bei Niklas eingetroffen, war dabei, mich in seiner Wohnung umzuschauen, da klopft es an der Tür. Jetzt, pass auf, absolute Top-Szene."

Sissi schaute sie belustigt an.

„Also, wie gesagt, es klopft, Niklas schaut erstaunt, geht zur Tür. Ich höre aus dem Flur eine Frauenstimme, die sagt: ‚Ich will nur rasch das Gemüse holen', schon wirbelt sie in die Küche, sieht mich an der Schlafzimmertür stehen und bleibt wie vom Blitz getroffen stehen, zack, absolut bewegungslos, mit leicht offenem Mund. Für mehrere Sekunden komplette Stille im Raum. Niklas steht irgendwie

221

bedröppelt da, diese andere Frau schaut mich mit soooo großen Augen sowas von …" – Emmi bewegt ihre Hände – „… verblüfft an, bevor sie mich von den Haarspitzen bis zu den Sohlen abscannt." Emmi schmunzelte. „So einen Ganzkörperscanner gibt's auf keinem Flughafen dieser Welt."

„Was … Wieso warst du im Schlafzimmer?", wollte Sissi wissen.

„Ich hab so aus Spaß zu Niklas gesagt, darf man schon so früh in dein Schlafzimmer schauen? Ich war einfach neugierig, wie es bei ihm aussieht. Logisch, top aufgeräumt, sogar eine Tagesdecke lag überm Bett."

Emmi setzte sich wieder hin. „Okay, diese Frau, die das Gemüse holen wollte, blonde Haare, ein kurzer Bubikopf, lange Wimpern, nur ein wenig älter als ich, die hatte ich mir total anders vorgestellt. Konservativ, gediegen, eine ältere Lady eben. Weißt du", sie sah ihre Freundin schmunzelnd an, „Niklas hat immer von einer Dame erzählt, die alleine wohnt und samstags für irgendwelche Leute im Haus kocht."

„Und weiter? Los, ich will mehr wissen." Sissi schubste ihre Freundin ungeduldig an. „Was ist dann passiert?"

„Dann klingelt es", erzählte Emmi weiter. „Niklas geht wieder zur Tür, „und dann …" Emmi lachte.

„Was dann, hey, spann mich nicht so auf die Folter, ich platze vor Neugier!" Sissi schaute ihre Freundin durchdringend an.

222

Emmi hob ihr Glas und trank einen Schluck und erzählte weiter. Sissi giggelte, feixte, lachte laut, zum Schluss klatschte sich Emmi mit ihrer Freundin ab. „Na warte, Niklas! Der wird morgen ins Schwitzen kommen, wenn er mir alles haargenau erklären muss!"

Sissi füllte ihre Gläser neu. „Dein übliches Sonntagsdate?"

„Date ja, aber üblich, no!"

„Was hast du vor?", fragte Sissi lauernd. Als Nachhall schwirrten mindestens 20 Fragezeichen durch den Raum.

„Ich verrat's dir, aber du musst versprechen, darüber eisern zu schweigen."

Emmi fixierte eine gefühlte Ewigkeit Sissis dunkle Augen. Die nickte schließlich und hob die Hand zum Schwur.

„Okay, ich hab folgenden Plan …" Als sie fertig war mit Erklären, feixte Sissi nur: „Oh, geil!"


Niklas fand diesen Samstag nicht witzig. Nachdem er Leonie nachmittags verabschiedet hatte, ging er mit schwerem Herzen zurück in seine Wohnung. Er schaltete den Fernseher an, in der Hoffnung auf irgendwas Blödes, das ihn ablenken würde. Stattdessen landete er in einer Sondersendung über den Hurrikan, der derzeit durch die Karibik sauste. Er zuckte erschrocken zusammen und schaltete wieder aus. ‚Nee, nicht schon wieder, von Wirbelstürmen habe ich heute die Nase voll, aber sooo voll!!!'

Er lief unruhig im Zimmer hin und her. Schließlich schnappte er sich seine Sporttasche, ab ins Fitnessstudio. Die Wut aus seinem Bauch musste raus. (*Wie wär's mit Gehirntraining, eine Runde auf dem Wahrheitsband laufen?*, hörte er eine süffisant klingende Stimme in seinem Kopf.)

„Du guckst aber schräg", meinte die Bedienung im Irish Pub, als er sich später dort auf einen Barhocker fallen ließ. Er war Stammgast, alle kannten ihn.

„Gib mir lieber ein Guinness und beschäftige dich nicht mit meinen Problemen", antwortete Niklas.

„So schlimm?" Die junge Frau hinter der Theke zapfte das bestellte Bier.

„Schlimmer, unlösbar!", murmelte er.

„Liebeskummer?" Die Kellnerin stellte vorsichtig das Glas vor ihm hin.

„Nicht direkt", seufzte Niklas tiefseetief. „Das ist eine so vertrackte Geschichte." Er schüttelte den Kopf.

„Ich liebe komplizierte Geschichten. Los, erzähl!" Sie nickte ihm aufmunternd zu. „Manchmal findet man Lösungen beim Erzählen. Sagt jedenfalls mein Großvater."

Niklas trank einen Schluck, überlegte, seine Stirn wurde vom Nachdenken faltig wie ein Gebirge. Schließlich seufzte er wieder, leerte sein Glas und meinte dann: „Gib mir bitte noch eins, dann versuch ich's zu erklären."

224

Er nahm einen Bierdeckel zwischen die Finger und drehte ihn nervös. „Meine Traumfrau, also Emmi …"

„Die kenne ich", nickte die junge Frau hinter der Theke, „mit der warst du neulich hier …"

„Nein, das war Maike. Also Emmi verkauft freitags Gemüse in einem Hofladen, da hab ich sie kennengelernt." Niklas verdrehte seine Augen. „Du müsstest sie mal sehen, sie sieht einfach toll aus, und wie sie geht …"

„Warum hast du sie mir noch nicht vorgestellt?" Die Barkeeperin lachte.

„Sie hat nur sonntags Zeit. Wir machen lange Spaziergänge in der Natur, trinken Tee, …"

„Verstanden", hakte die Kellnerin dazwischen, „sonntags mit Emmi schnuckeln. Werktags mit der anderen Mieze, und keine weiß von nichts, oder?"

„Nein, nix mit Schnuckeln. Nicht mit Emmi und schon gar nicht mit Maike. Der hab ich das Gemüse geschenkt, das ich bei Emmi gekauft habe. Weil, ich musste bei Maike was gutmachen. Dafür hat sie mich zum Essen eingeladen."

„Aha." Die Barkeeperin bemühte sich um einen sachlichen Tonfall.

„Heute Morgen taucht plötzlich Leonie auf und bringt alles durcheinander." Niklas atmete tief aus. „Emmi hat geschmunzelt, Maike mich bitterböse angeblickt, auf jeden Fall sind beide ruckzuck abgehauen."

„Moment, jetzt wird's schwierig für mich. Wer ist Leonie? Warum waren Maike und Emmi da? Und wo?" Sie nahm ihm das Glas aus der Hand, das Niklas beim Erzählen heftig geschüttelt hatte.

„Also, diese Maike, die mit dir hier war, die hat dich so supersüß angeschaut, so schmachtend, wow, hab ich gedacht, das wird eine tolle Nacht für euch zwei." Die Barkeeperin schwärmte. „Aber raus mit der Sprache. Wer ist Leonie?"

In der nächsten halben Stunde versuchte Niklas die Zusammenhänge zu erklären. Die junge Frau hinter der Theke trocknete Gläser ab, zapfte frisches Bier und warf ab und zu ein Aha und Soso ein.

„Ich trink noch 'n Guinness", sagte Niklas, die Ellbogen auf der Bar, seinen Kopf in die Hände gestützt.

„Lieber nicht, behalt 'nen klaren Kopf. Auf keinen Fall einen heftigen Kater, damit kannst du weder bei der einen noch bei der andern Mieze landen … hahaha." Die Barkeeperin hielt ihre flache Hand hoch. „Los, du Experte für Wirbelstürme, schlag ein! Du wirst eine Lösung finden!"

# Kapitel 52

Es klopfte an Maikes Tür. „Kommt rein, die Tür ist offen", erklang ein dünnes Stimmchen. Die fünf Frauen, die zum Mädelsabend bei Maike eingeladen waren, kamen fröhlich plaudernd in die Wohnung und blieben wie angewurzelt stehen.

„Was ist denn hier passiert?", fragte Tina.

„Wie siehst du denn aus?" Nicole schaute ihre Freundin entsetzt an.

Maike hockte, die Arme um die Knie geschlungen, in einer Ecke ihrer Sofalandschaft. Verheulte Augen, die Wimperntusche verschmiert, die Haare verstrubbelt, an einem Fuß ein Socken, der andere Fuß nackt, die Schürze, die sie umhatte, voller Tomatenflecken.

Nicole setzte sich zu ihr, nahm sie in den Arm.

„Es ist alles so furchtbar", schluchzte Maike, „ich glaube, ich hab alles …", sie zeigte Richtung Herd, „… verdorben. Ich hätte euch anrufen sollen." Sie tupfte sich mit einem Taschentuch die Augen. „Geht lieber Essen und lasst mich hier alleine." Ein neuer Schwall Tränen. Ringsum lagen dutzende zerknüllter Kleenex-Tücher.

Inzwischen saßen alle Freundinnen um sie herum auf dem Sofa. „Quatsch", meinten sie wie aus einem Mund. „Essen ist Nebensache, wichtig ist, dass wir bei dir sind."

Nicole drückte Maike fest an sich. „So, und jetzt wollen wir wissen, was dich so unendlich traurig gemacht hat." Sie schaute Maike an. „Hat es was mit diesem Niklas zu tun?"

Maike nickte stumm. Sie schniefte, und plötzlich platzte sie los. „Dieser Saukerl, dieser Blödian, dieser Gemüsefuzzi, wenn ich den das nächste Mal zwischen die Finger bekomme, ich werde ihn mit seinem Gemüse prügeln, ihm die Gurke über den Kopf knallen, ihn mit Tomaten bewerfen, ihn …" – sie ballte ihre rechte Hand zur Faust.

„Wenn ich deine Küche anschaue", meinte Tina, „dann hast du das schon geübt." Sie grinste. „Zumindest sieht es aus wie auf einem Schlachtfeld, wild gehackte Zucchini, klein gemetzelte Auberginen, zerquetschte Tomaten."

Jessica war aufgestanden, hob den Topfdeckel an, nahm einen Löffel und probierte. „Uih", entfuhr es ihr, „ganz schön heftig gewürzt! Viel Salz. Wo wohnt der Kerl?", wollte sie wissen. „Wir sollten ihm einen Teller dieser Suppe einflößen."

Sie schaute Maike an, die zaghaft lächelte. Sie zeigte nach unten. Nicole übersetzte für die anderen Frauen: „Zwei Stock tiefer."

Jessica, die probiert hatte, schnappte sich eine Schürze vom Haken: „Wer hilft mir, das Essen zu verfeinern?"

„Ich", meldete sich sofort eine. Die nächste: „Wo sind Wischlappen und ein Eimer? Ich räum das Gemüseschlachtfeld auf."

Tina stand auf. „Ich schau nach frischem Make-Up für dich, Maike."

228

In der nächsten halben Stunde herrschte eifriges Treiben in der Wohnung. Nicole blieb neben Maike sitzen und nahm ihr die Schürze ab. „Sonst kommen noch Flecken auf die Polster."

Der Korken einer Prosecco-Flasche ploppte. „Jetzt trinken wir erstmal auf dich, Maike, Prost."

Ungefähr eine halbe Stunde später saßen alle sechs Frauen am stilvoll gedeckten Tisch, Essen vor sich, im Hintergrund lief sanfte Musik.

„Schmeckt vorzüglich, hast du toll gekocht, Maike", lobten alle.

Die schüttelte den Kopf. „Nee, ich hab's versalzen. Wie habt ihr das nur wieder hinbekommen?"

Es war eine vergnügte Plauderrunde, und als der Nachtisch auf den Tisch kam, war Maike so gefestigt, dass sie ihren ganzen Kummer erzählen konnte.

„So wie ich diese Tussi verächtlich mit hunderttausend Volt angeblitzt habe, hätte sie sich eigentlich *plopp* in ein Häufchen Asche verwandeln müssen. Schade, bin leider keine Hexe." Maike versuchte vergeblich den Blick zu wiederholen, um die Situation authentisch darzustellen.

„Hattest du nicht behauptet, der Kerl steht nicht auf Frauen?", warf Nicole ein. „Irgendwas ist da faul an der ganzen Geschichte", fügte sie nachdenklich hinzu.

Nach der dritten Flache Prosecco, erstaunlicherweise trank Maike fröhlich mit, drehten sich die Gespräche nur noch um diesen saublöden Kerl. „Der hat dich überhaupt nicht verdient!" „Wir verkleistern sein

Auto mit Tomatenmark!" „So ein saublöder Gemüse-fuzzi!" Nur eine der Freundinnen warf zwischendurch vorsichtig das Wort Gemüseprinz in die Runde und erntete einen giftigen Blick von Maike.

„Das Schlimme ist", seufzte jetzt Maike, „ich hab mich so toll mit ihm verstanden, wir hatten wunderbare Gespräche. An dem Abend nach unserem Besuch in der Kunsthalle hat er mich zum Abschied so zart auf die Wange geküsst, ich bin nur so dahingeschmolzen …"

„Du hast gesagt, du willst mit ihm abrechnen? Bleibt das so? Wenn ja, wann wolltest du dich mit ihm treffen?" Nicole schaute sie fragend an. „Ich hab da so 'ne Idee, Maike."

Die Freundinnen hörten aufmerksam zu, tuschelten, klatschten in die Hände, feixten, sprangen schließlich von ihren Stühlen auf und marschierten zu Maikes Kleiderschrank.

„Du solltest den dunkelblauen knöchellangen Rock anziehen, superseriös." „Nein, lieber eine hochgeschnittene Jeans, dazu dieses Top." „Oder hier, das schwingende Kleid mit dem kleinen Blümchenmuster …" Es dauerte nicht lang, und Maikes Kleiderschrank war leergeräumt, dafür lag ein riesiger Berg Klamotten auf ihrem Bett.

Während ihre Freundinnen weit nach Mitternacht versuchten, sich leise durchs Treppenhaus zu schleichen, sich gegenseitig schubsten, immer wieder giggelten, psst …, wischte Maike mit einem Ruck alle Sachen einfach zur Seite.

‚Räume ich morgen auf.' Sie kuschelte sich in ihre Bettdecke und flüsterte ihrem Teddy ins Ohr: „Der wird sich wundern, dieser Gemüsekasper!"

**Kapitel 53**

Emmi saß am Sonntag auf dem großen Findlingsstein und wartete auf Niklas. Sie hatte ihre langen dunkelbraunen Haare wieder zu einem Milchmädchenzopf, ihrer derzeitigen Lieblingsfrisur, geflochten und die Sonnenbrille darauf gesteckt. Sie war unruhig, stand vom Stein auf, ging ein paar Schritte Richtung Parkplatz und schaute aufmerksam in die Ferne, ob sie schon Niklas' Auto entdecken konnte.

Tausend Gedanken gingen ihr durch den Kopf. Warum hatte sie ihn erst auf den Nachmittag bestellt? War der Besuch seiner Ex gestern wirklich nur ein Fake, wie sie vermutete? Oder könnten bei Niklas alte Gefühle wiederbelebt worden sein und er nicht zum Date kommen?

Emmi blinzelte in die Sonne, versuchte ihre Sehnsüchte und Wünsche einzuordnen. Sie setzte sich wieder auf den von der Sonne gewärmten Stein. Ihre Gedanken wanderten zu der jungen Lady, die die Gemüsekiste abgeholt hatte, zu den Blicken, die sie ihr und Niklas' Ex entgegengeschleudert hatte. Überraschung, Wut, Zweifel, Verwunderung, Sehnsucht, alles war darin enthalten.

Welche Rolle spielte diese Frau in Niklas' Leben? Emmi grübelte. Sofern das Gespräch auf die Frau kam, der er das Gemüse brachte, wechselte Niklas immer schnell das Thema. Emmi kannte seinen Tagesablauf nicht, sie hatte bewusst nicht wissen wollen, was Niklas von Montag bis Samstag unternahm. Das war tabu, nicht ihr Thema, schließlich war sie diejenige, die ihn nur sonntags sehen wollte.

Emmis Herz machte einen heftigen Sprung, als von Ferne ein Auto nahte. Jippie, in wenigen Minuten würde sie seinen Duft einatmen, seine Wärme spüren, seine Lippen küssen.

„Ich hab uns heute einen ganz speziellen Picknickplatz ausgesucht." Emmi und Niklas schlenderten Hand in Hand am Hofladen, an der Ziegenwiese, an abgeernteten Feldern vorbei.

„Und ich hab uns was Leckeres zum Nachtisch mitgebracht." Niklas schaute sie mit leuchtenden Augen an. „Erzähl, wo gehen wir hin?" Sie stupste mit ihrem Finger auf seine Nase, lächelte verschmitzt. „Wart's ab."

Während sie dahinschlenderten, überlegte Niklas, ob jetzt der richtige Moment wäre, um über gestern zu sprechen. „Emmi", er sprach ihren Namen bewusst melodisch aus. „Ich möchte dir erklären, was es mit Leonies Auftritt auf sich hatte."

Emmi schüttelte den Kopf. „Mach dir darüber keinen Stress, das interessiert mich nicht die Bohne! Viel spannender fand ich die junge Frau, die das Gemüse abgeholt hat." Sie sah ihm verschmitzt in die Augen. „Aber heute, Niklas, interessiert mich das nicht, nichts von gestern, no, nothing, nix. Heute ist unser Tag, den will ich mit dir genießen."

Niklas schaute sie verwundert an, dann nahm er sie schwungvoll in die Arme. „Okay. Andere Frage, du hast kein Leinensäckchen dabei, worin sammeln wir die Kräuter für unseren Tee?" Er küsste sie. „Ich werde dir beweisen, dass ich viel gelernt habe." Er bückte sich, zupfte ein paar Blätter. „Schau, das könnte Löwenzahntee werden."

Emmi lachte laut los. „Heute, mein süßer Experte, ist alles anders! Lass dich überraschen. Siehst du da drüben die Scheune? Da gehen wir hin."

Als sie eintraten, empfing sie ein kräftiger Geruch von Ziegen, in den sich ein herber Duft von Kräutern und das würzige Aroma von frischem Heu mischten.

„Im Winter wohnen hier unten die Ziegen", erklärte Emmi. „Wir klettern jetzt diese Leiter hoch." Schon stand sie auf der ersten Stufe. „Los, auf."

Niklas' Augen mussten sich zunächst an die dämmrige Atmosphäre, seine Nase an den Mix der Gerüche in diesem Raum gewöhnen. Er stieg hinter Emmi empor, sah eine Landschaft aus betörend duftendem Heu. „Komm weiter", rief Emmi. „Hier hinten, beim Fenster habe ich unser Picknick vorbereitet."

„Boah!", mehr konnte Niklas nicht sagen. Emmi hatte Decken auf dem Heu ausgebreitet, darauf standen elektrische Kerzen, ein Tablett mit Mini-Croissants, zwei Glaskelche, ein gefüllter Wasserkrug, in dem Blätter und eine Zitrone schwammen.

„Für dich und mich, für uns", Emmi machte eine einladende Handbewegung. „Mein geheimes Nest."

234

Sie zog die Schuhe aus. „Wenn ich auf das winzige Zimmer im Haupthaus keine Lust habe, übernachte ich manchmal hier, besonders in den Wochen, nachdem das Heu frisch aufgeschichtet wurde. Der intensive Duft der trocknenden Kräuter überstrahlt den strengen Geruch der Ziegen."

Niklas war total gerührt, seine Augen wurden feucht. „Du bist so süß, ich liebe dich." Er trat auf sie zu, Emmi stoppte ihn sanft. „Du darfst mich süß finden, aber dich nicht in mich verlieben."

„Aber wenn es passiert ist?" Niklas strahlte sie fragend an.

„… dein Pech", lachte Emmi, zuckte mit den Schultern und machte einen Schritt auf ihn zu.

„Wieso? Ich versteh das nicht." Niklas schaute sie verstört an. Emmi legte ihren Finger auf seine Lippen.

„Psst, nicht nachdenken, heute ist genießen dran." Sie verwuschelte seine kurzen Haare und zog ihn, während sie ihn leidenschaftlich küsste, auf die Decke ins weiche Heu.

„Probier mal meine Hexenbowle." Sie nahm den Krug, füllte die beiden Gläser. „Prost, mein wilder Knutscher." Emmis Augen funkelten im Dämmerlicht der Scheune.

„Wow! Schmeckt superlecker. Wo wachsen denn solche Blättchen? Zwei solche Kelche und ich kann nicht mehr fahren. Wie kommt der Alkohol in die Kräuter?", flüsterte Niklas in ihr Ohr, bevor er zärtlich daran knabberte.

„Heute lass ich dich sowieso nirgendwohin fahren." Mit einer Hand spielte sie verträumt in seinen Haaren, mit der anderen begann sie sein Hemd aufzuknöpfen. „Diese Nacht wird unsere Nacht", sang sie.

Niklas und Emmi, fühlte er, Emmi und Niklas, sein Herz pochte wild. Sie lagen nackt, Haut auf Haut, er legte seine Hand auf ihre Brust und spürte, das Emmis Herz genauso wild und heftig wie sein eigenes klopfte.

Nachdem sie ihre erste Wildheit ausgelebt hatten, stützte sich Niklas auf einen Ellbogen, schaute Emmi an und strich mit den Fingerkuppen der freien Hand ihr Rückgrat entlang. „Es ist so wunderschön mit dir, ich wünschte, heute würde nie vergehen."

Eng umschlungen kuschelten sie sich unter die Decke, rochen das Heu, durch das Fenster glitzerten Mondstrahlen. Später sahen sie den Abendstern blinken.

Mühsam öffnete Niklas seine Augen, als ein Handy klingelte. Er sah Emmi, die aufrecht vor ihm saß, verschlafen und verwundert an. „Was ist los?"

Sie küsste ihn sanft auf seine Augen. „Fünf Uhr, aufstehen, du musst nach Hause. Ich räume auf und erledige noch ein paar Dinge."

„Ich helf dir und nehm' dich mit in die Stadt", flüsterte er.

„Nein, nein, bitte, du fährst. Ich bleibe hier." Sie zupfte ein bisschen Heu aus seinen Haaren. „Nächsten Samstag möchte ich dich wiedersehen, nicht hier auf

236

dem Hof. Ich schreib dir rechtzeitig auf dein Smartphone, wo du mich treffen kannst."

Er schaute sie fragend an. „Du hast meine Nummer?"

Emmi lachte nur und zuckte mit den Schultern. „Klar, seit ein paar Tagen. War nicht schwierig sie rauszufinden, ich hab Jean im Büro angerufen."

Niklas küsste sie zum Abschied mit intensiver Leidenschaft. „Meine süße und geheimnisvolle Kräuterhexe."

Er kletterte die Leiter hinunter. Von der vorletzten Stufe aus rief er noch: „Am Samstag? Ich darf dich am Samstag sehen? Bin neugierig, wohin du mich entführen wirst!"

**Kapitel 54**

Mittagspause, Jean und Niklas hatten sich bei Guiseppe Baguettes geholt, liefen ein paar Schritte und aßen nebenbei ihren Snack. „Diese Frau", Niklas schaute seinen Freund an, „ist rätselhaft. Ich bin total verknallt in sie, aber sobald ich das Wort Liebe in den Mund nehme, bremst sie mich ab. Die Nacht mit ihr war wunderschön." Er blickte träumerisch in den Himmel.

Jean blickte ihn fragend an. „Und weiter?"

Niklas schwärmte. „Romantisch, erotisch, einfach toll."

Niklas biss in sein Baguette, kaute und erzählte weiter. „Aber um fünf klingelte ihr Wecker und sie hat mich aus meinen Träumen und aus unserem Heubett rausgeschmissen. Nächsten Samstag darf ich sie wieder treffen. Ausgerechnet am Samstag, an dem sie sonst nie konnte. Was für ein Spiel spielt sie mit mir?" Er blieb stehen, sah seinen Freund nachdenklich an. „Was bin ich für sie?"

„Ich habe am Freitag erfahren", antwortete Jean, „dass sie künftig nicht mehr im Hofladen arbeitet. Aber den Grund hat sie mir nicht verraten." Er zuckte mit den Schultern. „Und heute triffst du dich mit Maike?"

„Naja, treffen?" Niklas klang sehr kleinlaut. „Sie will mit mir abrechnen. Was immer das bedeuten mag."

„Meinst du, sie wird dich mit Tomaten bewerfen?", lachte Jean.

Niklas boxte seinen Freund sanft auf den Arm. „Hör auf mit solchen Scherzen. Allerdings hätte sie allen Grund dazu, mich mit Gemüse aller Art zu prügeln. Ich befürchte, sie wird mir Geld fürs Gemüse vor die Füße schmeißen, was ich überhaupt nicht haben will, mir erklären, dass ich ein fieser Kerl bin, sie ausgenutzt habe, dass sie mich nie wieder sehen will. Was könnte ich ihr heute Abend mitbringen?" Er schaute Jean an. „Hast du eine Ahnung, womit man Frauen besänftigen kann?"

Jean schüttelte den Kopf. „Das Einzige, was mir zu dieser komplett vertrackten Situation einfällt, ist, sag ihr endlich die Wahrheit, erklär, was mit dir los ist. Kein Wischi-Waschi mehr!" Er schaute Niklas ernst in die Augen. „Wie wär's mit Champagner?"

„Sie trinkt fast nie Alkohol, das ist kein gutes Gastgeschenk", meinte Niklas.

„Oder Champagner-Trüffel, Pralinen", Jean schlug seinem Freund aufmunternd auf den Rücken. „Das klingt doch gut."

Niklas nickte zaghaft. „Ich probier's. Wenn ich morgen früh mit einem blauen Auge ins Büro komme, dann weißt du, deine Idee hat nicht gezündet."

Sie liefen langsam Richtung Bürohaus. Plötzlich blieb Niklas stehen, „Warte einen Moment", er fasste seinen Freund am Ärmel seines Jacketts, „da vorne geht sie mit ihren Kolleginnen, besser sie sieht mich jetzt nicht. Heute Abend ist früh genug."

Jean schaute zu den Frauen hin. „Welche davon ist sie?"

„Die Kleine mit den goldblonden Haaren, ziemlich in der Mitte der Gruppe."

„So von der Ferne betrachtet, oh là là, très bien …", nickte Jean anerkennend.

„Prinzipiell ja", antwortete Niklas, „sie ist eine tolle Frau, leider nicht mein Typ. Ich stehe halt auf groß, langhaarig, sehr schlank …"

Jean blieb stehen. „Und …? Haben deine langbeinigen Beziehungen gehalten?"

**Kapitel 55**

Niklas stand pünktlich vor Maikes Tür. Frisch geduscht, mit einem dezenten Parfum besprüht, hellblauer Pullover, dunkelblaue Chinohose, seine Filzpuschen in der einen, in der anderen Hand eine ziemlich große Schachtel, die wieder mit einer goldenen Schleife verziert war. Er atmete dreimal tief ein und aus, zögerte, trat wieder einen Schritt zurück. Neuer Anlauf, also los. Er nahm all seinen Mut zusammen und klopfte.

Erstmal passierte nichts. Hatte sie es sich anders überlegt? Er wollte sich schon auf den Rückweg begeben, als sich sein Gewissen meldete. *Feigling, du hast viel zu leise geklopft.*

„Okay", murmelte er halblaut, diesmal klingelte er. Nach einem kurzen Moment hörte er Schritte und eine Stimme: „Bin auf dem Weg."

Die Tür öffnete sich, eine strahlende Maike sang in melodischem Tonfall: „Hello again." Sie umarmte ihn kurz, küsste ihn rechts, links, rechts auf die Wange. „Das ist die Begrüßungszeremonie in Basel."

„Danke für deine Einladung", sagte Niklas sehr förmlich, „das ist für dich." Er gab ihr die Schachtel.

„Hey, diesmal wieder eine goldene Schleife", lachte Maike ihn an. „Sei nicht so steif. Los, zieh deine Puschen an und komm mit."

Niklas betrat den Wohnraum und war überwältigt. Kerzen ringsum, auf dem Tischchen vor der Sofalandschaft Rosenblüten dekoriert, zwei schmale hohe Gläser, eine riesige silberne Schleife an einer kleinen Flasche daneben. Maike hakte sich bei ihm ein.

Niklas drehte sich zu ihr um. „Bist du gewachsen?"

Sie kicherte. „Mindestens zehn Zentimeter, schau", sie hob einen Fuß, „meine Sandaletten aus Paris."

„Wow, find ich toll. Du siehst überhaupt super aus." Langsam lockerte sich seine Spannung. Einen solchen Empfang hätte er sich nicht zu erträumen gewagt, er schaute sie mit großen Augen an. „Du bist sowas von topchic. Alles neu?"

Maike trug eine High Waist mit weitem Bein im Blumenmuster, darüber ein dunkelblaues Top mit bis zum Ellbogen reichenden leicht ausgeschnittenen Ärmeln, dazu die goldfarbenen Sandaletten mit Riemchen und hohem Absatz.

„Los, mach den Mund zu und setz dich." Maike tippte sein Kinn an und schubste ihn sanft. „Mach bitte den Champagner auf. Ich hab was zu feiern."

„Hast du Geburtstag?"

„Nein!"

Niklas blickte fragend, aber mehr kam von Maike nicht. Er nahm die Champagnerflasche und öffnete sie vorsichtig.

Maike blickte ihn verblüfft an. „Machst du das oft, so cool und lässig?"

„Hat mir mein Vater beigebracht. War sein Ritual, jedes Jahr zu Weihnachten gab es bei uns Champagner, sonst allerdings nie."

Niklas goss ein, reichte das Glas mit den abertausenden aufsteigenden kleinen Perlen an Maike, die immer noch neben dem Sofa stand. Sie stieß mit Niklas an. „Prost", grinste sie schelmisch, „mein Gemüseprinz."

‚Bin ich im Märchenland, in tausendundeiner Nacht, träume ich?' Niklas trank einen Schluck und antwortete: „Dann bist du die Prinzessin, die die Erbsen kocht." Sie lachten beide. „Was feiern wir?"

„Rat mal!" Maike setzte sich auf die Sofalandschaft so übers Eck, dass sie die Fragezeichen in seinen Augen deutlich sehen konnte. Sie schmunzelte und wartete.

„Du bist zu einer Koch-Show ins Fernsehen eingeladen worden?", fiel Niklas spontan ein.

Maike prustete los. „Nicht schlecht, die Idee, aber viel zu profan."

„Du bist befördert worden." Er schaute sie intensiv an. „Bist du jetzt Chefin von Europa?"

Sie schüttelte nur den Kopf. „Total banal, viel, viel besser." Ihre goldblonden Haare wippten, ihre langen Ohrringe voller Strass-Steinchen glitzerten im Kerzenschein.

„Halt dein Glas fest." Sie stand auf, und schwupps saß sie rittlings auf seinen Oberschenkeln, blickte ihm direkt ins Gesicht. Sie hielt ihr Glas hoch. „Komm, lass uns anstoßen."

Niklas war völlig verwirrt, klar denken ging nicht mehr. Maike fühlte sich so leicht an, er atmete ihren Duft tief ein, legte vorsichtig einen Arm um sie.

„Was hast du zu feiern?" Niklas versuchte einigermaßen sachlich zu fragen. Er blickte in ihre funkelnden Augen.

„Gib mir dein Glas", forderte sie ihn auf. Sie stellte beide Gläser auf den kleinen Tisch, beugte sich vor und küsste ihn mit einer solchen Wucht und Leidenschaft, dass Niklas die Luft wegblieb. Im ersten Moment versuchte er sich von ihr zu lösen, dann aber erwiderte er ihren Kuss mir derselben Intensität.

Nach gefühlten zehn Minuten lösten sich ihre Lippen voneinander. Niklas sah Maike verwirrt an.

„Ich feiere", sie kuschelte sich eng an ihn, „dass der Kerl, dieser Mann, in den ich mich vor vielen Wochen verliebt habe, sich geoutet hat. Er liebt Frauen!!!"

Kurzes Schweigen. „Ist das nicht toll, Niklas?" Sie schaute ihn mit ihren leuchtenden blauen Augen tief an. „Ich darf dich spüren, dich küssen, dich streicheln."

Sie schwieg für einen kurzen Moment. „Und wenn es nur für eine Nacht ist, mir egal." Sie fasste seinen Pullover und zog ihn über seinen Kopf, das T-Shirt gleich hinterher. „Jetzt darfst du", strahlte Maike ihn an und hob ihre Arme hoch.

Ein Wirbelsturm ist ein sehr komplexes Gebilde. Er besteht im Anfangsstadium aus Schauern und

244

Gewittern, in deren Mitte sich ein windstilles Zentrum bildet. Genauso fühlte sich Niklas. Hin und her gewirbelt und jetzt im vollkommenen Einklang mit Maike, Haut an Haut, Lippen auf Lippen.

„Du bist eine so wahnsinnig tolle Frau, jemanden wie dich habe ich noch nie getroffen." Niklas hielt ihren Kopf in seinen Händen und küsste sie zum x-ten Male.

Maike stand auf, nahm seine Hand. „My Sweatheart, im Schlafzimmer ist es gemütlicher." Sie blickte ihn verliebt an. „Vermutlich habe ich dich völlig überrascht, im Bad in der oberen Schublade liegen Kondome."

Niklas grinste sie verlegen an. „Du hast eine so offene Art, einfach umwerfend, wunderschön. Das mit Samstag tut mir unendlich leid, und dass ich dich in den vergangenen Wochen so verletzt habe. Ich möchte es dir erklären."

Maike legte den Finger auf seine Lippen. „Shhh! Heute nicht, heute möchte ich andere Dinge von dir hören, dich fühlen, dich spüren."

**Kapitel 56**

Ein zarter Summton weckte Maike, der Handy-Alarm stand auf sieben Uhr. Sie öffnete die Augen, schaute neben sich, wunderbar, Niklas lag dort. Alles was sie in dieser Nacht erlebt hatte, war echt, kein Traum. Sie küsste ihn vorsichtig auf die Nase, er blinzelte verschlafen.

„Hallo, mein hot Lover", flüsterte Maike, „ich muss aufstehen. Um 10 geht mein Flieger nach Helsinki. Fashion-Meeting in der Zentrale. Du kannst weiterschlafen."

Niklas öffnete seine Augen, verliebt schaute er Maike an, streckte seine Arme aus und schon warf Maike sich hinein. „Aber nur für einen kleinen Moment", meinte sie.

Einige Minuten später stand Maike unter der Dusche. Das warme Wasser auf ihrer Haut fühlte sich wundervoll an. Gleichzeitig bedauerte sie, dass damit Niklas' Geruch von ihrer Haut gespült wurde. Durch die gläserne Abtrennwand der Dusche sah sie ihn in der Tür stehen.

„Ich musste dich dringend nochmal ohne Kleider sehen, du bist so sexy." Maike warf einen nassen Schwamm, den Niklas geschickt auffing. „Außerdem wollte ich dich fragen, ob ich dich zum Flughafen fahren darf."

„Das ist lieb von dir, aber mit der S-Bahn geht's einfacher. Bring mich zur Station, das wäre super."

Eine halbe Stunde später klopfte Niklas an Maikes Tür, schnappte sich ihren Koffer und sie liefen Hand in Hand die Treppen hinunter. „Du siehst traumhaft aus", meinte Niklas, „dein Make-Up ist top auf deine Kleidung abgestimmt. Ist mir schon oft aufgefallen", fügte er mit einem Augenzwinkern hinzu.

„Aber gesagt hast du es mir nie." Maike klang ein wenig empört. Bevor Niklas reagieren konnte, küsste sie ihn. „Danke, dass du es jetzt ausgesprochen hast." Während Niklas zur S-Bahn Station fuhr und sich auf den Verkehr konzentrierte, fühlte er, wie Maike ihn die ganze Zeit ansah.

„Wenn du mich wiedersehen möchtest …", sie stockte einen Moment. „Ich hab dich gestern ziemlich überfallen." Sie lachte verlegen. „Also wenn du wirklich willst, ich komme Sonntag am sehr späten Vormittag von meiner Reise zurück."

Niklas wollte antworten, aber bevor er sprechen konnte, legte sie ihren Finger wieder einmal auf seine Lippen. „Sag jetzt nichts. Du könntest es bereuen. Denn sollten wir uns wiedertreffen", sie sah ihn ernst an, „musst du mir viel erklären. Sogar sehr viel, mega viel, also überleg's dir gut."

Sie waren an der Station angekommen. Maike stieg aus, nahm ihren pinkfarbenen Rollkoffer. „Ich danke dir für diese wunderbare Nacht. Die werde ich immer in Erinnerung behalten." Sie warf ihm eine Kusshand zu und fuhr mit der Rolltreppe hoch zum Bahnsteig.

Niklas sah ihr sehr lange nach. Erst als ein anderes Auto hinter ihm hupte, fuhr er weiter zu seiner Arbeitsstelle. Von der Tiefgarage aus ging er jedoch nicht ins Büro, sondern zunächst zum Mediterranen Gemüsesalon.

„Buon giorno, Signore", begrüßte Guiseppe ihn fröhlich. Niklas bestellte einen Cappuccino und zwei Croissants. Als Guiseppe den Kaffee brachte, meinte er: „Sie sehen müde aus. Gestern mal wieder zu lange gearbeitet?"

Niklas schüttelte den Kopf. „Nein, gefeiert."

Guiseppe lachte. „Das ist gut. Vielleicht erstmal einen Espresso? Der weckt Sie blitzartig auf." Er ging zu seinen Obstkisten zurück, sortierte Orangen, Äpfel und noch andere Früchte. Niklas grübelte. Wollte er überhaupt wach werden? Lieber weiterträumen, hier bleiben und die Realität ausblenden. So viele Gedanken schwirrten in seinem Kopf herum. Weder Emmi am Sonntag noch Maike gestern Abend wollten mit der Wirklichkeit konfrontiert werden. Sobald er versuchte, sein Verhalten zu erklären, hieß es von beiden: Stopp! Emmi wollte Sex und Spaß, Maike wollte ihre unterdrückte Liebe zumindest für eine Nacht ausleben.

Niklas biss in sein Croissant, trank seinen Kaffee, schaute sich gedankenverloren die Gemüseauslagen an und fühlte sich mit einem Male beobachtet. Maria stand in der Küche und schaute ihn durchdringend an. Niklas ließ seinen Blick wieder im Imbiss umherwandern, aber er spürte, dass Maria ihn aufmerksam

248

betrachtete. Er sah zu ihr hin, zuckte leicht mit einer Schulter und griff zum nächsten Croissant. Maria verließ ihre Küche, kam und setzte sich zu ihm an den Tisch.

„Signore McCarthy, Sie sehen müde aus und ein wenig traurig, nicht so fröhlich wie sonst." Sie legte ihre Hand auf seinen Arm. „Sorgen?"

Niklas schaute sie überrascht an. „Können Sie Gedanken lesen?"

„Meine Spezialität", erklärte sie mit Nachdruck. „Sie haben Liebeskummer."

Das Wort traf seine Seele auf direktem Weg. Er spürte, wie seine Augen feucht wurden, nahm ein Taschentuch und tupfte sie ab, dann blickte er wieder Maria an und nickte.

„Will sie nichts von Ihnen wissen?" Maria legte ihre Hand auf seinen Arm.

Er schüttelte den Kopf. „Viel schwieriger." Niklas seufzte tief, sehr tief. „Ach, Maria! Ich glaube, ich habe mich verrannt."

Maria nahm seine Hand, legte sie auf sein Herz und stand wieder auf. „Dort genau hinhören."

Auf dem Weg zur Arbeit ließ er die rechte Hand auf seinem Herz liegen, fühlte die Melodie seines Herzschlages, ta-dam, ta-dam. In der anderen Hand trug er eine Tüte mit verschiedenem Gemüse aus Guiseppes Laden. Er hatte eine Idee für Sonntag. Ja, er wollte Maike unbedingt wiedersehen, er hatte sein Herz an sie verloren.

Er holte sein Handy aus der Hosentasche, wählte Maikes Nummer. Es meldete sich die Mailbox. Niklas sprach: „Weiß nicht, ob du schon im Flieger bist. Wenn du Zeit hast, ruf bitte zurück. Ich muss mit dir reden, dir was sagen."

Niklas legte sein Handy in Sichtnähe auf seinem Schreibtisch ab. Erst am späten Nachmittag blinkte eine Nachricht auf. „Reden klingt gut, möchte ich auch mit dir, aber nicht am Telefon", schrieb Maike zurück.

Er atmete mehrmals tief ein und aus, legte seine Hand auf sein Herz und horchte. Die Melodie, die er hörte, entspannte seine Gedanken, beruhigte seine Seele. Danke Maria.

**Kapitel 57**

Am Donnerstagnachmittag hätte man in Helsinki und in Düsseldorf zeitgleich drei Gesprächen lauschen können.

In Finnland lief eine Gruppe Frauen von jung bis alt laut lachend durch den Linnanmäki, den ältesten Vergnügungspark von Helsinki. Italienisch mischte sich mit Französisch, Spanisch mit Deutsch, Wiener Dialekt mit Finnisch. *Yksi, kaksi, kolme, uno, due, tre,* schon saßen alle Frauen in der Achterbahn, jubelten, quietschten, kicherten, bunte Schals wehten. Nachdem sie wieder festen Boden unter den Füssen hatten, wurde Maike von ihrer französischen Kollegin Natalie und ihrer Chefin Päivi eingehakt.

„Was macht die Liebe in Düsseldorf?", wollte Natalie wissen.

„Oh, ein neuer Mann?" Päivi lächelte und schaute Maike fragend an.

„Es ist wie in der Achterbahn", Maike grinste, „in den letzten Wochen, besonders in den letzten Tagen, bin ich von höchsten Höhen im Looping in tiefe Täler gestürzt und wieder hochgewirbelt worden."

„Das klingt krass", die Finnin schaute sie an. „Wo befindest du dich derzeit?"

„Am Ausgang. Vielleicht steige ich aber nochmal ein." Maike schaute erst Päivi, dann Natalie an, lachte. „Oder ich mach erst mal Pause?"

251

„Das wollen wir aber jetzt ganz genau wissen." Beide Kolleginnen blickten sie grinsend an.

Maike erzählte, wie sie supernervös ihre Wohnung dekoriert hatte, von der Spannung, ob er sich trauen würde, zur *Abrechnung* – ihre Kolleginnen schmunzelten – zu kommen. Sie schwärmte von der wunderbaren Nacht, die sie mit ihm verbracht hatte.

„Los", Natalie schubste Maike an, „mehr Details, ich will alles wissen." Maike schüttelte ihre blonden Haare. „Du bist zu neugierig, selbst zwischen Freundinnen gibt's manchmal Geheimnisse. Aber eins kann ich dir sagen, er küsst soooooooo leidenschaftlich, da knicken mir die Beine weg." Sie lachte laut. „Sofern ich stehe", fügte sie noch hinzu.

Inzwischen waren die anderen Kolleginnen auf die drei aufmerksam geworden und lauschten. Die Unterhaltung lief auf Französisch, was die meistens einigermaßen verstanden. Ab und an kam eine Nachfrage in einer anderen Sprache, die sofort von irgendeiner der Frauen übersetzt wurde, gemischt mit Gekicher, denn Maike war so im Schwärmen, dass sie das eine oder andere intime Detail dieser Nacht doch preisgab.

„Er versucht dich täglich anzurufen, schreibt dir WhatsApp und du antwortest nicht?" wollte Natalie wissen.

„Genau, entweder kommt er am Sonntag und hat sich für mich entschieden. PUNKT!" Sie blieb stehen und sah alle ernst an. „Oder es war mit ihm eine Nacht voller Leidenschaft, von der ich bis an mein Lebensende träumen werde."

Ein klein wenig errötete Maike. Man sah ihr an, dass bei dieser Erinnerung sofort ihr Kopfkino startete.

Sissi stand lässig angelehnt am Türrahmen zu Emmis Zimmer. „Schön, dich mal zu Gesicht zu bekommen. Warst die letzten Tage nicht ansprechbar, was war los?"

Emmi antwortete knapp: „Bin beschäftigt, viel zu regeln."

„Du hast mit ihm die Nacht im Heu verbracht?"

„Ja."

„Du hast mit ihm geschlafen?"

„Ja."

„Und wie war's?"

„Super."

„Du hast ihn tatsächlich um fünf Uhr rausgeschmissen?"

„Ja."

„Du hast ihm gesagt, er soll dich am Samstag abholen, aber nicht, was nächste Woche passiert?"

„Ja."

„Sei nicht so einsilbig, sonst knall ich dir eine." Sissi wurde wütend.

Emmi lachte. „Was willst du wirklich wissen?"

„Der arme Kerl, du lässt ihn am gestrecktem Arm verhungern. Nur, wenn du keine Leidenschaft verspürst ..." Sissi schüttelte ihre lange Mähne: „Gib mir endlich seine Telefonnummer."

„Der ist schon vergeben."

„An wen?" Völlig perplex starrte Sissi ihre Freundin an.

„An die Kleine, die Gemüseköchin, ich hab dir erzählt, wie sie aus ihren giftig funkelnden Augen Blitze verschickt hat, erst auf mich, dann, nachdem Leonie im Raum stand, auf sie. Ein Blitzgewitter mit Millionen Volt."

Emmi zeigte mit einem Finger auf ihre Freundin. „Du hast keine Chance auf ein schnelles Abenteuer. Das ist er nicht."

„Aber du, du …" Sissi fehlten die Worte. „Du hast mit ihm gespielt!"

„Nein", Emmi seufzte traurig. „Ich war knapp davor, mich unsterblich in ihn zu verlieben, aber du weißt, ich habe andere Pläne." Sie stockte einen Moment. „Die gebe ich nicht auf, nie, nicht mal für einen Traummann!", sagte Emmi energisch.


Ein älterer Wärter der Kunsthalle beobachtete Niklas, der nahezu unbeweglich vor dem großformatigen Bild von Georgia O'Keeffee stand. Nach etwa zehn Minuten ging der Wärter auf Niklas zu. „Entschuldigen Sie, fühlen Sie sich nicht wohl?" Niklas drehte sich erstaunt um, seine rechte Hand hatte er auf seinem Herz liegen.

„Alles okay", antwortete er.

„Da bin ich beruhigt", antwortete der Museumswärter mit einen anerkennenden Nicken. „Ist wirklich ein beeindruckendes Bild."

Niklas schaute den Mann an. „Es ist das Lieblingsbild einer Frau, die derzeit über tausend Kilometer weit entfernt in einer anderen Stadt arbeitet. Ich fühle mich über das Bild mit ihr verbunden."

„Das muss Liebe sein." Der Wärter schmunzelte. „Ob sie es spürt, dass sie vor dieser wunderbaren Blume stehen?", sinnierte er weiter.

Niklas seufzte. „Ich hoffe es, sie will leider derzeit nicht mit mir sprechen."

„O weh!" Der Wärter sah ihn erschrocken an. „Was ist passiert?" Kurze Pause. „Entschuldigung, wollte Ihnen nicht zu nahe treten. Geht mich nichts an." Er machte ein kurzes Handzeichen und ging einen Schritt vom Bild weg.

Niklas hielt ihn fest. „Nein, bleiben Sie bitte, nur einen Moment. Mein Leben ist derzeit zu kompliziert, um es in Worten auszudrücken. Ich weiß schon lange, dass ich diese Frau liebe, aber ich habe es mir selbst gegenüber nicht zugegeben. Ich habe ihre Gefühle verletzt, und", er atmete tief durch, „sie will mich zwar wiedersehen, aber nur, wenn ich alles erkläre. Und dann", er stockte wieder, „befürchtete ich, wenn ich ihr die Wahrheit gebeichtet habe, wird sie mich zur Hölle schicken. Können Sie sich vorstellen, dass jemand so schwachsinnig handeln konnte wie ich?"

Er ließ den Mann wieder los. „Entschuldigung, ich wollte Sie nicht mit meinen Problemen belästigen."

Der Wärter schüttelte den Kopf. „Sagen Sie ihr alles, keine Angst. Wenn diese Frau Sie liebt, wird sie Ihnen verzeihen." Er schaute Niklas ernst an. „Aber der anderen müssen Sie ebenfalls die Wahrheit sagen." Niklas schaute ihn verblüfft an.

„Woher …", begann er. Der Wärter, er war bereits dabei, weiterzugehen, drehte sich nochmal um: „Der Aktenordner, der immer zuerst überquillt, ist E – E wie Erfahrung." Er schmunzelte. „Wir schließen heute erst spät, Sie können das Bild noch lange betrachten."

**Kapitel 58**

Erst am Freitagmittag erhielt Niklas die von Emmi angekündigte Nachricht: ‚Bitte hol mich morgen um 18:00 Uhr am Torweg an der alten Schule ab. Abends machen wir Party. Komm ohne Auto. Ich freu mich auf dich.'

Rätsel über Rätsel, dachte Niklas, der in den letzten Tagen total nervös auf diese Nachricht gewartet hatte. Hatte diese Adresse mit *samstags kann ich nie* zu tun? Wo wird sie später mit mir hingehen wollen? Nein, zum Feiern war ihm nicht zu Mute, er musste dringend mit Emmi reden.

Mit einem kleinen Blumenstrauß in der Hand war Niklas bereits eine Viertelstunde vor der angegebenen Zeit an der alten Schule. Er schaute die Firmenschilder an, die neben der großen hölzernen Eingangstür anschraubt waren. Im Erdgeschoß eine Gynäkologische Praxis, hatte Emmi dort einen Termin? Für einen Moment wurde ihm ganz heiß. Aber in ihrer wilden Nacht im Heu hatten sie verhütet. Er las weiter. Öffnungszeiten: Montag–Freitag 8–18 Uhr – Samstag geschlossen. Niklas atmete tief durch, passt nicht.

Im ersten Stock ein Yoga-Institut, Unterricht und Ausbildung, Do–So geöffnet 12–22:00. Übte sie Yoga? Aber warum sollte sowas geheim sein? Niklas schüttelte den Kopf, dort wird Emmi nicht sein.

Zweiter Stock, eine Sprachenschule. Unsinn, ging ihm durch den Kopf, sie kann fließend Französisch, sehr gut Englisch, Italienisch auch ein wenig.

Dritter Stock, Schule für Astronomie, Ausbildung in der EML-Technik (keine Beratung) – Öffnungszeiten Di–Do 18–22:00, Samstag nach Vereinbarung. Niklas stutzte, EML, das klang nach Emmanuelle. Die Zeiten passten. Klar, das muss es sein. Forschte sie wirklich an der Uni?

Astronomie könnte zu Emmi passen. Sie ist eine Kräuterhexe, eine geheimnisvolle Forscherin. Niklas blies seine Backen auf, ließ die Luft geräuschvoll entweichen, während er nervös auf dem ehemaligen Schulhof auf und ab ging. Er legte seine Hand auf sein Herz, es pochte unruhig. Er begann laut vor sich hinzusprechen: „Emmi, ich muss dir dringend was sagen, da gibt es …", – ‚Wie formuliere ich den Satz weiter?', überlegte er. „Sorry, ich will dich nicht verletzen, aber …"

Er hatte nicht auf die Uhrzeit geachtet, plötzlich stand eine strahlende Emmi vor ihm. „Bestanden! Schau, mein Diplom!" Sie hielt ein DinA4-Blatt hoch, umarmte Niklas und küsste ihn.

„Was?" Niklas wich ihr aus, kniff die Augen zusammen und versuchte, einen Blick auf das Blatt zu ergattern. „Wie, was …", stotterte er.

Sie lachte. „Hier, schau es dir an."

Niklas las: „Diploma de Español como Lengua Extranjera, Diplom für Spanische Sprache."

258

Er schaute sie völlig verblüfft an. Das war das Geheimnis ihrer Samstage?

„Gratuliere", meinte er höflich und überreichte ihr den Blumenstrauß.

„Ist der für mich?" Sie nahm Niklas an die Hand. „Gracias! Und jetzt gehen wir feiern." Ausgelassen hüpfte sie um ihn herum. „Seit einem Jahr habe ich für dieses Diplom geschuftet."

„Wohin willst du?" fragte Niklas zurückhaltend.

„Los, freu dich mit mir", sie boxte ihn an, „Sei nicht so steif!"

Niklas hielt sie fest. „Bitte bleib einen Moment stehen." Er nahm seinen kompletten Mut zusammen. „Emmi, ich muss mit dir reden."

„Ja, ja, weiß ich, Niklas, aber nicht jetzt und nicht hier. Komm, wir suchen ein Taxi."

„Bitte, Emmi", Niklas blieb stehen, schaute sie ernst an. „Lass uns irgendwohin gehen, wo wir in Ruhe sprechen können."

„Ach", Emmi griff seine Hand. „Sei kein Spielverderber. Lass dich überraschen. Ich weiß sowieso, was du mir sagen willst." Sie blickte ihm tief in seine fragenden Augen. „Ich kann Gedanken lesen. Ich verspreche dir, wir werden uns heute noch ernsthaft unterhalten."

Niklas atmete tief ein, blies seine Backen auf, hielt für ein paar lange Sekunden die Luft an, lies den Atem langsam ausströmen, er zögerte … „Okay, ich komme mit."

Das Taxi hielt nach einer kurzen Fahrt vor einem Backsteingebäude. Während Emmi zahlte, schaute sich Niklas um. Das Gebäude schien eine Werkstatt gewesen zu sein. An großen Holztoren klebten jede Menge bunter Plakate. Über der Werkstatt im ersten Stock sah er beleuchtete Fenster, aus denen laute rockige Musik klang.

„Schau", Emmi zeigte auf eines. „Dort wohne ich, das ist unsere WG."

Niklas blitze Emmi böse an. „Ich denke, du wohnst bei einer Freundin?", sagte er sichtlich verärgert.

Emmi druckste verlegen rum. „Ja, die wohnt auch da, los, gehen wir."

„Nein", Niklas fasste Emmi am Oberarm. „Ich bleib hier mit dir stehen, bist du mir sagst, wieso du mich seit Wochen angelogen hast. Warum?"

„Nee, ich würde es anders ausdrücken, vielleicht die Wahrheit etwas gedehnt. Du begreifst alles leichter, wenn du mit mir in unsere WG, in mein Zimmer kommst. Bitte", sie schaute ihn mit ihren leuchtenden dunkelbraunen Augen flehend an.

Niklas ging steif hinter ihr die Treppe hoch, seufzte, blieb auf der vorletzten Stufe stehen. „Aber oben", er versuchte energisch und trotzdem höflich zu sein, „oben will ich endlich alles, aber wirklich alles erfahren! Die Wahrheit, nichts als die Wahrheit!"

Emmi drehte sich zu ihm um und blickte ihn durchdringend an. „Hab ich dir versprochen. Und du? Was hast du mir alles nicht erzählt?"

260

# Kapitel 59

Durch die WG tönten fetzige, laute Klänge. Als Emmi in den Flur trat, sprang eine junge Frau mit einer wilden Lockenmähne auf sie zu, umarmte sie und begrüßte sie mit Wangenküsschen. „Bestanden?"

Emmi hielt ihr das Diplom hin. „Logo, Sissi."

„Cool."

Sissi drehte sich zu Niklas um, schaute ihn von unten bis oben an. „Aha, du bist der bislang von mir ferngehaltene Lover?" Bevor er antworten konnte, richtete sich Sissi auf die Zehenspitzen auf und gab Niklas einen kleinen Schmatz auf die rechte Wange. „Wenn Emmi dir zu langweilig ist: Ich bin die Sissi, ich wohne in dem Zimmer, gleich da drüben." Sie zeigte auf eine Tür, dann lachte sie, nahm von einem in der Nähe stehenden Tischchen drei Sektgläser. „Auf das Leben!"

Eine Minute später fasste sie Niklas' Hand. „Komm mit, tanzen. Mit Emmi kannst du dich nachher vergnügen." Einerseits meldete sich sofort Niklas' Gewissen (*Feigling!!!*), andererseits war er froh, die Aussprache mit Emmi ein bisschen verschieben zu dürfen. Natürlich wollte er dringend Emmis Wahrheit hören, aber schließlich musste auch er ihr einiges gestehen.

Er folgte Sissi in einen Raum, in dem eine Menge junger Leute wild rockten. Musik dröhnte aus den

Boxen, von der Decke hingen Blumengirlanden und gelb bemalte Pappkartons in Bananenform.

*Gute Reise – Viel Erfolg – Komm bald wieder – Wir vermissen dich* und ähnliches stand auf den weiteren Plakaten. Niklas war von den vielen neuen Eindrücken verwirrt, er versuchte Sissi etwas zu fragen. „Versteh nix, zu laut hier", brüllte Sissi zurück.

Glücklicherweise war der nächste Song auf der Playlist ein sanftes Schmuselied. Sie drehten sich langsam im Takt. ‚Sissi ist so viel kleiner als Emmi, würde es sich so anfühlen, mit Maike zu tanzen?', überlegte er. Niklas beugte sich zu Sissi und sprach direkt in ihr Ohr. „Was wird gefeiert? Wieso Bananen?"

„Das musst du Emmi fragen", antwortete Sissi und schmiegte sich eng an ihn, ihren Kopf an seiner Brust.

Niklas zögerte einen Moment, dann löste er sachte Sissis Hände, die sie hinter seinem Rücken verschränkt hatte. „Sorry, du musst dir einen anderen Tänzer suchen, ich muss dringend was klären."

Er ging den Flur entlang, öffnete die nächste Türe, ein schmusendes Pärchen schaute ihn fragend an. „Sorry, hab mich im Zimmer geirrt." Während er weiterging, schossen ihm Gedanken durch den Kopf. Musst du Emmi fragen – frag ich Emmi: Sei nicht so neugierig. Maikes Finger auf meinem Mund, als ich Antworten von ihr wollte … Er haute mit seiner Faust an die Wand. „Jetzt ist Schluss!", rief er laut. Im selben Moment entdeckte er Emmi auf einem Sofa. „Das also ist dein Raum."

262

„Womit ist Schluss?", feixte Emmi ihn an. „War ein heftiger Faustschlag an die Wand, hast du dir wehgetan?" Sie hielt ihm ihre Hand hin. „Komm zu mir auf meine Liege. Ich erzähl dir alle meine Geheimnisse, und ...", sie blickte ihm zum x-ten Male tief in die Augen, „... deine Geheimnisse erzähl ich dir auch."

Niklas atmete mehrfach tief ein und aus, setzte sich mit ein wenig Abstand neben sie. „Leg los."

Emmi zeigte auf eine Weltkarte, die an der Wand gegenüber hing. „Schau, die Stecknadeln mit den bunten Köpfen signalisieren Länder, in denen Bananen in Plantagen angebaut werden. Seit ungefähr 1960 wird überall dieselbe Sorte angebaut, eine, die gegen die sogenannte Panamakrankheit immun und besonders ertragreich ist. Inzwischen hat sich aber leider ein Pilz entwickelt, der genau die neue Sorte angreift. Es gibt derzeit kein wirksames Mittel dagegen, und da die Stauden samenlos sind und sich nur über Ableger vermehren, kann diese Krankheit dazu führen, dass es demnächst keine Bananen mehr gibt."

Niklas hörte aufmerksam zu, Emmi rutschte näher zu ihm hin. Sie erzählte, seit zwei Jahren sei sie in einer Forschungsgruppe, die versuche, die Pflanzen gentechnisch zu verändern. Sie berichtete von den Tests mit Genscheren, von ihrer Doktorarbeit zu diesem Thema und dass sie in wenigen Tagen nach Costa Rica fliegen würde, wo sie für mindestens ein Jahr auf einer Testplantage leben und arbeiten würde.

„Dafür musste ich Spanisch lernen." Sie schaute Niklas verschmitzt an. „Das ist mein Leben. Ein Mann passt da nicht rein, sorry. Noch nicht einmal so ein Traummann wie du. Bitte versteh das."

Niklas nickte. „Ich hab von diesem Problem gehört, wir haben einige Plantagen gegen Sturmschäden versichert." Dann legte er seine Hände an ihre Schultern, drehte sie zu sich um. „Warum hast du mir das nie erzählt, wieso hast du so ein Geheimnis drum herum aufgebaut?"

„Kannst du dir das nicht denken?" Sie seufzte tief. „Du hast mir gefallen, als ich dich im Hofladen so verträumt habe stehen sehen. Dann hast du mich um ein Date gefragt, und na schön, dachte ich, gehen mir mal miteinander spazieren." Ihre Augen wurden feucht. „Das war traumhaft mit dir an unserem ersten Sonntag."

Sie griff zu einem Taschentuch, tupfte sich ein paar Tränen weg.

„Blöderweise" – sie versuchte zu lachen, was völlig misslang – „habe ich ein paar Tage danach gemerkt, dass ich mich gegen meinen Willen in dich verliebt habe."

Niklas nahm sie in den Arm. Emmi sprach weiter. „Ich habe intensiv mit mir gerungen: Was ist mir wichtiger, du oder meine Forschung? Das Projekt in Costa Rica hat gewonnen, und ich habe versucht, dich von mir fernzuhalten."

Die laut durch die WG schallende Musik nahmen beide nur noch verschwommen wahr.

264

„Über das Forschungsprojekt an der Uni", Emmi schaute ihn durch einen Tränenschleier an, „darf ich absolut nichts sagen. Das ist supersecreto, top secret! Es geht unter anderem um Patente, die noch nicht bestätigt sind. Bitte frag nichts dazu."

Niklas stand auf, betrachte die Weltkarte und drehte sich um. „Okay. Dann bin ich jetzt dran. Zu Beginn, als wir uns kennengelernt haben, warst du meine Traumfrau. Ich war bis über beide Ohren in dich verknallt." Seine Stimme wurde leiser. „Aber in den letzten Tagen ist so viel passiert, sorry, ich hab mich in eine andere verliebt."

Er wischte sich ebenfalls eine Träne aus dem Augenwinkel und lächelte. „Macht es das leichter für dich?" Er blickte sie liebevoll an. „Unsere Nacht im Heu? Warum hast du mit mir geschlafen?"

Emmi war jetzt ebenfalls aufgestanden, lehnte sich an ihn. „Ich hab seit dem Samstag, als ich dich in deiner Wohnung besucht habe, vermutet, dass es eine andere gibt. Und ich freu mich für dich. Aber einmal, wenigstens einmal wollte ich mit dir …", sie zerstruppelte seine Haare. „Außerdem …" Sie schwieg einen winzigen Moment, küsste ihn auf die Wange, „… diese Nacht mit dir war wunderschön. Sie wird immer in meiner Erinnerung bleiben. Hätten wir bei unserem zweiten oder dritten Date miteinander geschlafen", sie schwieg einen Moment, „wer weiß."

Sie trat einen Schritt zurück, schaute versonnen durch den Raum. „Letzten Samstagmorgen in deiner Wohnung habe ich begriffen, dass du nicht von mir abhängig bist, und deshalb …" Sie blickte ihn frech an. „Ich wollte einmal wilden Sex mit dir." Sie stupste ihn leger an. „Gib's zu, du doch auch! Sonst hätten wir beide noch Jahrzehnte lang sehnsüchtig davon geträumt."

Niklas schaute sie verblüfft an. „Warum glauben alle Frauen zu wissen, was ich will?" Er strich seine Haare wieder glatt.

„Hör auf zu grübeln", lachte Emmi. „Lass uns feiern, tanzen, ist schließlich meine Abschiedsparty. Wo gibt's Prosecco?"

**Kapitel 60**

Irgendjemand rief durchs Mikrofon: „Und jetzt, auf besonderen Wunsch aller Verliebten, ist Schmuse-songzeit." Sissi versuchte, sich Niklas zu krallen. „Nee, Sissi", wehrte er ab, „such dir einen anderen, ich bin nicht zu haben."

Er setzte sich alleine in Emmis Zimmer auf die Couch, versuchte seine Gedanken zu ordnen. Jahre-lang war sein Leben in klaren Linien abgelaufen, sorgsam geordnet wie die Handtücher in seinem Ba-dezimmer. Wirbelstürme wurden in Excel-Listen ver-wandelt, Gefühle bestimmten Wochentagen zugeteilt. Bis …, ja, bis Leonie ihn aus seinem gewohnten Ab-lauf herauskatapultiert hatte. Oder war es gar nicht Leonie gewesen, sondern er selbst? Eben noch schnell was im Büro erledigen, bevor er zum Bahnhof fuhr, sie wird schon warten. Er hatte die Prioritäten in sei-nem Leben unbemerkt verschoben.

Emmi kam vorbei, nahm seine Hand. „Runter vom Sofa, hier wird gerockt, nicht gegrübelt."

„Ich versteh's einfach nicht. Warum durfte ich nie wissen, wo du wohnst?"

„Niklas, Niklas", Emmi schüttelte ihn. „Muss alles erklärbar sein? Wo bleibt der Zauber des Lebens? Selbst in deiner Mathematik sind manche Rätsel noch nicht gelöst."

Aus der Küche kam ein junger Kerl mit einem Tablett voller Cocktails und ging den Flur entlang. Emmi nahm zwei Gläser, gab eines an Niklas weiter.

„Ich war total überrascht von der Frau, die letzten Samstag das Gemüse abgeholt hat. Nach deinen Erzählungen hab ich mir eine ältere Dame vorgestellt." Emmi boxte ihn kräftig auf den Arm und schmunzelte. „Stattdessen stand in deiner Wohnung ein topmodisches kleines Model, total süß." Sie schaute Niklas an, lachte. „Witzig fand ich die Tigerpuschen an ihren Füßen. Wie heißt sie eigentlich?"

„Maike."

„Schöner Name. Also, deine Maike", Emmi lachte Niklas an. „Deine Maike hat so schöne Augen, und", sie suchte einen Moment nach den richtigen Worten, „… sie kann mit ihren funkelnden Augen so bitterbös schauen und Blitze schleudern. Fantastisch." Emmi lehnte sich an Niklas an. „Die ist toll, halt sie fest. Ihr zwei, ihr passt zusammen."

Niklas schaute erstaunt. „Wir sind aber in vielen Dingen komplett verschieden."

„Und? Sie liebt dich." Emmi stand auf. „Ich weiß nicht, was in den letzten Wochen zwischen euch abgelaufen ist, aber nach deinem Blick am Samstag, so wie du sie angeschaut hast, um Verzeihung bittend, musst du ihr dringend – absolut dringend und schnell viel erklären." Sie blickte ihn durchdringend an.

Niklas nickte. „Ich weiß, das wollte ich schon am Dienstag, aber …" Er zögerte weiterzureden, und plötzlich lachte Emmi prustend los. „Krass, die hat

268

genauso gedacht wie ich, wenigsten eine wilde Nacht …, oder?"

Sein Blick zeigte, dass er sich erwischt fühlte. „Derzeit ist sie beruflich in Helsinki. Ich wollte mit ihr telefonieren, immer wieder, sie hat abgelehnt. Ich hab ihr hunderte WhatsApp geschickt, keine Antwort. Morgen", er schaute auf seine Uhr, Mitternacht war schon vorbei. „Nein, heute kommt sie zurück."

„Carpe Diem." Emmi war schon ein wenig angetrunken. „Nutze den Tag! Ich hab Durst und will tanzen."

„Ihr habt Glück, hier in euer WG, niemand wohnt nebenan, keinen stört die laute Musik", meinte Niklas. „Wie lange wohnst du schon hier?"

„Viel zu lange", Emmi hatte inzwischen ihre Zöpfe geöffnet und ließ ihre langen Haare in Takt eines Disco Fox fliegen. „Es wird Zeit, dass ich den Ort wechsle."

„Deine langen Haare find ich so super", Niklas tanzte mit ihr eine Schmetterlingsfigur.

„Deine Ex, hab ich gesehen, die hat ähnliche. Du", sie zog ihn scherzhaft am Ohr, „du brauchst endlich einen Wandel, eine Freundin mit neuer Frisur, diese Kleine ist cool …"

Die ersten Dämmerungsstreifen tauchten am Horizont auf, es war in den Räumen still geworden. Emmi allerdings hüpfte aufgedreht und singend herum. Niklas meinte: „Ich glaub, ich ruf mir jetzt ein Taxi."

„Stimmt, du musst ja hellwach sein, nachher, wenn sie kommt. Ich wünsche Euch viel Glück, sag das deiner Maike."

„Schreibst du mir mal?"

Emmi küsste ihn sanft rechts und links auf die Wange. „Mach ich. Vielleicht schick ich dir mal 'ne Banane, wenn wir die neue Sorte gezüchtet haben. Los, geh jetzt, sonst bricht meine Sehnsucht wieder durch. Hau ab! Es hat geklingelt, das muss dein Taxi sein."

**Kapitel 61**

Maike saß im Flugzeug und wartete auf den Start. Die Stewardess begann mit dem üblichen Standardprogramm, zeigte die Bedienung des Sicherheitsgurtes, die Notausgänge, die Masken für den Sauerstoff. Die Anweisungen schwirrten an Maike vorbei. Sie träumte vom Wiedersehen mit Niklas, kicherte in sich hinein, als ihr das Event mit den Kolleginnen am gestrigen Nachmittag wieder einfiel.

„Meine Damen", hatte ihre Chefin zum Abschluss des letzten Meetings gesagt. „Ich habe für euch eine Überraschung vorbereitet. Ich lade euch alle ein, mit mir den derzeit hippsten Salon für Hair Styling, Maniküre, Kosmetik in Helsinki zu besuchen. Alles auf Rechnung der Firma natürlich, holla und los."

Maike nahm einen kleinen Spiegel aus ihrer Handtasche und betrachte ihre neue Frisur. Inzwischen waren ihre Haare wieder goldblond, ihre echte Haarfarbe. Ihr Bubikopf war zum Pixie Cut geworden, den Pony hatte die Friseurin lang bis fast über die Augenbrauen stehen gelassen. Mal sehen, dachte sie, wie Niklas diese Frisur gefällt, ob er überhaupt was merkt?

Das Flugzeug hatte abgehoben. Maike sah für einen kurzen Augenblick die Schaumkronen auf den Ostseewellen, die kleinen felsigen Inseln vor der finnischen Küste, schon war der Flieger in den Wolken verschwunden. Sie legte ihren Kopf an die Lehne, träumte von einer Schulter, von Fingern, die zart über ihre Haut strichen, erinnerte sich an den Irish Pub, den Besuch in der Kunsthalle. Noch nie hatte sie mit einem Mann so intensive, so inhaltsvolle Gespräche führen können. Vielleicht war es vorteilhaft, dass bei ihren ersten Dates das Thema Sex verboten war. Jetzt war endlich alles erlaubt. Sie wollte ihn fühlen, streicheln, nachts den Hauch seines Atems als leichten Windzug auf ihren Wangen spüren. Sie legte ihre Hand auf ihr Herz. Maria hatte sie vor langer Zeit gelehrt: Wenn du nicht mehr denken kannst, horch auf dein Herz.

Unvermittelt wurde sie von der Stewardess aus ihren Gedanken gerissen. „Orangensaft, Wasser, Kaffee?" Sie nahm einen Saft und las nebenher auf ihrem Handy alle Nachrichten von Niklas aus den letzten Tagen, sehnsüchtige Nachrichten, bittende Nachrichten. Aber sie hatte keine Antworten geschickt, eisern geschwiegen. Warum eigentlich?

Sie mochte keine Erklärungen lesen, kein *deine Lippen sind so wundervoll*, all die Worte, die sie auf ihrem Handy sah, wollte sie aus seinem Mund hören. Sie musste ihm in die Augen schauen, um zu wissen, ob er bereit war, das Experiment einer Beziehung mit ihr einzugehen.

Maike schaute aus dem Fenster. Der Flugkapitän hatte bereits die Landung in Düsseldorf angekündigt. Ihre Gedanken schweiften noch hoch in den Wolken.

Eine Stunde später stand Maike mit ihrem pinkfarbenen Rollkoffer, ihrer Handtasche über der Schulter

272

vor dem Haus, in dem sie und Niklas wohnten. Nur noch zwei Stockwerke. Ihr Herz klopfte heftig. Im schnellen Schritt stieg sie die Stufen hoch. An Niklas' Tür klebte ein herzförmiges Papierblatt.

*Welcome*! stand drauf, *Schlüssel steckt*.

Wie süß, Maike lächelte. Sie öffnete leise die Wohnungstür, stellte ihren Rollkoffer vorsichtig ab, zog den Mantel, die Schuhe aus, wollte soeben die Tür zum großen Raum öffnen, als sie eine Frauenstimme hörte. Sie horchte, verstand leider wenig, nur irgendwas mit schmecken, mit Hitze, mit anfassen. Es klang wie *hmmm, wunderbarer Genuss*.

Maike erstarrte. Dieser blöde Kerl, dieser Playboy, dieser blöde Fuzzi, war schon wieder diese Gemüseverkäuferin bei ihm? Welche Frau war mit diesem Papierherzchen an der Tür gemeint? Der kann mich mal …, Tränen begannen zu fliesen. Sie drehte sich um, nahm ihren Mantel, ihre Schuhe, ihren Koffer und verließ ganz leise seine Wohnung.


Vor Wut schmiss sie ihre Sachen durch ihr Zimmer. „Schau nicht so entsetzt, Rudi, er ist und bleibt ein Mistkerl!"

Ihr Teddy blitzte sie mit seinen Augen an. Es schien, als hätte er seinen Kopf geschüttelt.

„Denkst du etwa, es stimmt nicht?" Vielleicht waren es nur winzige Sonnenstrahlen, die sich in Rudis Glasaugen spiegelten, jedoch verstärkten sich so seine Blicke. „Klar doch, da ist schon wieder so eine Tussi bei ihm", Maike wurde laut. „Hab ich genau gehört!" Sie haute wütend auf die Küchenplatte.

„Was ist, Rudi, was guckst du so?" Sie atmete tief ein und aus. „Hör auf, mich so unverschämt anzugrinsen!" Sie nahm ihn hoch, der Teddy brummte. „Das hast du ewig nicht gemacht. Ich hab geglaubt, deine Stimme sei kaputt." Maike blieb abrupt stehen.

„Soll ich nochmal mit ihm reden? Meinst du das?" Rudi nickte. Maike holte tief Luft, nahm ihn unter den Arm. „Aber du kommst mit!"

Sie stieg zögerlich die Treppe hinunter, der Schlüssel steckte noch immer. Maike trat ein, durchquerte den Flur, öffnete die nächste Tür, machte zwei Schritte in den Raum, sah …

Sie fing an zu kichern, versteckte ihr Gesicht hinter ihrem Teddy, prustete los, schmiss sich aufs Sofa und lachte, bis ihr die Tränen über die Wangen flossen. Niklas stand am Herd und drehte sich erschrocken um.

„Du …", Maike prustete los, „du versuchst …" Wieder eine Lachsalve! „Du willst kochen???"

Niklas blickte sie betroffen an. „Ich wollte dich endlich auch mal zum Essen einladen."

Die Worte waren sehr langsam aus seinem Mund gekommen. Aus seinen bislang unbenutzten Kochtöpfen dampfte es, auf der Küchenplatte lagen kreuz und quer geschnippelte Zucchini, ein paar zerhackte Auberginenreste, eine zerquetschte Tomate, Zwiebelschalen, Schälmesser, jede Menge Kochlöffel.

Maike legte ihren Teddy zur Seite, stand auf, balancierte vorsichtig zwischen ein paar auf dem Boden liegenden Gemüsebrocken zu ihm hin. Sie umarmte ihn mitsamt seiner völlig befleckten Schürze und küsste ihn zart.

Die Stimme aus Niklas' Handy sprach weiter: „Zum Schluss servieren Sie alles mit frischen Kräutern. Guten Appetit." Damit war das Kochvideo beendet.

Maike flüsterte Niklas ins Ohr. „Du bist so süß. Aber wo immer du in den letzten Wochen sonntags gewesen bist, bestimmt nicht in einem Kochkurs."

**Kapitel 62**

Drei Monate später.

Niklas' Wohnung war weihnachtlich geschmückt. Maike kontrollierte die Gläser auf eventuelle Kalkflecken. Im Hintergrund tönte leise Musik, Schmusesongs. Es klingelte. Niklas ging zur Tür und öffnete, während Maike die Kerzen auf dem Tisch anzündete.

Ihre Gäste schienen sich verabredet zu haben. Nicole und ihr Mann standen gemeinsam mit Jean, Anna und Lucy im Hausflur. Jean war genauso wie Nicoles Mann hinter einem riesigen Blumenstrauß versteckt, Anna übergab einen Korb mit Flaschen, Nicole Pralinen und Gebäck.

Als letztes trat Lucy ein. Sie wartete geduldig ab, bis alle anderen Maike begrüßt hatten, dann umarmte sie Maike, als ob sie sich seit Jahren kennen würden. „Ich freue mich, dich endlich live zu sehen." Lucy strahlte Maike an.

„Schön, dass du Urlaub bekommen hast", freute sich Maike. Sie sprach italienisch weiter: „Wie lebt es sich als Au-pair in Rom?"

Lucy blickte sie erstaunt an und antwortete in derselben Sprache: „Echt cool! Ich lerne jeden Tag neue Leute kennen, keiner kann Deutsch, so spreche ich nur italienisch. Super Training."

„Maike, woher kannst du so gut italienisch?" Nicoles Mann war erstaunt.

276

„Ich bin in der Schweiz bei meiner Tante Ella aufgewachsen. Sie war Handelsvertreterin für Modeschmuck. In den Schulferien hat sie mich zu Freunden ins Tessin oder Wallis geschickt. Später, mit 15 oder so, bin ich regelmäßig in den Ferien als Au-pair für die Kinder ihrer Kunden angefordert worden." Beim letzten Satz wechselte sie ins Französische: „Nur Englisch kann ich nicht besonders."

Niklas schaltete sich ein. „Das bringt dir meine Verwandtschaft in Schottland schnell bei." Er wandte sich an seine Freunde. „So um Ostern rum wollen wir nach Edinburgh fliegen."

Jean öffnete den Champagner, füllte die Gläser und verteilte sie. „Ich weiß", er nickte Maike zu, „du trinkst fast nie Alkohol, aber heute, denke ich, darfst du eine Ausnahme machen."

Maikes Mund verzog sich schelmisch. „Ihr wisst, was passiert ist, als ich bei unserem ersten Date", sie tippte mit ihrem Ellbogen Niklas leicht an, „ein Glas Wein getrunken habe? Hätte ich nur Mineralwasser gehabt, ich vermute, ich hätte mich nie getraut, ihn zu küssen."

„Moment", meldete sich Niklas, „ich hab dich geküsst."

Maike schüttelte den Kopf. „Non! Falsch, ich hab dich geküsst, und du hast zaghaft mitgemacht."

Niklas winkte ab. „Nee, nee, nee, absolut umgekehrt."

„Halt", sagte Anna, und „Stopp" kam von Nicole. Sie hoben ihre Gläser. „Keinen Streit, außerdem weiß ich genau, wie es abgelaufen ist, Maike hat's mir bis ins kleinste Detail erzählen müssen." Anna sah Nicole an, grinste: „Und ich hab Niklas ausgequetscht, was denn an diesem Abend gelaufen ist, wir sollten unsere Stories mal vergleichen."

Nicole klatschte in die Hände. „Au ja, am besten sofort. Ist mir eh noch immer ein Rätsel. Maike saß auf dem Sofa, Niklas kniete davor, macht uns das bitte mal vor, wie habt ihr euch geküsst?"

Niklas schaute Maike an, diese blickte schmunzelnd zu Anna und erklärte energisch: „Nein, klares Veto!!! Viel zu intim, keine Details …, wir streiten uns eh nicht, reines Liebesgeplänkel."

Sie setzten sich an den Tisch, Maike servierte natürlich ihr spezielles Ratatouille im Reisrand mit Fleischbällchen. „Absolut lecker", war die einhellige Meinung aller. Zum Nachtisch gab es Mousse au Chocolat von Anna.

Irgendwann blickte Lucy Niklas durchdringend an. „Ich hab's dir gesagt, von Anfang an, Maike ist die Richtige." Sie wechselte ihren Blick zu Maike. „Ich finde es so toll, dass es dich gibt. Sonst würde Niklas immer noch jeden Freitagabend bei uns sitzen und sich ausheulen, weil er sich mal wieder in die Falsche verliebt hat."

Maike schaute sie erstaunt an. „Ehrlich? Woher … Warum glaubst du … Also, ich bin …? Du kanntest mich doch gar nicht."

278

„Das nicht, ich hab einfach Niklas' Erzählungen interpretiert." Lucy grinste frech in die Runde. „Schließlich habe ich Abitur und eine Eins in Deutsch. Ich wollte dich schon sehr früh anrufen, um dir die Wahrheit über den angeblich Männer bevorzugenden Niklas zu verraten." Sie zeigte mit dem Finger auf ihre Eltern. „Das wurde mir bei Höchststrafe verboten." Lucy haute mit der flachen Hand auf den Tisch und die Gläser klirrten. „Ich hätte es machen sollen."

„Du bist so süß." Maike legte ihren Arm um Lucys Schulter. „Sollten deine Eltern dich nicht mehr haben wollen, ich adoptier dich sofort." Sie atmete einmal tief durch. „Aber", sie schaute Lucy liebevoll an. „So wie es gekommen ist, war es besser. Wir haben uns sanft angenähert", meinte Maike.

„Sooo?" Lucys Mund verzog sich zu einem breiten Grinsen, und sie zog das Wort lang wie einen Kaugummi. „Sanft? Niklas hat euer erstes Treffen ein klitzeklein bisschen", sie unterstrich ihre Worte, indem sie mit Daumen und Zeigefinger die Kleinheit betonte, „anders beschrieben." Alle lachten, Niklas grinste.

„Meinst du die Aktion mit der Tomate?" Nicole schaute sie an.

Lucy schüttelte den Kopf. „Nein, ich denke an den Moment, als Maike zum ersten Male an Niklas' Tür klopfte, ihn beschimpfte und gleichzeitig einlud, echt krass."

„Ich weiß bis heute nicht, aus welchen inneren Tiefen diese Worte kamen." Maike errötete ein wenig. „Ich hatte stundenlang vor dem Spiegel meine Ansprache geübt, mit komplett anderen Sätzen. Und dann öffnet plötzlich ein schlaksiger junger Kerl die Tür und strahlt mich mit leuchtend blauen Augen an. Das hat mich total aus dem Konzept gebracht. Ich hab null Ahnung, wie ich auf das Wort *Gemüsefuzzi* kam."

„War genau richtig", Anna klatschte Beifall. „Niklas braucht eine temperamentvolle Ansprache. „Das weckt seine Kreativität … Manchmal wirkt er etwas …, na ja, langsam."

„Und ich hab versucht", zwinkerte Nicole Niklas zu, „Maike beizubringen, dass du ihr Gemüseprinz wärst. Das hat sie vehement abgestritten. Maria war übrigens derselben Meinung."

„Maria?" Niklas blickte völlig verblüfft. „Die kennt unsere Story?"

„Klar, von Anfang an", grinste Maike. „Den Tomatenwurf hab ich mehrfach ausführlich beschreiben müssen. Später hab ich sie gefragt, warum ein Mann einer Frau Gemüsepäckchen schickt."

Sie schaute Niklas tief in die Augen. „Übrigens Maria war schuld, dass ich bei dir geklopft habe. Sie hat gesagt: ‚Wenn du wissen willst, warum er dir Gemüse schickt, musst du deinen Gemüseprinz fragen.' Ich hab natürlich sofort widersprochen: Nicht mein Prinz!" Nicole, Anna und Lucy feixten.

Jean schmunzelte. „Gemüsefuzzi, ich fand's witzig." Er richtete seinen Blick auf Niklas. „Wie kommst du eigentlich damit zurecht, dass deine mit dem Lineal gezogene Ordnung durcheinander gerät?"

Niklas schaute schelmisch. „Ich liebe Wirbelstürme. Hab doch schon meine Doktorarbeit darüber geschrieben." Er machte eine kurze Pause und versuchte, wieder ernst zu werden. „Maike hat mir versprochen, dass ich in unserer neuen Wohnung ein Zimmer bekomme, das sie nur betritt, wenn ich sie einlade."

„Neue Wohnung? Ihr zieht zusammen?", kam zeitgleich aus allen Mündern.

Niklas nickte, legte den Arm um Maike. Sie schauten sich verliebt an. „Wer weiß, was uns noch so einfällt …"

Ihre Gäste schauten sie erwartungsvoll an, denn Maikes Tonfall klang, als würde noch eine weitere tolle Neuigkeit folgen.

In das gebannte Schweigen hinein tönte plötzlich Lucys Stimme: „Dieser rote Fleck dort, an der Küchenwand, war das mal eine Toma–"

Niklas fiel ihr ins Wort. „Nur ein kleines Missver–"

Bevor er weiterreden konnte, verschloss Maike mit ihren Lippen seinen Mund.

# E N D E

Die Geschichte und alle darin vorkommenden Personen sind frei erfunden. Es gibt das Wiesenhaus und einen Hofladen, aber Sie werden sie nicht in der Nähe von Düsseldorf finden.

Das einzige Reale ist das wundervolle Ratatouille, das in diesem Roman eine wichtige Rolle spielt. Sollten Sie – liebe Leserin, lieber Leser – dieses Gericht nachkochen wollen, dann wenden Sie sich bitte an den Autor. Er wird Ihnen das Rezept gerne verraten.

peterklein-ostsee@t-online.de

# Danke !

Im Sommer vor zwei Jahren bin ich öfter mit Marilu zum Einkaufen zu einem Hofladen eines Bauernhofs gefahren. Ich war fasziniert davon, wie toll die Früchte aufgebaut waren, wie stilvoll der Salat in den Holzkisten aussah und mit welcher Freude uns die junge Verkäuferin bediente.

Dabei entstand langsam das Grundgerüst zu dieser Geschichte. Ich erzählte Marilu von meiner neuen Romanidee. ‚Mach weiter‘, sagte sie.

Aus der ersten überarbeiteten Fassung meiner Geschichte habe ich für Marilu ein Hörbuch gemacht. Ihre Begeisterung hat mir viel Schwung gegeben, den Roman weiter zu verfeinern.

Danke an Richard, der mir bereits im Vorfeld versprochen hatte, er würde alle Rechtschreibfehler finden, deshalb war er mein erster Testleser.

Danke an Nina, die in ihrer knappen freien Zeit meinen Text lektoriert hat. Ihre vielen Fragen zu Textpassagen haben mich intensiv zum Nachdenken aufgefordert und den Roman verbessert.

Danke an alle Leserinnen und Leser meines Romans. Ich hoffe, dass Sie ab und an schmunzeln konnten, vielleicht sogar manchmal feuchte Augen bekommen haben.